von Born-Pilsach · Triglavs Töchter

Theodora von Born-Pilsach

Triglavs Töchter

Roman einer
preußischen Familie

C. Bertelsmann Verlag

Entgegen der bekannten Version, daß Ähnlichkeiten mit Personen, die gelebt haben oder noch leben, rein zufällig sind, sei hier betont, daß im Gegenteil der größere Teil der Personen und ihrer Handlungen der Wirklichkeit entsprechen. Dieser Familienroman ist Dichtung und Wahrheit zugleich.

Gesamtherstellung: Mohndruck Graphische Betriebe GmbH, Gütersloh
ISBN 3-570-01986-1 · Printed in Germany

1

Im November 1848 vernachlässigt Sebastian seine Tagebucheintragungen etwas. Sebastian ist Adam Triglavs Privatschreiber, ein junger Mann mit Mendelssohn-Tolle und jenem hohen Kragen, der um die Mitte des neunzehnten Jahrhunderts den Hals der Männer einengte. Er ist Brillenträger und blaßgesichtig. Bei näherer Betrachtung wirkt er nicht uninteressant.

Sebastian ist subaltern, was bedeutet, daß sein Tun in häufigem Gegensatz zu seinem Denken steht. Immerhin, er hat es nicht schlecht getroffen: der Alte — so nennt er Baron Adam von Triglav insgeheim, obwohl dieser im besten Mannesalter steht — läßt ihn fühlen, daß er ihn schätzt. Sebastian hat eine Vertrauensstellung, und die schillernde Persönlichkeit seines Herrn läßt keine Langeweile aufkommen.

Freilich, das Salär ist gering, es steht in keinem Verhältnis zu der — wenigstens nach außen hin — glänzenden Position des Brotgebers. Aber ein junger Mann in subordinierter Stellung hat sich zu fügen.

Das Leben in Groß-Triglav, dem Besitz des Alten, ist keineswegs monoton. Das liegt zum Teil an den vier Töchtern, aber auch daran, daß dieser Ort im hintersten Pommern sozusagen in ständiger Verbindung mit der Weltpolitik steht.

Weshalb man auch gar nicht immer auf dem Lande ist, sondern zuweilen mit der gesamten Familie nach Berlin fährt, wo man ebenfalls ein Haus besitzt. Die Fahrt von Pommern nach Berlin dauert — falls kein Wagenrad bricht, die Pferde ausdauernd sind, das Relais reibungslos verläuft, die Nachtquartiere zufriedenstellen und unterwegs niemand krank wird — vier Tage und Nächte.

In der Hauptstadt läßt man sich dann, wie Sebastian insgeheim etwas spöttisch meint, Hofluft um die Nase wehen. Denn Adam Triglav hat beim König einen dicken Stein im Brett. Friedrich Wilhelm, der vierte seines Namens, ist ungeheuer fromm. Aber recht amüsant, er macht Witze, die sich die Berliner — oft hinter vorgehaltener Hand — schmunzelnd erzählen. Daß diese königlichen Geistesblüten hinaus ins Volk dringen, mag zum Teil daran liegen, daß sie meist bei Tische in die gespitzten Ohren der bedienenden Lakaien gelangen, was der Erlauchte, laut Teilnehmern der Tafelrunde, augenzwinkernd beobachtet. So wie ihm auch die Schamröte der Hofdamen über seine Späße ein diebisches Vergnügen zu bereiten scheint.

Abgesehen davon ist dieser vierte Friedrich Wilhelm gleich dem Urohm, dem zweiten Friedrich, ein Musensohn. Ob wie dieser auch ein rechter Regent? Es läßt sich nicht übersehen, daß dem König bisher wenig politische Effektivität nachgesagt werden kann. Obwohl er das Revolutionsspiel, das die braven Berliner unlängst inszenierten, erstaunlich gut überstanden hat.

Übrigens, was die Politik betrifft, läßt Adam Triglav seinen Adlatus in Ruhe. Wahrscheinlich traut er ihm keine eigene Meinung zu, oder es lohnt ihm nicht — egozentrisch wie er ist.

Was die vier Töchter des Alten betrifft, so ist Sebastian mindestens in zwei ständig verliebt, er schwankt, weiß nicht, in welche mehr und welche nun eigentlich. Dieser Zustand der Verwirrung ist süß, aber beunruhigend.

Marie, die Älteste, sowie die erst fünfzehnjährige Casimire sind auf unterschiedliche Weise aufregend.

Unbestreitbar ist Marie die hübscheste der Schwestern. Beim Gedanken an sie seufzt Sebastian. Marie kann man nicht näherkommen, obwohl sie zum Gotterbarmen kokettiert.

Auch Casimire ist nicht zu trauen. Sie schnüffelt zu viel und versteht dann, ihr Wissen mit spitzen Anzüglichkeiten zu verwerten. Casimire, so jung sie ist, scheint Hemmungen nicht zu kennen. Sie hat das Zeug zu einem charmanten Biest.

Elisabeth, die zweitälteste der Schwestern, ist von einer Gelassenheit, die Sebastian stets ein wenig ärgert. Vielleicht weil man ihr gegenüber — obwohl sie ihren Hochmut nicht hervorkehrt — irgendwie den Standesunterschied am meisten empfindet. Hinter ihrem interessanten Mona-Lisa-Lächeln steckt vermutlich weniger, als es den Anschein hat. Sie ist fabelhaft gewachsen, oben voll, mit schmalem Untergestell. »Hoffentlich wird sie nicht zu groß«, hatte ihre Stiefmutter gemeint, als sie mit vierzehn plötzlich emporschoß. Aber sie blieb mit sechzehn stehen, gerade richtig, um auf die meisten Männer nicht herabsehen zu müssen, woran ihr wohl auch gar nichts lag.

Nummer vier schließlich, Annchen, hat momentan noch nichts zu bedeuten. Sie ist erst vierzehn.

Die Erziehung, die den sechs Triglav-Kindern zuteil wurde, war sehr streng. Jeden Sonntag saßen sie mit den Eltern im Herrschaftsgestühl der Kirche. Casimire, neben Fritz und Paul, hatte die Aufgabe, die Brüder anzustoßen, falls sie während der Predigt einnickten. Der Alte schlief nie. Seine wachen Augen waren auf den Pastor geheftet, oder sie wanderten in der Kirche umher. Es konnte indes auch geschehen, daß er gegen Ende der Predigt plötzlich aufstand zum Zeichen, daß der Worte nun genug waren. Beweis einer selbstherrlichen Unbekümmertheit. Immerhin war die Predigt das Kernstück des Gottesdienstes, und man mußte höllisch aufpassen, denn manchmal fragte der Vater nahher dies und das.

Sebastian, der — gedeckt von den Rücken des Elternpaares und der beiden ältesten Töchter — in der zweiten

Bank sich wie ein leise schwankendes Schiff in ständiger Bewegung befand, da es der jüngsten Generation, die aus den beiden Buben sowie Casimire und Annchen bestand, schlechterdings unmöglich war, während des Gottesdienstes auch nur einen Augenblick still zu sitzen. Was augenscheinlich in der vorderen Bank nicht bemerkt wurde, da die wechselnden Stimmen des Pastors und der Orgelpfeifen nebensächliche Geräusche nicht laut werden ließen.

Heute zum Beispiel lief ein fast unhörbares, aufgeregtes Flüstern die zweite Bank entlang. Denn droben auf dem Chor zur rechten Seite der Orgel war am Blasebalg statt des gewohnten engbrüstigen Jünglings jemand Neues aufgetaucht. Casimires Kinn zeigte schon seit geraumer Zeit auf ein fratzenhaftes Etwas da oben, das zum Spiel der Pfeifen wie ein Wesen aus einer grotesken Welt den Balg hinauf und hinunter trat, wobei aus dem Halbdunkel zwei stechende Augen fasziniert nach unten starrten.

Worauf? Auf Casimire mit den dünnen Mädchenbeinen in weißen Baumwollstrümpfen im Herrschaftsgestühl.

Ein kleiner Teufel? denkt Casimire. Etwas nicht ganz Unbekanntes, sogar Vertrautes auf jeden Fall! Die abstehenden Ohren, im unruhigen Kerzenschein fächerförmig die Fratze maskierend, wirkten irgendwie bekannt. Das war ja — aber jetzt schnellt der Blasebalg, die hochtönenden Pfeifen aus der Windlade mit Luft füllend, zum Gemeindegesang

Heute weckt des Tages Lauf
Mich zu lauter Andacht auf

nach oben, um gleich darauf von der Himmelfahrt wieder hinunterzusinken — ja, ja, das war ja der Gustav, der aus der Dorfschule, der da eine Zeitlang seinen schmächtigen Bubenhintern vor ihr auf die Schulbank gedrückt hatte. Gustav, der sich, wenn der Lehrer mal nicht hinsah, so schön an den abstehenden Schlappohren ziehen ließ . . .

Knarrend fährt der Blasebalg wieder zu den Pfeifen empor, damit sie mächtig schwellend tönen — kreischen, findet die unmusikalische Casimire und hat nicht so unrecht. Die zweite Pfeife von rechts ist verstimmt. Am deutlichsten merkt man das bei den hohen D-Dur-Akkorden. Casimire hört es nicht. Aber Annchen, die selbst schon Orgel spielt, verzieht das Gesicht ... Gustav sackt wieder hinunter. Schau doch weg, du blöder Kerl — ich singe nicht, ich kann nicht singen, und ich kann dich jetzt nicht an deinen Ohren zwacken. Aber ich kann dir wenigstens die Zunge rausstrecken! Achtung! Papa hat sich umgedreht ...

Selig, wer bei Tag und Nacht
Also auf sein Heil bedacht.

Eine Schrecksekunde lang hatte die Orgel, gottes- und herrschaftssüchtig seit siebzehnhundertzweiundachtzig, den Atem angehalten, und die zehn Pfeifen hatten einen Seufzer entlassen. Meine Zunge ist noch draußen. Laßt das blöde Grinsen, ihr Buben. Meine Zunge will nicht wieder rein, Annchen, es ist zum Kotzen. Gerade steigt Pastor Baumann von der Kanzel herab. Zehn steile, schmale Stufen. Er schreitet zum Altar. Die Gemeinde erhebt sich zur letzten Antwort im Liturgiegesang

Und von Herzen fleht und singt,
Daß es durch die Wolken dringt.

Der Blasebalg ist auf der Himmelfahrt begriffen. Meine Zunge ist wieder drin! Sie schnoddert nicht mehr, sehen Sie, Sebastian? Papa schaut wieder geradeaus. Sein Gesicht ist unbewegt.

Der Gottesdienst ist zu Ende. Die Kirchgänger verlassen die Kirche. Das Postludium durchflutet den Raum. Gustav tritt, daß ihm der Schweiß tropft ... Ätsch, Gustav! bis zum nächsten Sonntag. Vielleicht komme ich dich dann da oben besuchen und an den Ohren zwacken, du kleine Teufelsfratze. Ich muß unbedingt wissen, wie das ist, wenn der Blasebalg fährt ... Papa hat nichts gesehen. Überhaupt nichts. Von mir aus schon gar nichts. Danke, lieber Gott. Amen.

Selbstverständlich, sinnierte Sebastian, liebte der Erzeuger seine Kinder. Sie waren seine Geschöpfe, und er verfügte über sie. Aber weder kannte er sie, noch kümmerte er sich im einzelnen um sie. Dazu ließen ihm seine Güter und zudem auch der »politische Höhenflug seiner Gedanken«, wie der junge Mann in seinem Tagebuch spöttisch vermerkte, keine Zeit.

Ansonsten lebten die Töchter mit den Tieren und sahen, was diese trieben. Das geschah nach einem ungeschriebenen Gesetz. Und es brauchte auch nicht geschrieben zu werden, es war angeboren, man lebte mit ihm und hatte seinen Frieden. So war das wohl. Wie eine Haut, aus der man nicht heraus konnte. Und auch nicht wollte. Sie überzog einen und schützte vor dem Draußen.

So etwas nennt man »Behütetsein«, ließ Sebastian sein Tagebuch wissen. Und er dachte an seine Schwester. Sie war »draußen« und verdiente ihr Brot und war nicht behütet. Er wußte, daß sie hurte und daß irgendwo ein Kind lebte, von einem Mann, dessen Namen sie nicht einmal kannte.

Sebastian sprach nie darüber. Zu wem auch?

Im Almanach stand für die nächste Woche wieder eine Reise nach Berlin. Der Alte wird an einer Tagung teilnehmen. Sie ist für acht Uhr morgens anberaumt, denn im Gegensatz zu anderen deutschen Ländern beginnt in Preußen das Tagewerk früh.

2

Berlin ist in diesen Tagen wieder einmal aus seiner Ruhe aufgeschreckt. Auf den König ist ein Attentat versucht worden. Ein mißlungener Mordversuch. Tschech heißt der verhinderte Mörder. Der Nicht-zum-Mörder-Gewordene sitzt jetzt in der Hausvogtei.

»Klar, daß sie ihn hängen werden.«

»Armer Teufel.«

»Wüster Verbrecher.«

»Verrückter Schwarmgeist. Er hat zuviel gedacht. Man denkt nicht so weit. Man nimmt das Gegebene, wie es kommt.«

»Einer wie der muß weg.«

»Der König kann ihn begnadigen.«

»Red keinen Stuß. Wozu haben wir die Todesstrafe?«

Die Gespenster der Nacht umstehen das Bett. Es ächzt unter der schweren Last des sich Wälzenden.

Ein Mensch wie alle. Aber schon im Mutterschoß mit dem Stigma der Krone behaftet. Ohne sein Zutun etwas Überragendes vorstellend vom ersten Atemzug an.

Er träumt. Es ist ein böser Traum. Ein langer, affenartiger Arm reicht ihm ein Blatt Papier. »Unterschreibe!« — »Ich will nicht!« — »Du mußt.«

Der Schock vertreibt den Schlaf. Er wacht auf. Ein heller Streif stiehlt sich durch die Gardine. Dem Himmel sei Dank, es wird Tag. Ich will aufstehen.

Er schwingt die Beine aus dem Bett, greift nach dem Morgenmantel.

Es ist so still. Ich bin zu früh aufgestanden. Ich muß mit jemand reden. »Lore!« Wirklich, sie schnarcht selbst!

Haha! Und dabei sagt sie, sie käme neben mir nicht zur Ruhe wegen der Schlafmusik, die ich vollführe. »Neumann!« Verdammter Bursche! Naturellement, er soll mir die Eau de Cologne holen, das hab' ich ihm aufgetragen, sie steht mal wieder nicht da, wo sie stehen soll ... »Neumann!« ... Er soll mir was erzählen. Was hab' ich geträumt? Ich kann's nicht loswerden. Was war es doch? Es war wieder von diesem verfluchten Tschech ... »Nneumaann!!«

Der Kammerdiener kommt. Er ist in aufgeräumter Stimmung, hat soeben ein paar kräftige Schlucke aus einer Flasche genommen, die der letzten Geschenksendung aus Petersburg entstammt. Er hat die Flaschen gezählt, der König nicht. Heimlicher Suff, so meint er, zählt doppelt.

»Neumann, die Eau de Cologne. Wo ist sie? Mir brennt der Schädel. Ich habe schlecht geträumt. Naturellement. Dieser Attentäter spukt mir im Kopf. Surtout bei Nacht.«

»Jawohl, Majestät.« Neumann befeuchtet dem König die Stirn, massiert mit leichten Fingern.

»Auch den Nacken, Neumann. Die Stelle zwischen Hinterkopf und Halswand, da sitzt das Nervenzentrum. Ah, das ist gut. Ich will jetzt nicht an den Attentäter denken. Ich wünsche nicht, daß er hingerichtet wird. Weiß Gott, ich hasse ihn nicht. Ich vergebe ihm. Mord gegen Mord, das ist alttestamentarisch. Ich werde befehlen, er soll leben.«

»Welche Stiefel befehlen Eure Majestät?«

»Zuerst die Latschen. Ich habe ein Hühnerauge. Muß den Fuß erst gewöhnen.«

»Darf ich untertänigst erinnern: Euer Majestät brauchen neue Latschen. Die alten haben ein Loch.«

»Ça ne fait rien. Löcher sind eine nette Unterbrechung.«

»Jawohl, Majestät.« Er holt die Pantoffeln.

»Er hat mich nicht getroffen. Klar, daß er nicht treffen konnte.« Neumann kniete hin, zieht den einen Pantoffel über den rechten Fuß. »Gott schützt mich. Die Gebete meiner Untertanen sind meine treuesten Wächter. Ich soll leben. Ich bin unverletzlich. Ich werde noch viel Nützliches verrichten. Sie wollen die Konstitution. — Nun den linken. Attention! Au, Neumann, der kleine Zeh ist geschwollen!«

»Jawohl, Majestät.«

»Warum jawohl? — Ich werde ihnen die Konstitution geben. Werde ich? . . . Neumann! Erzähl mir was. Ich will an Lustiges denken.«

Die Königin erscheint in der Tür.

»Lore! Guten Morgen, Liebchen. Du siehst blendend ausgeschlafen aus. Gewiß hast du traumlos geschlafen. Einem Ondit zufolge vertreibt das Schnarchen den Traum.«

»Guten Morgen, mein Dicker. Du weißt genau, daß ich nicht schnarche.«

»Gewiß nicht. Ebensowenig wie ich. Läute jetzt der Annette, sie soll dich fertig machen. Wir wollen frühstücken. Ein fettes Frühstück, Neumann, ich will viel Speck am Schinken. Komm, mein Herz, du siehst lecker aus. Gott sei Dank, ich spüre, der Witz kommt wieder. Neumann, gehen Sie jetzt. — Voyez, ma chère, er ist raus. Lo-lo-lorchen, du hast so blau-blaue Äuglein unter der braunen Mähne. Du weißt, daß ich mich zuerst in deine Augen verliebt habe. Und dann erst in all das andere, was du vorzuzeigen hast, und auch das, was du nicht vorzeigst. Laß deinen Butt doch fühlen. Hast du noch was drunter unter dem Morgenmantel?«

»Fritz — es ist heller Tag.«

»Ja schade. In der Nacht hatte ich nur Schweiß. Angstschweiß. Der verdammte Tschech! Ich habe eine schöne, süße Nacht versäumt. Komm, gehen wir noch mal schnell in dein warmes Bettchen?«

»Laß das, Butt. Nein wirklich — du bist doch nicht beschwipst, so früh am Morgen? Es hängt was in der Luft — wie ein Hauch von Schnaps. Es müßte denn sein, daß Neumann wieder —«

»Lore . . .«

»Laß mich. Ich gehe jetzt und läute nach der Annette.«

Der Gedanke an den Attentäter läßt dem König keine Ruhe. Er begibt sich in die Hausvogtei.

Der Entschluß, seinen verhinderten Mörder aufzusuchen, kam so plötzlich, daß die für Berlins Gefängnis Nummer eins Verantwortlichen — über den Allerhöchst ungewöhnlichen Schritt entsetzt — keine Zeit mehr hatten, Seiner Majestät ein einigermaßen passables Bild dieser Brutstätte finsterer Ungerechtigkeit zu präsentieren.

Hinter dem eintretenden König, den ein in aller Eile herbeizitierter hoher Polizeioffizier geleitet, schließt sich das Portal.

Erster Eindruck: grauenhaft. Windstöße, die durch alle hastig in den Stockwerken des Treppenhauses aufgerissenen Fenster fauchen, wirbeln den muffigen Geruch und Staub — statt ihn entweichen zu lassen — aus verschmutzten Winkeln, aus den Ritzen klappernder Türen vor ihm auf. Zweiter Eindruck — nach einem (vergeblich verhinderten) Blick durch das Guckloch einer der Türen —: unerträglich. Der König ist unsicher geworden. Worauf hat er sich eigentlich eingelassen? Was hatte er sich darunter vorgestellt? Gar nichts, ehrlich gesagt. Zwei Welten. Zwei Pole. In der Stadt, in der er lebt. Die er beherrscht. Er wird mit dem Polizeipräsidenten sprechen. So etwas gibt es also in Berlin. In seinem Berlin.

Aus einem der menschenunwürdigen Zellen, in denen Verbrecher neben unerwünschten Intellektuellen, unbotmäßigen Weltverbesserern wie Vieh im selben Raum zusammengepfercht auf dem nackten Fußboden lagern, ist der Attentäter Hermann Tschech in höchster Eile herausgeholt und in eine verhältnismäßig saubere Einzelzelle verbracht worden.

Fragend, staunend, überrumpelt blicken dem eintretenden König zwei tief in ihren Höhlen liegende Augen entgegen. Hermann Tschech ist ein kleiner Mann. Schmächtig. Mit einem hageren, feingezeichneten Gesicht. Er wirkt fast ruhig. Was wohnt an Wagemut, verzehrendem Fanatismus, an hirnverbrannten Ideen in diesem ausgemergelten Körper?

»Ich bin gekommen, weil es mich drängt, mit Ihnen zu reden«, beginnt der König ein wenig stockend. »Warum wollten Sie mich töten? Was habe ich Ihnen getan?«

Der Attentäter räuspert den Schleim aus der Stimme. »Sie wollen mit mir reden? Aber ich nicht mit Ihnen.« In seinen Augen steht jetzt blanker Haß.

Der König erschrickt. »Sie sind ein mißleiteter Mensch. Der Teufel hat Sie verführt. Ich bin gekommen, um Sie zu bitten, daß Sie Ihre Sünde bereuen. Sie werden sich einst vor Gottes Richterstuhl verantworten müssen.«

Ein kurzes, höhnisches Lachen.

»Ich bitte, ja ich beschwöre Sie: bereuen Sie!«

Das Lachen, der Hohn in den Zügen des Mannes zieht sich zurück. Das Gesicht verschließt sich.

»Wissen Sie nicht, daß Sie Gott in mir verfolgen? Ich bin sein Stellvertreter in Preußen. Das Gesetz dieses Landes verlangt Ihren Tod. Ich habe Sie zu verurteilen. Aber ich kann Sie auch begnadigen.«

Schweigen. Etwas Undeutbares tritt in das Auge des Gefangenen. Fanatische Bereitschaft? Leidenswille?

»Sagen Sie etwas, Mann!« beschwört ihn der König.

Wieder wartet er.

Da setzt der andere zum Sprechen an.

»Ich — habe *gehandelt.* Vergeblich. Zu *sagen* habe ich Ihnen nichts.«

Gedemütigt wendet der König sich ab. Es arbeitet in ihm. Er überwindet sich und kehrt sich dem anderen wieder zu.

»Sie können Ihr Leben retten, wenn Sie mir versprechen, nicht mehr gegen die geheiligte Ordnung zu verstoßen und anzuerkennen, daß der Monarch der von Gott eingesetzte Hüter dieser Ordnung ist.«

»Sie sind ein Phantast, Monsieur Preußen«, sagt der Attentäter. »Von Ihrer sogenannten Gnade will ich nichts wissen. Bliebe ich am Leben, würde ich weiterhin meine Hand dazu hergeben, Sie selbst und jene von Ihnen heilig genannte Ordnung auszurotten.«

Der König starrt den Mann an. Verstünde er ihn, bräche eine Mauer vor ihm zusammen, die ihn von einer anderen, einer fremden Welt trennt, die zu erfassen, zu ertragen und zu ändern er nicht vermag. Wie gewöhnlich, wenn ihm etwas zuwider ist, verliert er die Fassung.

»Scheren Sie sich zur Hölle«, schreit er, »in die Sie gehören!«

Er wendet sich zur Tür, hinter welcher der Polizeioffizier ihn in Empfang nimmt.

Der späte Vormittag gehört der Vorbereitung der Ordensverleihung, die in den nächsten Tagen stattfinden wird. Höchst willkommen, diese Ablenkung von dem gräßlichen Eindruck der letzten Stunden. Nachmittags dann die Minister wegen der Entscheidung in der verwünschten Chose Tschech.

Aufgereiht liegen die Orden auf dem Tisch — glänzende Zeichen der Ehre, kostbare Lohnlinge. Prunk und Stolz für Brust und Hals. Adler, Stern, Kette, Schnalle, buntes Band. Maskerade? Faschingsscherz? Oh, nein! Schwer erdient und erbuckelt.

Mit gemischten Gefühlen nimmt man die funkelnden Dinger in die Hand, dreht und wendet sie, läßt das Licht auf ihnen spielen . . . Die Reihenfolge. Die Ränge. Die Nuancen unterschiedlicher Bewertung.

Man hört auf den Rat der Zuständigen und befolgt oder verwirft ihn. Mit einer Art freudiger Genugtuung gedenkt man seine Lieblinge zu dekorieren, übergeht nach Möglichkeit die Nichtgenehmen, läßt sich davon überzeugen, daß dieser oder jener dennoch ... ein anderer, den man gern bevorzugt hätte, besser nicht ...

Rockow überfliegt die Namensliste. General von Pfuhl bekommt den Schwarzen Adlerorden, Alexander von Humboldt die Brillanten des Roten, mit ihnen wird er sozusagen abgefunden nach langen, vergeblichen Verhandlungen wegen des Schwarzen. Schelling erhält den Roten Adlerorden zweiter Klasse, allerdings ohne Eichenlaub wegen der üblichen Überspringung der beiden unteren Klassen.

»Der Schwarze Adlerorden zweiter Klasse, lieber Rokkow, scheint mir für den läppischen Oberfinanzrat Kohl doch zu hoch gegriffen.«

»Darf ich untertänigst erinnern: seine Zwanzigtausend-Taler-Spende für den Kölner Dombau ...«

»Vraiment. Er hat sich nicht lumpen lassen. Und der ›kolossale Geselle‹, wie der witzige Jude Heinrich Heine den Dom nennt, muß nun endlich fertig werden. Also nolens volens ... Ach, Rockow, ich erinnere mich, daß ich mich zu Lebzeiten meines Vaters über seine Ordensverschwendung lustig machte. Und jetzt kann ich selbst nicht anders, ich muß diesen Zirkus weiterführen.«

»Selbstredend, Euer Majestät.«

»Diese Narren!« sagte der König verächtlich. »Sie würden ihre Seligkeit geben für die Brillanten oder das Große Band. Gestern war wieder der Wiebel bei mir, der ja als Leibarzt freien Zutritt hat. Mir schwant schon lange, was er will. Er giert nach dem Großen Band. Dabei hat er den Stern des Roten und sogar mit Brillanten. Ich verabschiedete ihn so rasch wie möglich. ›Au revoir auf dem Ordensfest.‹ Er, verdrießlich: ›Da geh' ich nicht hin.‹ — ›Warum nicht?‹ — ›Ich hab' ja nischt gekriegt!‹ — ›Wirklich, Sie etwa sollten nichts gekriegt haben? I, da muß ich doch nachsehen. Dort liegt die Ordensliste, geben Sie mal her.‹ Ich überblickte die Liste: ›Tatsächlich, Sie haben recht, Sie stehen nicht drin. Na, da gratuliere ich Ihnen bestens, dann brauchen Sie wirklich nicht hinzugehen!«

Nachmittags wird es kühl. Die Sonne hat sich verzogen. Nervös trommelt der König gegen die Fensterscheiben. Die Erinnerung an das gräßliche Erlebnis am Morgen steht ihm mahnend wieder vor Augen. Das Schandloch, die Hausvogtei . . . und der Hochmut dieses verstockten Sünders . . . Die Minister sind für sechs Uhr angesagt, und er muß sich entscheiden. Herr, du weißt, daß ich ihm vergebe. Ich vergebe ihm nicht nur, weil ich damit das Gebot meines Herrn und Meisters erfülle, sondern auch der Regung meines Herzens folgend. Ich vergebe ihm, aber er soll sterben.

Um meinetwillen soll er sterben. Ich werde unterschreiben, daß mein willentlicher Mörder hingerichtet wird. Dieser schreckliche Mensch! Er haßt mich. Warum haßt er mich? Hätte ich doch nicht den persönlichen Kontakt mit ihm gesucht! Kann ich ihn jetzt überhaupt noch enthaupten lassen, nachdem ich ihm ins Auge gesehen habe? Ich, der ich niemand ein Haar krümmen möchte, der ich von allen geliebt zu werden suche — ich soll den Tod dieses Menschen befehlen. Das Urteil unterschreiben. Meinen Namen darunter setzen. Werde ich es tun? Die Minister wollen meine Entscheidung erzwingen. Muß ich mich ihnen fügen, weil die Staatsräson es befiehlt? Er hat ja nicht mich, den Menschen morden wollen, sondern in mir den Gesalbten, den durch Gottes Gnade Erwählten. Seine Tat war eine Beleidigung Gottes, des Allerhöchsten. Darauf steht der Tod. Gottes Gnade. Ich kann ihn begnadigen. In meine Hand ist es gegeben. Meine Hände. Übrigens sind sie rot und kalt. Ich friere. Es ist zu wenig geheizt. Draußen ist es wieder kalt geworden. Ich werde läuten, daß noch Holz aufgelegt wird.

Er zieht den mit Perlen bestickten Klingelzug. Unmittelbar darauf tritt ein Lakai ein. »Besser heizen. Holz auflegen. Es ist kalt.«

Er geht zum Schreibtisch zurück, setzt sich und stützt den Kopf in die Hand. Ich will nachdenken. Denken. Gottes Gnade ist über mir. Er hat mich geschützt. Natürlich. Denn ich bin sein Walter hier auf Erden. In Deutschland. In Preußen. Gnade. Soll ich ihn begnadigen???? Er wendet sich dem Lakai zu, der vor dem Kamin kniet. »Bon. Noch ein paar Scheite. Comme-ça. Es wird schon wärmer.« Der Lakai steht auf, zieht sich zurück und lautlos die Tür hinter sich zu.

Begnadigen. Es kommt mir zu, ihn zu begnadigen. Seine Majestät der König haben in Gnaden geruht . . . Was hätte Jesus an meiner Stelle getan? Er hätte kein Blut vergossen. Ich bin sein Stellvertreter in diesem Land. Der Mann soll nicht sterben. Ich werde ihn begnadigen. Werde ich? Die Minister werden mich quälen. Die Staatsräson! Ich werde sie zum Teufel schicken! Es ist mein Wille. *Der Mann soll leben.*

Spätnachmittag. Der König sitzt am Schreibtisch. Drei Minister umstehen ihn. Bunten. Ranitz. Kattowitz.

»Majestät dürfen den Tschech nicht begnadigen.«

»Darf nicht? Ich werde doch wohl *dürfen,* was ich will.«

»Erlauben allergnädigst: es muß ein Exempel statuiert werden.«

»Wenn man ihn lebenslänglich . . .«

»Die Staatsräson fordert seinen Tod.«

»Bleibt mir vom Leibe mit eurer Staatsräson!!!«

»Euer Majestät werden doch einsehen . . .«

»Ich sehe ein, ich sehe ein. Nein, zum Teufel! Ich habe bereits entschieden.«

»*Was* haben Euer Majestät entschieden?«

»Daß ich . . . Ja, ist dies denn ein Verhör?«

»Es ist der erste Fall, daß das Leben eines preußischen

Königs durch ein Attentat bedroht wurde. Etwas Unerhörtes in der ruhmreichen preußischen Geschichte.«

»Gott hat mich geschützt.«

»Der König ist unverletzlich. Doch unausdenkbar, daß sich eine ähnliche Scheußlichkeit wiederholen könnte. Der Mann muß ausgelöscht werden. Er muß vom Erdboden verschwinden, als habe es ihn nie gegeben.«

»Meinen Sie?«

»Geruhen Euer Majestät zu unterschreiben?«

Nervös dreht der König die Feder zwischen den Fingern. Wer hat sie ihm in die Hand gedrückt? Bunten? Kattowitz? Ranitz?

»Schert euch zum Teufel!« murmelt er.

Ein paar schwere Atemzüge . . . Die Unterschrift steht.

Der König erhebt sich. Es zuckt in seinem Gesicht. Eine verabschiedende Geste.

Rückwärts gehend, das schwer erkämpfte Dokument umklammernd, ziehen die Minister sich zurück.

Der König setzt sich wieder. »Die Schranzen! Sie haben mich übertölpelt. Wieder einmal. Es ist die Hölle.«

Er malt Männchen auf ein Stück Papier.

Vier Tage später ist die Zeremonie der Ordensverleihung glücklich vorüber. Nun wird im Weißen Saal getanzt.

Ursprünglich war beschlossen worden, in diesem Winter keine Bälle zu veranstalten. Wegen der unangenehmen Gerüchte, man wolle bei Hofe Kirchenstrenge einführen, hatte man diese Absicht indes, um seine weltliche Gesinnung zu beweisen, wieder aufgegeben.

In einer Ecke unterhält sich Adam Triglav mit einigen Herren aus dem Hausministerium, dem er selbst angehört hatte, solange sein Vater Groß-Triglav bewirtschaftete.

Adam Triglav, der Pietist, ist aus religiösen Gründen dem Tanzen abgeneigt. In der nahen körperlichen Berührung der Paare, dem Rhythmus der Bewegung der Leiber zu einer Musik, die — ursprünglich mit Tubatönen zum Lobe Gottes bestimmt — nun verweltlicht den Reiz der Verführung steigert, in alledem sieht er die profanierend herabgewürdigte Vorstufe zu der von Gott verordneten geschlechtlichen Vereinigung.

Mit halber Aufmerksamkeit an der Unterhaltung teilnehmend, beobachtet er, daß seine älteste Tochter Marie, die, ebenso wie Fritz und Paul, zum ersten Mal an einem Fest bei Hofe teilnimmt, sich von einem Kavalier auf das Parkett entführen läßt. Der Tänzer ist jedoch Prinz Friedrich, der Brudersohn seines Monarchen, ein Umstand, der verpflichtet. Prinz Friedrich und Fritz, der dem Prinzen als Studienfreund attachiert ist, studieren bei den Bonner Preußen; die Sache ist also harmlos, wiewohl seine schöne Tochter ihre Augen reichlich spielen läßt. Er wird sich Mariechen morgen vornehmen.

Sie hat jetzt bereits einen anderen Tänzer. Ihn kennt er gut. Der lange, junge Mensch ist Otto Bismarck, der im Hause eines nahen Freundes und religiösen Kampfgenossen Adams seine zukünftige Frau gefunden hat. Triglav schätzt des jungen Mannes glänzende Geistesgaben und unterstützt durch Empfehlung beim König seinen schnellen politischen Aufstieg.

Die Herren sprechen über das Attentat. Man ist bestürzt über des Königs hartes Urteil und befürchtet eine negative Auswirkung auf das Volk.

Rex selbst wirkt heute gelockert der Festesfreude hingegeben, das stellen die Herren fest. Aber Adam Triglav weiß, daß der Schein trügt. Augenblicklich tanzt der König mit der Herzogin von Sagan, die er verehrt. Die Königin kann dieses pompöse Weib nicht leiden. Varnhagen von Ense, Rahels Witwer, behauptet von ihr, sie besäße einhundertzwanzig Millionen Franken: »Talleyrandsches Geld, schlechter erworben als das der Rothschilds.«

Als der König sich zu ihnen gesellte, springen die Herren auf. Rex nimmt Platz an ihrem Tisch, und alles setzt sich wieder.

Jeder erwartet nun den neuesten Witz. Weiß Gott, woher der König ihn hat, vermutlich von Neumann, seinem Kammerdiener. Man räuspert sich verstohlen, um die Kehlen frei zu machen für das allgemeine Gelächter, das der Pointe pflichtschuldigst, meist aber auch ehrlich belustigt, zu folgen hat.

Während Rex die geschmückten Brüste der Herren mustert, fehlt seinen Worten tatsächlich nicht die gewohnte Würze. »Ich hoffe, Sie sind zufrieden mit ihren Faschingssternen, meine Herren. Ich estimiere, in diesem Fall ist der Lorbeer auf der Brust besser als ein Feigenblatt unterhalb der Schärpe, n'est-ce pas?«

Worauf gelacht werden soll und darf.

Der König wird ernst. »Sie sprachen da vorhin von den Kosten, die der Bau des verfallenden Kölner Doms verursacht. Certainement, in Geldsachen hört die Gemütlichkeit auf. Wie der Berliner sagt: ›Wenn es um die Marie geht, zerbricht die Freundschaft.‹ Kann übrigens einer der Herren die Assoziation zwischen der Marie und dem Mammon näher definieren?«

Niemand vermag es. Der König auch nicht.

Soeben taucht im Karussell der tanzend Vorüberschaukelnden Marie Triglav auf, und der König wendet sich zu ihrem Vater.

»Sie haben eine Ihrer hübschen Töchter mitgebracht, Triglav? Ist es Marie oder Elisabeth?«

»Marie, Euer Majestät«, erwidert Adam, seinen Mißmut über das leidige Tanzproblem verbergend. »Elisabeth ist gerade erst siebzehn geworden.«

»Der Kavalier, mit dem Marie tanzt, ist doch der Akazienburger Triglav, ihr Vetter, nicht wahr?«

»Jawohl, Majestät.«

Zum ersten Mal wird es Adam Triglav klar, daß sein Brudersohn sich augenscheinlich um seine Älteste bemüht. Marie ist neunzehn. Eine Heirat zwischen den beiden wäre nicht von der Hand zu weisen. Der Name würde in der Familie bleiben. Obwohl — die nahe Verwandtschaft ...

Marie ist erhitzt, der Fächer in Bewegung. Die beiden haben sich in das Kabinett unter den Kübelpalmen zurückgezogen. Dort ist es kühl und still.

Sie läßt sich von ihm küssen. Nur ganz kurz und scheinbar widerstrebend. Es ist attraktiv, geliebt zu werden, ohne wiederlieben zu müssen und sich selbst von der Liebe unterjochen zu lassen. Es befriedigt die Eigenliebe. Marie gehört zu den Frauen, die eine große Leidenschaft zu erwekken imstande sind, während sie selbst kühl bleiben. In der berauschenden Vorstellung, daß der Liebende ihr verfallen ist, besteht ihre Art von Liebesgenuß.

»Mariechen ...«

»Ja?«

»Gib mir endlich eine klare Antwort. Ich will wissen, woran ich bin. Ich meine es ernst, das weißt du.«

»Nein, ich weiß nicht ... Laß mir Zeit.«

»Verwünscht! Wie lange noch ... Kind, ich liebe dich doch ...«

Er zittert. Seine Hände fliegen. Sie sieht es. Sie stellt sich vor, wie er leidet. Es ist herrlich, ihn aufzupeitschen bis zum Wahnsinn.

Er hat sie losgelassen. Andere Paare tauchen zwischen den Palmen auf.

Sie gehen zurück in den Saal.

Gerhard ist nicht der erste, der Maries passiver Taktik erliegt — wenn auch bisher der gewichtigste. Marie siegt, ohne erobern zu müssen. Schon längere Zeit kämpft er den mörderischen Kampf gegen ihre stumpfen Waffen. Es ist, als zerfetze er eine papierne Wand.

Sie trennen sich, wie schon so viele Male in letzter Zeit, ohne daß sie ihm eine Zusage gegeben oder eine direkte Abfuhr erteilt hat.

Währenddessen hatte Adams jüngerer Sohn Paul ein Erlebnis anderer Art. Ausgerechnet Alexander von Humboldt hatte Pauls neuen Anzug während einer plötzlichen Karambolage mit etwas Wein übergossen. Der kleine große Mann hatte sofort sein Schnupftuch gezogen und Pauls Ärmel damit gewischt. Die Brillanten des Roten Adlerordens blitzten.

»Pardon. Ich hoffe, es ist nichts mehr zu sehen, Herr . . .«

»Triglav, Exzellenz.«

»Junger Herr von Triglav, sind Sie ein Sohn von Adam?«

»Jawohl, Exzellenz.«

»Ich habe mir euer Pommern kürzlich mal etwas angesehen. Wäre auch bei euch vorbeigekommen, aber die Zeit reichte nicht. Ich war an eurer zahmen Ostsee, in Kolberg, und bin von da rüber auf die Insel Wollin.« Und scherzend fährt er fort: »Da hat übrigens ein Tempel von eurem pommerschen Wendengott gestanden. Von diesem Triglav stammt ihr doch ab, nicht wahr?«

Paul, im gleichen scherzenden Ton: »Ja, wir gehören zu den Göttersöhnen. Der Wendengott Triglav war unser Gottvater. Seine Tempel standen in Stettin und auf Wollin. Er hatte drei Köpfe zum Zeichen, daß er drei Reiche, das himmlische, das irdische und das unterirdische, beherrschte.«

»Erzähl weiter, Junge.«

»Der Bischof von Bamberg verbrannte den Tempel in Stettin. Er schlug dem Gottvater seine drei versilberten Köpfe ab und schickte sie dem Papst.«

»Da siehst du, daß nichts Bestand hat, auch der Gottvater nicht.«

Das Fest geht zu Ende. Die Lichter verlöschen. Das Lächeln erstirbt. Der Charme verfliegt.

Der König sitzt im Sessel. Er sieht verlassen aus.

Schwarze Gedanken bekommen schon wieder die Oberhand.

Die Königin sieht es ihm an. Sie tritt herzu und läßt sich von ihm umarmen. Sie tröstet ihn, so gut sie kann.

Marie flicht sich den Nachtzopf.

Sie sitzt vor dem kleinen Spiegel im Mahagonirahmen mit der Schublade für Kamm und Bürste darunter. Ihr Haar, glatt gescheitelt um das sehr junge Gesicht, hat noch die aschblonde Kinderfarbe. Auch die Nase ist kindlich geblieben. Es ist die stumpfe, kleine Nase der Triglav-Frauen, die drei der Schwestern, nur Casimire nicht, geerbt haben. Aber die blaugrauen Sphinxaugen, die Marie aus dem Spiegel anblicken, und die schmalen, halbgeöffneten Lippen gehören einem Mädchen, das schon volle Brüste hat und der Wunschtraum junger Männer ist.

Marie weiß das sehr genau. Rein theoretisch, platonisch natürlich. Marie ist des Vaters Kind und geht mit Bibel und Gesangbuch um, wie andere mit Strickstrumpf und Kochtopf. Lektüre, Worte und Taten unter den Augen der Umwelt sind gezügelt, gesittet und karitativ eingestellt. Man findet Marie entzückend, ja verehrungswürdig, das versteht sich von selbst. Niemand würde es in den Sinn kommen, sadistische Neigungen bei ihr zu vermuten.

Von Zwängen frei ist indes das schweifende Spiel der Gedanken, die schrankenlose, abgründige Phantasie. Marie denkt an Gerhard und daß er sich nach ihr verzehrt. Soweit sie als noch unberührtes Mädchen dazu imstande ist, genießt sie es, sich seine Qual in allen Einzelheiten vorzustellen.

Gerhard wird das reiche Akazienburg erben. Ist er ihr äußerlich nicht stattlich, geistig nicht gewandt genug? Das wohl weniger. Aber die Angst vor der Bindung . . . Ein Leben in Reichtum zwar, aber zur Treue verpflichtet. Nie mehr dieses herrliche, männermordende Spiel. Das Zappelnlassen im ungewissen. Die Spiegelung der eigenen Reize im Begehren des Verliebten. Vorbei das alles nach dem Gelöbnis vor dem Altar. Ein Leben in der Gleichform jährlichen Kinderkriegens, in der Verpflichtung, womöglich beim Schweineschlachten anwesend zu sein. Ein Leben in langweiliger Gesichertheit, ohne das Glatteis der Koketterie.

Marie ist noch sehr jung. Papa wird ihr Zeit geben. Zeit zu den Spielen, die er nicht beachtet, weil er von ihnen nichts ahnt, obwohl sie unter seinen Augen vor sich gehen. Weil er — so urteilt die Tochter — völlig in seine eigenen Gedanken, seine Pläne, Sorgen und Unternehmungen vertieft ist.

Maries Nachtzopf ist längst geflochten.

Jetzt trennt sie sich von ihrem Spiegelbild, steht auf, legt Unterröcke, Schnürleibchen, Hosen und Hemd auf den Stuhl am Bett und zieht das Nachthemd über.

Voll angenehmer Erinnerungen steigt sie ins Bett und hat nach dem obligaten Nachtgebet keinen Grund, noch lange wach zu liegen.

Die Königin ist fromm. In früheren Zeiten sahen Könige, Erzbischöfe, Bischöfe und Priester zu, wenn ihre Widersacher auf öffentlichen Plätzen hingerichtet wurden. Die Königin lebt in einer humaneren Zeit. Es ist nicht mehr Sitte, daß sie hingeht, wenn der Tschech enthauptet wird, der dem König ans Leben wollte.

Die Königin hat viel geweint in diesen Tagen. Der gute Butt! Er ist ein so sensibler Mensch. Nächtelang hat er nicht geschlafen, weil er den Mordwilligen gern gerettet hätte. So gut ist er. Aber das Gesetz befiehlt die Todesstrafe für den, der seine Hand gegen das geheiligte, gekrönte Haupt erhoben hat. So denkt die Königin und ist im tiefsten Grunde immer noch eine gute Katholikin. Sie hat wohl ›Das Leben der Heiligen‹ gelesen, aber vermutlich kaum jene neutestamentlichen Worte: »Ihr habt gehört, daß zu den Alten gesagt ist: ›Auge um Auge, Zahn um Zahn.‹ *Ich aber sage euch . . .*«

Oder sie hat darüber hinweggelesen. Der gute Butt!

Die Zeit vergeht, und mit ihr wird zur Tagesordnung übergegangen. Nur der Hauch eines Schattens bleibt zurück.

Und noch etwas bleibt. Das ist die Tochter Tschechs. Der Attentäter hat eine Tochter hinterlassen, die nun Vollwaise ist, da die Mutter schon lange tot ist. Das Mädchen ist sechzehn und heißt Charlotte. Es ist ein schönes Kind.

Der Brauch, die Kinder von hingerichteten Verbrechern in ein Heim zu stecken, wird auch an Charlotte Tschech vollzogen. Aber sie bleibt nicht lange dort.

Eines Tages reißt sie aus und taucht unter in jenem Stadtteil Berlins, der in bezug auf das Elend der schlesischen Weber die »Weberei« genannt wird, und in dem man auf eine besondere Art sein Glück (oder Unglück) machen kann.

Hier lebte Sebastians Schwester Emilie.

»Mila, du hast neue Gardinen vor dem Fenster!« stellte Sebastian bei einem seiner seltenen Besuche in ihrer ärmlichen Behausung fest. »Und die Wände sind frisch getüncht? Du hast jetzt scheint's einen spendablen Brötchengeber, was?«

»Das geht dich einen Dreck an.«

»Laß man. Tu, was du kannst. ›Lasset uns unsern Garten bestellen‹, sagt Voltaire im ›Candide‹.«

Sebastians Schwester war nicht ganz ungebildet. Nur hatte ihr der Ehrgeiz gefehlt, den der Bruder in hohem Grade besaß. Sie hatten beide die Schule besucht, bis die Familie in Not geriet und Mila — er wußte nicht zu sagen, ob zwangsweise oder freiwillig, vermutlich beides — ihr Brot zu verdienen begann, wo es sich bot.

Jetzt stand sie vor ihm, eine nicht unschöne Person, nur

etwas zu mager, aber mit Augen, die brannten. Sie war jetzt Schankmamsell in einer Kneipe, in der Sebastian, wenn er in Berlin war, sich ab und zu blicken ließ. In solchem Fall war sie taktvoll genug, ihn nicht zu grüßen.

Mila wunderte sich fast, daß er doch zuweilen kam und sie in ihrer Behausung aufsuchte — er, der fein Gewordene, wie sie höhnisch dachte, und daß er sich an ihren Lebensumständen nicht stieß. Das bißchen Gutmütigkeit, das in ihr wach geblieben war, gab sich damit zufrieden. Sie verlangte nicht mehr, als daß er ihr ab und zu ein paar lächerliche Moneten, wie sie die kümmerliche Summe im stillen nannte, zusteckte.

Wie viel er verdiente, wußte sie nicht, aber sein relativ geringes Salär hätte sie nicht erstaunt. Sie war an Ausbeutung gewöhnt.

Er musterte das zerschlissene Kanapee, auf dem ein ziemlich sauberes Plumeau lag.

Sie sah seinen Blick. »Da schläft die Lotte drauf«, erklärte sie, »bis sie was anderes gefunden hat. Charlotte Tschech, ja, die hinterlassene Tochter von dem Attentäter, du weißt.«

»Ach was — die?«

»Ja. Das Heim, in das der König sie hat stecken lassen, war die reine Sittenwalze. Sie ist da ausgebüchst. Der Drill hat ihr nicht gepaßt.«

»Läßt sich denken.«

»Sie muß übrigens bald kommen. Du kannst sie noch sehen. Eine verdammt hübsche Göre, knapp siebzehn. Als sie herkam, war sie noch unschuldig.«

»Und jetzt ist sie bei dir in der Lehre!« spottete der Bruder. »Na, und die Polente? Hat man nicht nach ihr gesucht?«

»Und ob. Aber du verstehst — wir haben so unsere Methoden.« Sie lachte. Mila hatte noch keine schadhaften Zähne. Das Lachen stand ihr nicht schlecht, fand Sebastian.

Er hatte es sich zum Prinzip gemacht, die »Methoden« seiner Schwester soweit als möglich zu ignorieren. Zunächst fragte er nicht weiter nach der bei Mila gelandeten Tochter des Attentäters. Die Sache erschien ihm nicht uninteressant. Dennoch war ihm, der seit Jahren an ein geregeltes Leben gewöhnt war, nicht ganz behaglich zumute.

Er zog seine Uhr, die von der Schwester mit neidischen Blicken betrachtet wurde.

»Ich muß jetzt gehen.«

»Schon? Warte doch, bis die Kleine kommt. Es lohnt sich, daß du sie wenigstens siehst.«

»Nein«, beharrte er und erhob sich von dem Rohrstuhl, der auf nicht ganz stabilen Beinen stand. »Ein andermal.«

Dem anderen Mal folgten dann weitere Male, denn der Winter war noch nicht zu Ende. Adam Triglav, häufig beim König und an Staatsgeschäften beteiligt, dachte erst gegen den Frühling hin an die Rückkehr in die Heimat, so daß Sebastian Gelegenheit hatte, das mit dem ungewöhnlichen Schicksal behaftete Mädchen ausgiebig zu begutachten.

Charlotte Tschech war tatsächlich, so stellte er fest, eine blendend aussehende kleine Person mit einer untadelig ebenmäßigen Visage, um die sie manche adlige Maid beneiden konnte.

Bei diesem Äußeren — dem anscheinend nur durchschnittliche geistige und charakterliche Gaben beigefügt waren, sowie angesichts der »Lehren«, welche die mittlerweile Siebzehnjährige von Mila empfing — konnte es wohl nicht ausbleiben, daß das Mädchen vor die Hunde gehen würde, noch ehe es sich herausstellte, ob sie bei zunehmender Reife das Zeug zur großen Kokotte hatte. Sebastian ertappte sich bei dieser Erwägung dabei, daß ihn eine gewisse sentimental bürgerliche Anwandlung überkam, die er belächelte. Aber die Kleine tat ihm fast leid, denn trotz offenbarer Anzeichen einer schon aufkommenden Verderbtheit, war sie von einer entwaffnenden Naivität.

Er versuchte sich — was ganz und gar nicht zu ihm paßte — Charlotte gegenüber als Sittenrichter.

Einmal saß er am Tisch und aß Hering, den Mila für ihn zurechtgemacht hatte.

Während sie zu dem Flaschenversteck am Bett ging, um eine Flasche für ihn aufzupfropfen, kam Charlotte von draußen herein. Das Mädchen sah animiert aus und hatte fahrige Bewegungen.

Sebastian blickte auf. »Schäm dich, Lotte. Mit fremden Kerlen zu saufen!«

Mila, die gebückt über dem liegenden Flaschenvorrat stand, fuhr herum und starrte den Bruder überrascht an. Interessiert trat sie näher.

»Ich habe nicht gesoffen!« trotzte Lotte.

»Du lügst. Du hast eine Fahne, die von hier bis zu den Linden stinkt.«

»Mein Kavalier läßt was springen. Ich kann saufen, mit wem ich will.«

»Das kannst du nicht. Es ist ein Jammer um dich! Du hast —«, Sebastian stockte. Er sah den maßlos erstaunten und belustigten Blick seiner Schwester. Sie grinste.

Das Blut stieg ihm ins Gesicht. Er schämte sich. Das brachte ihn in Zorn. Sebastian tat ein Weiteres, was sonst nicht seine Art war. Er erhob seine Stimme mehr als gewöhnlich.

»Was starrst du, dumme Pute!« schrie er seine Schwester an. »Kümmere dich gefälligst nicht um meine — meine Auseinandersetzung mit diesem Früchtchen, das bei dir schon angefault ist!«

Mila verlor die Ruhe nicht.

»Na, na — laß mir doch meinen Spaß!« sagte sie vergnügt. Und mit einem lauernden Blick: »Ich wußte ja gar nicht, daß du so tugendhaft bist.«

Sebastian antwortete nicht. Sein Zorn verrauchte.

Charlotte rückte sich einen Stuhl an den Tisch und futterte hungrig den zweiten Hering, den Mila für sie aufgehoben hatte.

Sebastian schluckte das Wort hinunter, das er über ihr Schmatzen hatte sagen wollen.

»Verdammte Weiber!« murmelte er. »Ihr macht ja doch, was ihr wollt.«

3

Bläuliches Licht, das vom Himmel kommt. Blau überglänzte Landschaft. Weit. Flach. In der Ferne Wald. Wind über den Feldern bringt Duft von der Mahd. Bäume, sehr alt, die er schaukelt. Linden. Eine Lindenallee. An ihrem Ende das Tor, dessen steinerner Bogen zwei Wappen zeigt: das der Triglavs und das Wappen Pommerns, den roten Greif im silbernen Feld.

Dahinter das weiße Haus. Groß, mit zwei Flügeln. Ein Rasenrondell. Unweit des Hauses der weite Hof, von hoher Mauer umschlossen. Einmal Rattern eines Leiterwagens über Kopfsteinpflaster. Seitlich das Dorf. Rauch aus Dächern. Bewohnt. Friedlich.

Ein langer Junitag. Zeit der Schafschur.

Adam Triglav hat Besuch bekommen. Er geht mit seinem jungen Gast, einem Studenten, über den Wirtschaftshof und in die Ställe. Nur wenige Tiere sind in dem großen Schafstall. Was nicht gerade hinter der Stallwand geschoren wird, weidet im Freien.

»Wie viele Schafe besitzen Herr Baron?«

»Im Gesamtbereich von Groß-Triglav — also hier auf dem Hauptgut und auf den Vorwerken — sind es sechstausend. Aus England habe ich die ungehörnten Southdown-, die Sussex- und die gehörnten Dorset- und Wiltshirerassen. Die spanischen Burdosschafe und die Merinos tragen gekräuselte Wollhaare, für deren sehr feine Wolle ich im Ausland Preise erziele, wie sie sonst nur für die sächsische Merinowolle geboten werden. Unter den Fleischschafen kreuzen wir die englischen Leicester- und Lincolnrassen mit deutschen Marschschafen und führen das Fleisch ebenfalls nach England und Frankreich aus.«

»Ist eigentlich das Schaf im Grunde so charakterlos, wie es wirkt?«

»Das zahme Schaf ist nur ein Schatten des wilden, dieses munteren, kecken, klug jede Gefahr erkennenden Gebirgskindes. Im Dienst des Menschen ist es zu einer willenlosen Kreatur herabgesunken.«

»Da sieht man, wohin die Sklaverei führt.«

»Hinterm Stall ist übrigens gerade Schafschur. Hätten Sie Lust, nachher mal einen Blick darauf zu werfen? Zuerst gehen wir jetzt aber zur Koppel. Die meisten Pferde sind draußen.«

Ein leerer Schemel in der Reihe der scherenden Mädchen und Frauen aus dem Dorf wartet auf die zweite Triglav-Tochter. Elisabeth wird Schafe scheren. Alle Triglav-Töchter sollen alles können.

Sie kommt. Großer Strohhut gegen die Sonne. Schürze umgebunden. Schere in der Hand.

Sie grüßt die Schemel auf und ab. Lächelt, nickt und fragt. Dorfgeschehen. Krankheit, Geburt und Hochzeit. Teilnehmend. Freundlich. Routine. Elisabeth ist im Dorf beliebt.

Aus den weit geöffneten Flügeln der Stalltür dringt strenger Geruch. Drinnen ist es leer und stumm. Das Konzert des Blökens ist auf die Felder verlagert.

Aber auch wenn der Stall gefüllt und die Türen geschlossen sind und Elisabeth vorübergeht . . . Auch dann der Geruch. Und drinnen im Stall, von den Mauern gedämpft, die Litanei des vielstimmigen Chores. Schafbässe, sonor. Dünner hoher und höchster Sopran. Mezzostimmen dazwischen. Atonal. Polytonalität.

Und der Geruch: penetrante Manifestation. Ausdünstung — Wesensbestimmung. Schafstallgeruch . . . vertraut, geliebt wie gärender Wein. Assoziation von etwas Geilem. Fast geben Gerüche erregendere Faszination als Düfte. Gerüche können provozieren, zu Sünden verleiten. Jede Art riecht anders. Wer stinkt, ist aus dem Gefolge des Satans. Oh begnadete, oh verfluchte Nase!

Elisabeth setzt sich auf den leeren Schemel und nimmt das ihr zugedachte Schaf auf ihre mit Röcken bedeckten Knie. Zart bindet sie ihm mit breitem Band die Beine zusammen, damit es nicht zappelt. Nun schneidet die Schere. Behutsam. Kein Stich. Keine Wunde. Die Wolle riecht nach Stall und Weide, nach Schiß, Staub, Sonne, Tau und Gras, nach aller Würze der Natur.

Achtsam trennt Elisabeth Haar und Haut. Keine ungeregelten Streifen; das Vlies soll ganz bleiben. Heil. Eine zartflockige Pracht ... Das goldene Vlies ... Jason holte es aus Kolchis. Später dann wurde es zum höchsten Orden aller Zeiten ... Sie rollt den schon abgetrennten Teil des Vlieses zusammen und legt ihn vorsichtig auf den mit sauberen Tüchern bedeckten Boden.

Heiteres Geplauder. Beteiligung ist geboten, innerlich jedoch bleibt sie gleichsam abwesend, verweilt in der Welt der schweifenden Gedanken.

Elisabeth liebt den uralten Stammbaum des Schafes — zumal seine Vorfahren, die schon die Bibel bevölkerten. Zum Dulden war es geboren. Das Opfertier schlechthin. Und am Anfang, nach dem Sündenfall, Kain und Abel ... Abel trug als Gewand das Vlies eines Lammes. Es war zartflockig und schimmerte golden. Auch Abels Haar war hell und gelockt, seine Haut weiß und männlich fest. Abel war schön.

Abel trat auf sie zu, und in seine Augen kam ein Scheinen ... Elisabeth hob den Blick von ihrem Schaf und sah ihn an. Es war Abel, der vor ihr stand und den sie ansah. Er trug eine braune Joppe, eine helle, gestreifte Hose und eine kleine Schirmmütze auf dem Kopf. Sein Haar war hell und gelockt, seine Haut männlich fest.

Abel war schön.

Elisabeths Vater stand neben ihm und nickte ihr zu.

Elisabeth und Abel blickten sich an.

Elisabeths Vater wollte weitergehen, und Elisabeths Vater ging auch.

Trennte sich Abel von Elisabeths Augen, von ihrem Mund, ihrem Hals, ihren Brüsten, ihrer schmalen Mitte, ihrer ganzen Gestalt? Alles nahm Abel mit, als er hinter ihrem Vater her und an seine Seite ging. Er nahm auch ihren Sinn und ihre Gedanken mit, ihre Augen, die ihm nachsahen und denen nicht verborgen blieb, daß er schlank um die Hüften war und einen festen Gang hatte, und er nahm ihre Ohren mit, die hörten, wie er Vater fragte, nachdem er seine Stimme mit einem kleinen Räuspern frei gemacht hatte:

»Wer war das?«

»Wer?«

»Die mit den veilchenblauen Augen?«

Adam Triglav lachte kurz und ahnungslos auf. »Sie meinen meine Tochter? Ja. Meine Töchter müssen alles lernen. In diesem Jahr ist Elisabeth an der Reihe.«

Elisabeth.

Er denkt es so heftig, daß er erschrickt.

»Ich lasse Sie jetzt allein. Ich muß in die Kreisstadt fahren, das dürfte Sie nicht interessieren. Sind Sie Jäger? Wollen Sie einen Bock schießen? Der Förster zeigt Ihnen, wo er steht. Nicht? Sie verstehen nichts vom Waidwerk? Möchten Sie lesen? Die Bibliothek steht Ihnen zur Verfügung. Sie ist hinter dem Musikzimmer, das an den Gartensaal grenzt. Sie werden es finden. Um fünf trinkt meine Frau den Tee. Sie freut sich, Sie kennenzulernen. Auf Wiedersehen zum Abendessen. Sie bleiben doch zur Nacht?«

Der junge Mann steht am Fenster. Vor ihm liegt der Park. Ganz hinten schimmert ein Teich, auf dem weiße Flocken schwimmen. Sind es Wasserrosen? Nein, wohl Enten. Oder Schwäne. Es sind große Flocken. Am Ufer steht eine Gestalt. Eine Frau. Er spürt es.

Es ist ein heller, warmer Tag. Die Sonne lockt. Sie lockt so stark, daß er in großen Sätzen die Treppe hinunter springt und sich in den Park förmlich stürzt. Er wählt einen dicht belaubten Weg. Bald ist er auf der Höhe des Teiches. Die Gestalt steht noch immer am anderen Ufer. Es ist eine der Töchter des Hauses.

»Elisabeth«, sagt er leise vor sich hin und will sich zurückziehen. Sie soll ihn nicht sehen.

Aber sie sieht ihn und winkt ihm strahlend.

Sie treten aus dem Park auf die vom Wald begrenzte Wiese hinaus. Sie plaudert zwanglos und geistreich. Dazu wurde sie erzogen. Natürlich.

Sie fragt ihn nach seinem Studium. Wie schön, er ist Germanist. Sie liebt ›Des Knaben Wunderhorn‹. ›Brentano‹. ›Die Ahnfrau‹. Sie zitiert: »›Oh Stern und Blume, Geist und Kleid, Lieb, Leid und Zeit und Ewigkeit‹.« Und setzt hinzu: »Damit ist alles gesagt.«

»Alles?«

»Ja. Meine Welt hier in Groß-Triglav. ›Stern und Blume‹ — das bedeutet alles Schöne, Beseelte. ›Geist‹ — das ist, was von innen heraus drängt. ›Kleid‹ — die Fassade. ›Lieb‹ — ohne Liebe kein Leben. ›Leid‹ — das bleibt nicht aus. ›Zeit‹ — der Begriff, der meine Tage teilt. Und ›Ewigkeit‹ — das ist Gott und alles, was ihm gleicht.«

Tief beeindruckt geht er neben ihr. »Wie alt sind Sie?«

»Siebzehn. Warum?«

»Sie sprechen, als lebten Sie schon bewußt.«

»Ach nein, das glaube ich nicht. Aber alles, was dieser Vers besagt, das lebt in mir.«

Er hat ein solches Mädchen noch nicht getroffen. Er weiß jetzt, daß er sie liebt. Er wußte es von Anfang an. Es ist eine unglückliche Liebe. Er ist verloren. Rettungslos. Dennoch ist er glücklich.

Er bleibt stehen und sie auch. Er legt den Arm um sie und küßt sie scheu.

Sie gehen eine Weile schweigend. Ihr Schweigen ist Freude. Daß sie nebeneinander gehen. Daß sie beisammen sind.

Dann beginnt er zu reden.

»Ich bin ein armer Student. Mein Vater ist nur ein kleiner Beamter. Subaltern. Der Vater meiner Mutter war Dorfschullehrer. Morgen bereits muß ich wieder fort. Wirst du mir schreiben?«

»Ich werde dir schreiben. Aber du kannst mir nicht schreiben, solange mein Vater nichts weiß.«

»Nein, natürlich nicht«, sagt er unglücklich.

Sie werden traurig.

»Wann sehen wir uns wieder?« fragt sie.

»Ich weiß nicht.«

»Wir sind winters immer eine Weile in Berlin. Wir haben ein Haus an der Werderschen Kirche. Wirst du kommen, wenn wir dort sind? Ich glaube, ich weiß einen Weg, wie wir uns sehen können. Ich bin manchmal bei Frau Bettina von Arnim, weißt du, Clemens Brentanos Schwester, die ›Goethes Briefwechsel mit einem Kinde‹ geschrieben hat und ›Dies Buch gehört dem König‹. Papa erlaubt meine Relation zu ihr, obwohl er ihre Bücher nicht liebt und sie auch nicht liest. Frau von Arnim liebt junge Kavaliere mit Geist. Ich kann dich bei ihr einführen. Dort können wir uns sehen. Tante Bettina ist generös und hat Verständnis.«

Er denkt nach. In seinem Gesicht arbeitet es. Sie sieht, daß er frohe und gute Gedanken hat.

Sie strahlt ihn an. »Du bist Abel«, sagt sie.

»Albert«, verbessert er lächelnd.

»Nein, Abel«, beharrt sie.

Er lacht. »Warum?«

»Als ich das Schaf schor, waren Kain und Abel in meinen Gedanken. Abel war schön. Er trug das Vlies eines Lammes als Gewand. Sein Haar war hell und gelockt. Als ich aufblickte von meinem Schaf, stand Abel vor mir.« Sie lächelt und ihre Hand sucht sich zu vergewissern. »Er trug die braune Joppe, die helle, gestreifte Hose und die kleine Schirmmütze auf dem Kopf.«

»Liebst du Abel oder Albert?« fragt er.

Sie lacht. Und dann erinnert sie sich: »Wir müssen zurück. Ich habe heute Tischdienst, und Mamette verlangt, daß wir pünktlich sind.«

»Mamette?«

»Ja. Mama ist unsere Stiefmutter. Sie heißt Henriette, und wir nennen sie Mamette.«

Sie machen sich auf den Heimweg. Sie blickt auf seine Hände und auf sein Haar unter der Schirmmütze.

Der Juniabend ist hell. Die Vögel singen noch. Alles ist Liebe ringsum.

Als sie zu Hause anlangen, steht Casimire am Fenster und schaut. Sie ist fünfzehn und neugierig. Casimire läuft in die Halle hinunter und lehnt wie zufällig am Treppengeländer, als Albert Marquardt und Elisabeth eintreten.

Albert geht in die Bibliothek, und Elisabeth hängt den breitrandigen, weißen Strohhut in den großen eichenen Schrank in der Halle und wirft einen kurzen, scheuen Blick in den Spiegel, während sie zur Tür geht.

Casimire verstellt ihr den Weg.

»Habt ihr den Sonnenuntergang bewundert?«

Irgend etwas reizt Elisabeth an der Stimme der kleinen Schwester. Aber mit gewohntermaßen hervorgekehrter Gelassenheit antwortet sie: »C'est ça. Morgen wird's regnen.«

»Weil er morgen abreist?«

»Wer? Ach so, der Herr Marquardt. Was hat das mit dem Regen zu tun?«

»Schade, daß er fährt, der Herr Marquardt, findest du nicht?«

Das Abendessen verlief in angeregter Unterhaltung.

Elisabeth und Albert aßen wenig.

»Langen Sie zu, Herr Marquardt. Einen so frischen Quark bekommen Sie in Greifswald nicht.«

Mamette fragte den Gast, der in Greifswald studierte, nach den Professoren, von denen sie den einen persönlich kannte. Dann wurde der Zeitpunkt von Alberts Abfahrt erörtert. Mit dem Triglaver Wagen bis zur Poststation, wo Albert in die Postkutsche steigen wollte, waren es anderthalb Stunden, wenn man die meiste Zeit auf dem Sommerweg fuhr und die Straßen nicht vom Regen aufgeweicht waren.

»Morgen wird's regnen«, ließ Casimire sich vernehmen.

»Woher weißt du das?«

»Elisabeth und Herr Marquardt haben den Sonnenuntergang betrachtet.«

Aller Augen richteten sich auf Elisabeth, die mit roten Backen auf ihren Teller blickte. Das Erröten des neunzehnten Jahrhunderts war in erster Linie das Vorrecht junger Mädchen. Je jünger sie waren, desto intensiver trat es in Erscheinung.

Mamette sah gütig aus, Papa ein paar Augenblicke verwundert. Dann nahm er das Gespräch wieder auf. Es gab so viel anderes, was ihn beschäftigte. Das war gut.

Die süße Speise kam. Zu Ehren der Schafschur gab es »Weißes Lämmchen«, eine Mondaminspeise, die in einer Lammform gereicht wurde.

Am nächsten Morgen reiste Albert Marquardt ab.

Sollte nun wirklich alles wieder wie vorher sein? Der Gartensaal mit der letzten, noch nicht abgeräumten Frühstücksmahlzeit? Der Kleiderhaken, an dem die braune Joppe und die Schirmmütze gehangen hatten? Das Zimmer, in dem der Gast eine Nacht geschlafen hatte und in das man sich jetzt stahl, um sich auf das ungemachte Bett zu setzen und das Laken anzustarren, auf dem sein Körper gelegen hatte.

Da saß man nun. Man war. Man existierte. Man lebte weiter. Alles war so, als wäre nichts gewesen. Als hätte sich nichts ereignet inzwischen. Als wäre man noch dieselbe wie zuvor. Was hatte sich dazwischen geschoben, zwischen vorher und jetzt? Nichts davon ist mehr zu sehen, zu hören, mit Händen zu greifen. Man hat einen trockenen Mund und kalte Hände, aus denen das Blut gewichen ist. Und leere Augen, in denen noch keine Träne steht. Kommt doch, Tränen. Komm doch, Schmerz. Laß dich fühlen. Fülle den leeren, stummen Sinn.

Elisabeth schreibt einen Brief.

Groß-Triglav, im Juni 1849

Abel,

wenn Du nach Hause kommst, sollst Du wissen, daß mein Herz schon dort ist und Dich erwartet. Es ist nicht mehr wie vorher, daß Deine Stube kalt und leer ist, Du hast mein Herz mitgenommen. Es ist Dir vorausgeeilt und empfängt Dich dort. Beglückt, beseligt, daß es Dich gibt.

Ich werde mich mit Malchen besprechen. Sie war schon bei uns, als wir alle geboren wurden. Und dann hat sie unsern Müller geheiratet. Sie ist verschwiegen. In meinem nächsten Brief werde ich Dich wegen unserer Korrespondenz die Adresse wissen lassen.

Ich muß mich nun daran gewöhnen, daß nichts mehr dasselbe ist wie vorher. Alle Dinge haben jetzt eine Bedeutung. Ich befühle die Gegenstände, die Du berührt hast, und bilde mir ein, es haftet noch etwas an ihnen von Dir . . . ach, kein Härchen, kein Faserchen mehr! Alles ist himmelschreiend traurig und doch auch wieder über die Maßen wonnevoll.

Ewig

Deine Elisabeth

Greifswald, im August 1849

Elisabeth,
ich liebe Dich. Du weißt es. Kein Mensch sonst weiß es. Ich sage es zu den Bäumen an der Straße und zu den Blumen in den Vorgärten, daß es für mich nur Dich und Deine Liebe gibt. Sie sollen es wissen, denn zu den Menschen darf ich es nicht sagen. Oh, mein Herz, wie soll das zugehen, daß ich Dich doch besitzen könnte ...
Manchmal denke ich, was findest Du nur an mir? Ich bin ja Deiner nicht wert. Und dann wieder weiß ich und bin voller Zuversicht, daß wir zusammengehören.
Ich studiere fleißig, doch alles Wissen ist mir nichts nütze ohne Dich. Ich könnte mein Leben fortwerfen, wenn der Funken Hoffnung nicht wäre. Schreibe mir bald, wann Ihr nach Berlin fahrt. Ich habe das Geld beisammen für die Reise. Gewiß komme ich zu Frau Bettina. Aber ich will Dich nicht teilen mit all den Kavalieren. Warum ist es nur so schwer für einen armen Studenten, ein adliges Mädchen zu lieben! Ich wünschte, Du wärest arm, und ich könnte Dich zu mir emporheben und Dich kleiden und hegen. Elisabeth. Ich will alles tun, was in meiner Macht steht. Hast Du denn noch fünf Jahre Geduld?

Abel

Groß-Triglav, im August 1849

Abel, mein Herz,
Du schreibst so traurig. Du weißt doch, daß ich nie einen anderen lieben werde als Dich. Nie. Ich schwöre es Dir. Freue Dich, Abel, mein Geliebter. Und wenn Du willst, fliehe ich mit dir bis ans Ende der Welt. Das heißt, bis Amerika. Du sollst dort weiterstudieren, aber ich kann vieles tun. Mamette liest die Bibel auf Griechisch, und ich kann Latein. Aber ich habe auch gelernt, was nötig ist für das praktische Leben.
Omnia vincit amor! Über alles siegt die Liebe

Elisabeth

4

Sie hatten sich in Berlin bei Bettina getroffen. Aber es war nicht ganz so gewesen, wie Elisabeth gehofft und erwartet hatte. Tante Bettina war gütig und verständnisvoll, aber sehr impulsiv und nicht so taktvoll, wie sie erwartet hatte. Und Abel war ziemlich still gewesen in dem fremden, für seine Begriffe überhöhten Kreis. Er hatte sein Wissen in sich verschlossen. Sowohl natürlich sein Wissen über sie selbst als auch sein angeborenes und angelerntes, von dem sie gehofft hatte, er würde es zeigen, würde ein wenig damit glänzen und sich diesem illustren Kreis gewachsen erweisen. Aber er hatte sie nur die ganze Zeit mit seinen Augen verschlungen, und einmal war er zusammengefahren, als man ihn anredete. Abel war ein Träumer.

Bettina hatte es so arrangiert, daß sie für kurze Zeit im Nebenzimmer miteinander allein sein konnten. Aber es war so vieles unausgesprochen geblieben, weil Küsse die Worte verstummen ließen. Und nachher hatte sie das Gefühl gehabt, als müsse sie ersticken an all dem Ungesagten, das zur Klärung gedrängt hatte.

Dank dem Bemühen der Gastgeberin war Abel zuletzt doch aufgetaut und hatte sogar ein paar eigene Verse von sich gegeben, die sich hinter denen von Bettinas Bruder Clemens keineswegs zu verstecken brauchten, fand Elisabeth.

Aber als dann der Aufbruch kam, war keine Zeit mehr geblieben, sich von Abel anders als von den übrigen Gästen zu verabschieden.

Seine Briefe — nach Absprache nur einmal im Monat — wurden bei Malchen in der Mühle abgeliefert und im sogenannten Geheimfach von Malchens Mahagonisekretär niedergelegt.

Es kam jedoch vor, daß Elisabeth einen der zerlesenen Bogen in ihrer Kleidertasche barg, um ihn mit nach Hause zu nehmen.

Casimire entgingen die jetzt so häufigen Besuche der Schwester bei Malchen in der Mühle nicht. An sich war daran nichts Bemerkenswertes, da deren Tochter Berta mit den beiden ältesten Triglav-Mädchen jahrelang unterrichtet worden war und Elisabeth nahestand.

Das Besondere an der Sache war nur, daß Elisabeth jetzt stets in sich gekehrt und mit glänzenden Augen von diesen Besuchen zurückkehrte. Und einmal, als Casimire unvermutet vor ihr auftauchte, hatte sie ein Papier in der Tasche ihres lindgrünen Kleides verschwinden lassen wollen, aber in der Hast den Eingang in die Tasche verfehlt, ohne es zu merken. Casimire sah das Papier auf der Erde liegen.

Als Elisabeth dann weitergegangen war, hob sie es auf.

Es war ein Brief. Sie las ihn und überlegte.

Die Alternative.

Es war das erste Mal, daß Casimire Gelegenheit hatte, in das Leben anderer einzugreifen.

Sie überlegte nicht lange.

In den nächsten Tagen ging Elisabeth unruhig und nervös im Haus umher. Warum eigentlich? Es war doch nichts vorgefallen? Außer, daß Papa hatte anspannen lassen und für einige Tage fortgefahren war.

»Wohin mag Papa gefahren sein? Weißt du's, Elisabeth?«

»Nein.«

Elisabeth sah Berta von der Mühle die Lindenallee heraufkommen. Gleich darauf stand sie in der Stube. »Elisabeth«, sagte sie atemlos, »ein Brief. Hier bitte.«

Elisabeth öffnete ihn hastig.

Greifswald, Oktober 1849

Elisabeth,

Dein Vater ist bei mir gewesen, und hat mit mir geredet. Du und ich, wir können nicht zusammenkommen. Hat er gesagt. Dein Vater ist ein guter Mann. Er konnte wohl nicht anders handeln.

Aber während ich das schreibe, erscheint es mir wie ein Verbrechen, das die Welt an uns begeht. Die Welt? Deine Welt! Es war zu schön, Elisabeth. Etwas so Wunderbares kann auf Erden nicht Wirklichkeit werden.

Warum nicht? schreit mein Herz. Es ist in Ordnung, sagt der Verstand. Ich könnte Dir nichts bieten als mich selbst und meine Liebe. Aber Liebe ist nicht alles, es gibt auch den Alltag. Du kennst ihn nicht. Du bist zart. Der Alltag ist eine Tretmühle. Du bist heiter. Der Alltag ist blutiger Ernst.

Ach, wie kann ich so klug schreiben, so vernünftig. Und bin doch der Narr aller Narren, weil ich geglaubt habe, Dich an mich binden zu dürfen. Versuche, mich zu vergessen. Auch ich will es versuchen.

Dank, Dank, Elisabeth, für alles. Für Deine Liebe, Deine Treue, Dein Herz, Deinen Geist, Deine Güte und Deinen Mut.

Lebe wohl, Elisabeth

Tränen. Das Liquidum des Schmerzes, das salzige, heiße. Aus jeder Träne züngelt ein Flämmchen Hoffnung. Jeder salzige Tropfen hilft die Wunde ausbeizen. Gipfel des Schmerzes hingegen das trockene, das tränenlose Auge. Es blickt wie tot und ist es doch nicht. Ist in der Hölle des Überlebens.

Überleben.

Ich kann meinen Vater nicht ansehen. Bei seinem Anblick dreht sich mir das Herz um. Wenn ich seine Stimme höre, fange ich an, zu zittern.

Gehorsam, sagt er, ist eine selbstverständliche Tugend. Wichtiger, sagt er, als Gefühle.

Töchter dürfen es nicht besser wissen.

Abel. Ich wäre bereit gewesen zu allem. Wirklich und wahrhaftig. Wider die Vernunft. Aus Liebe. Und er?

Bin ich stärker als er?

5

Nachdem Adam Triglav die Romanze seiner Tochter Elisabeth durch einen ihm zugesteckten Brief zur Kenntnis genommen und die Angelegenheit alsbald nahezu reibungslos erledigt hatte, konnte es nicht ausbleiben, daß seine Gedanken sich mehr als sonst — oder vielleicht überhaupt zum erstenmal ernstlich — mit der Zukunft seiner beiden ältesten Töchter beschäftigten.

Es war nun an der Zeit, daß ein Schwiegersohn ins Haus kam.

Was die Söhne betraf, stand eine Schwiegertochter noch nicht zu erwarten, die Jungens mußten sich erst mal den Wind um die Nase wehen lassen.

Doch war man dank Gott dem Herrn immerhin auch mit vier Töchtern gesegnet.

Bei Casimire und Annchen hatte es wohl noch gute Zeit. Marie jedoch, die ewige Herzensbrecherin, und Elisabeth wollte der Vater nun bald unter der Haube sehen.

Er hatte, nachdem er das Intermezzo beendet hatte, seine zweitälteste Tochter hierfür besonders ins Auge gefaßt. Es war anzunehmen, daß sie nicht lange brauchen würde, um über diese kleine Abirrung hinwegzukommen. Er wußte auch schon, wen er ihr zudachte. Das Nächstliegende war das Beste. Und zweifellos würden sich in dieser Hinsicht keine Schwierigkeiten ergeben.

»Überstürze es nicht, laß ihr noch etwas Zeit«, riet Mamette ihrem Mann. »Wir wollen doch eine glückliche Braut unter uns sehen.«

So ließ man ein halbes Jahr vergehen. Gegen den Frühling hin kam dann nach vorbedachtem Plan Hubertus Berentrap vom Nachbargut Seehaus und hielt in aller Form bei Adam Triglav um die Hand Elisabeths an. Worauf ihr von diesem ehrenvollen, weil standesgemäßen Antrag beglückende Mitteilung gemacht und das Jawort eingeholt wurde, gegen das es selbstverständlich keinen Widerspruch gab.

Wie es sich gehörte, lächelte das Mädchen ihr berühmtes Kautschuklächeln, ließ sich in Gegenwart der Eltern von dem Bräutigam die Hand und auch den Mund küssen, fiel der Stiefmutter stumm um den Hals und trat gehorsam auf den Vater zu, der gerührt — und auch ein wenig erleichtert über den reibungslosen Verlauf dieser wichtigen Angelegenheit — die Stirn der Tochter mit den Lippen berührte.

Worauf die geschwisterliche Meute auf die frischgebakkene Braut losgelassen wurde.

»Bist du glücklich, Elisabeth?« sagte Casimire halb gutmütig, halb lauernd und küßte die Schwester auf die Wange.

Erschrocken verscheuchte die Braut den flüchtig auftauchenden Gedanken an einen Judaskuß.

Sebastian, der als letzter seine Glückwünsche anbrachte, hatte dabeigestanden, als Casimire ihre Schwester küßte, hatte ihre flüsternden Worte gehört; und auch er — aber nachhaltiger als Elisabeth — hatte unwillkürlich eine ähnliche Vision gehabt.

Casimire, dachte er, erstaunliche, kleine Person! Sie hatte beteiligt ausgesehen. Auf eine gewisse Weise an dem Geschehen beteiligt. Und ihre Stimme hatte jenen besonderen Klang gehabt, der für die späteren Mädchenjahre dieses fesselnden Geschöpfs einiges verhieß. Sebastian mochte Casimires Stimme. Sie hatte einen beträchtlichen Umfang. Schade, daß sie nicht singen konnte, aber als einzige in der Familie war sie unmusikalisch. Im Zustand einer gewissen Erregung konnte ihre Stimme bis in den hohen Diskant aufsteigen. Im Gegensatz zu ihren Schwestern bevorzugte sie jedoch die tiefen Töne. In der Mittellage hatte der Ton etwas Gebrochenes, wie bei einem Jungen im Stimmwechsel. Das wirkte reizvoll und paßte zu ihr.

Marie war jetzt zu der Braut getreten. »Ich werde beten für dein Glück!« hatte sie versichert, und ihr Kuß hatte gewiß nicht gebrannt.

Ärgerte es Marie, dachte Sebastian, daß die Jüngere sich vor ihr ins Ehebett beeilte? Jeder wußte, daß Marie von ihrem Vetter Gerhard Triglav-Akazienburg auf das leidenschaftlichste zur Frau begehrt wurde, und offensichtlich hatte auch der Alte nichts gegen diese Heirat einzuwenden. Immerhin war Gerhard eine der besten Partien der Provinz. Doch schien die älteste Tochter eine Ehe mit dem schmächtigen, ernsthaften, keinen großen Charme ausstrahlenden Vetter nicht erstrebenswert zu finden. Daß ihre Hinhaltetaktik seine Verliebtheit noch steigerte, und daß es sich in der Gegend herumsprach, wie begehrenswert Marie Triglav war — das und nichts weiter schien sie vollkommen zu befriedigen.

Fast väterlich grinsend und Elisabeth auf die Schulter klopfend bedachten — vielleicht um eine gewisse Rührung zu verbergen — die beiden Brüder Fritz und Paul die erste Braut in der Familie mit ihren Glückwunschküssen. Sie durchbrachen die etwas zu feierliche Stimmung, indem sie, dem neuen Schwager respektlos zuwinkend, Elisabeth auf ihre verschränkten Hände hoben und sie — den Schlager jener Jahre, Webers »Jungfernkranz« singend — im Triumph durch das Zimmer und die angrenzenden Räume trugen. Beide besaßen sehr gute Baritonstimmen.

Recht nett, fand Sebastian, benahm sich Annchen, die jetzt fünfzehn war. Sie machte keinen Hehl aus ihrem Stolz, nun einen Schwager — und zwar einen viel älteren — zu besitzen, und stand nicht an, ihm das in ihrer natürlich herzlichen Art zu sagen.

In Sebastians Tagebuch steht unter dem Datum März 1850 weiterhin zu lesen: »Vermutlich ausgelitten, gehört das

Spiel um Albert den Schönen nun einer endgültig ausgelöschten Vergangenheit an. So ist zumindest anzunehmen. Das Protokoll stößt streng ins blaue Blut hinein, das nicht spritzen und nicht gerinnen darf. Gehorsam ist das oberste Gebot.

Wer wagte da zu lachen?

Alles verläuft nach Wunsch. Der Bräutigam ist angemessen verliebt, die Braut gefaßt wie immer. Das Hubertus Berentrap gehörende Seehaus ist ein idyllisch gelegener Besitz, das Schloß am waldumkränzten See im neugotischen Stil erbaut. Das Ganze in diesen Zeiten wackelnder Fortune anscheinend gut fundiert. Elisabeth mit ihrem ausgeprägten Schönheitssinn dürfte sich dort — Gott verdamm mich — nicht gerade unglücklich fühlen. Ihr zukünftiger Gatte ist auch kein Krautjunker im gewöhnlichen Sinn. Er gilt als gelehrt, und man sagt ihm diplomatische Talente nach. Seine Zerstreutheit wird von den mehr rustikal eingestellten Standesgenossen in der Gegend zu saftigen Anekdoten benutzt.

Und wie wird ihr das Ehebett schmecken, das zugleich — wie es sich ja wohl von selbst versteht — ihr erstes Liebesbett ist?

Nachts liegt Sebastian wach und stellt sich vor, wie sich das keusche Mädchen unter den lüsternen Händen dieses ohne Frage sehr sinnlichen Mannes verhalten wird. Wird sie den Mann tragen und ertragen als etwas, was man erleiden und — ja, erlieben muß? Oder lebt in ihr vielleicht jene Leidenschaft, die sich unter der lächelnden Gelassenheit Mona-Lisa-hafter Frauen zu verbergen weiß? Wie mochte es sein, wenn so ein behütetes Geschöpf tatsächlich entflammte? Bei dem Gedanken an das letztere hält Sebastian den Atem an.

Solche Vorstellungen beschäftigen ihn oft nächtelang, mehr als er wünscht. Doch findet er ein probates Mittel gegen unnötige Grübeleien und einsame Ausschweifungen. In jenen Zeiten trifft er sich oft mit der Tochter eines jener

Groß-Triglaver Pächter, die sozusagen erbeingesessen seit Generationen ihre dürftigen Äcker bestellen. Winters konnte er für einen Teil der Strecke zu seinem Liebesnest die Schlittschuhe benutzen, denn der See war dann fast immer zugefroren. Das schaffte.

Teufel noch mal, manchmal hätte er es seinem schlimmsten Feind gegönnt, jahrelang tagaus, tagein Seite an Seite mit vier heranwachsenden, blühenden Mädchen zu leben, denen nicht beizukommen war. Dennoch — er ist ein nüchterner Mensch. Und schließlich gibt es noch andere Realitäten, die nicht zu verachten sind. Wenn sie auch dem Alten nicht immer behagen würden. Aber davon weiß der nichts. In bezug auf seinen Schreiber scheint er blind zu sein. Oder wenigstens nur zu sehen, was er sehen will.

Nun bin ich achtzehn, sinniert Elisabeth, und werde Frau. Mit neunzehn werde ich Mutter sein. Voraussichtlich.

Fern, fern ist das, was ich so fest verankert glaubte. »Ewig«, hatte ich geschrieben und »ich schwöre es«.

Ich liebe dich noch, Abel. Aber ich darf dich nicht mehr lieben. Nicht mehr so an dich denken, wie ich es tue. Den Mann, dem ich verlobt worden bin, kenne ich von klein auf. Er war mir mehr eine Respektsperson denn ein Kamerad.

Kann man Liebe erzwingen? Ich werde ihn nie lieben können. Aber ich werde versuchen, ihn in seinen Kindern zu lieben. Ja, das werde ich.

Ich fühle mich so alt, so schrecklich alt. Als läge auf mir die ganze Erfahrung aller Liebenden. Ich fühle mich eins mit dem kleinen Chinesenmädchen, das seinen Liebsten nicht bekommt. Mit der dunkeläugigen Griechin, die sich die Liebe aus dem Herzen reißen muß.

Ich will jetzt noch einmal weinen. Mir alles von der Seele weinen. Und dann nicht mehr.

Ach, die Blüten lassen sich köpfen, aber die Wurzeln

sich nicht ausreißen! Wie macht man das, alles mit den Wurzeln auszureißen, alles, alles, auch wenn man es im tiefsten Grunde nicht will?

Von alledem weiß der Bräutigam nichts. Was ihm einmal zu Ohren gekommen ist über die kleine Liebelei mit dem Studenten, gilt wenig und ist nicht wert, sich in Gedanken damit zu beschäftigen. Er ist bezaubert von Elisabeths Lächeln. Er wird sie auf Händen tragen.

Das denkt er. Und er sagt es ihr auch.

Zweifelnd blickt sie auf seine Hände. Es sind lange, schmale Greiffinger. Sie werden nach ihr greifen. Sie wird es dulden.

6

Während ihres Berliner Aufenthalts in dem Haus an der Werderschen Kirche benutzt Mamette mit Elisabeth die Gelegenheit, die nötigen Vorbestellungen für die Hochzeit im nächsten Frühling zu machen. Das Brautkleid wird bei Gerson bestellt.

Adam sieht seinen Privatschreiber aus der Stadt zurückkommen.

»Wo haben Sie gesteckt, Sebastian? Ich wollte Ihnen eine Einlaßkarte zu der heutigen Sitzung im Landtag geben. Es soll über die Konstitution verhandelt werden. Das hätte Sie doch interessiert. Wo waren Sie?«

Sebastian überlegte kurz. »Bei meiner Schwester«, sagte er dann wahrheitsgemäß.

Adam erinnerte sich, daß sein Sekretär gelegentlich von einer Schwester gesprochen hatte. Er spürte eine gewisse Verpflichtung, Näheres zu erfahren. Und nun hagelten die lange versäumten Fragen auf Sebastian herab.

»Ach ja, Ihre Schwester. Wo wohnt sie? Wie geht es ihr? Braucht sie Hilfe? Ist sie gläubig? Was arbeitet sie?«

»Sie wohnt im Haus Nummer zwei in der Langen Gartenstraße, in der es keine Gärten gibt«, gab Sebastian rasche Auskunft. »Hilfe braucht sie nicht, sie glaubt auch nicht an Gott. Sie kocht das Essen in einer Wäscherei, in der viele Frauen arbeiten.«

Letzteres stimmte nicht ganz: Mila war Schankmamsell und nicht Köchin, und die Wäscherei lag neben der Kneipe.

»Ach so. Gehen Sie am Dienstag wieder hin?« (Dienstag nachmittag hatte Sebastian gewöhnlich frei.)

Ihm schwante Düsteres. Er fürchtete, der Alte würde am untauglichen Objekt missionieren wollen. Und überhaupt . . . »Nein! Das heißt, ich weiß nicht«, wich er aus. »Ich komme am nächsten Dienstag und hole Sie dort zum Landtag ab«, erklärte Adam Triglav entschlossen.

»Nein!« wehrte Sebastian erschrocken ab. »Die Lange Gartenstraße ist unmöglich!« entfuhr es ihm.

»Glauben Sie, ich kennte diese Straße nicht? Ich dachte, Sie wüßten, daß mir Schlimmeres vertraut ist. Als junger Mann habe ich doch bei den Gefangenen in der Hausvogtei Missionsarbeit getrieben. Ich glaubte, das wäre Ihnen bekannt?«

»Nein — ja, selbstverständlich —« Sebastian suchte von dem heiklen Thema abzulenken. »Und heute ist die beredsame Überzeugungskraft, die Herr Baron besitzen, auch in der Politik höchst wirksam.«

Adam ließ sich nicht täuschen. Lächelnd beharrte er auf seinem einmal gefaßten Entschluß. Alte Erinnerungen aus der Zeit religiöser Bekehrungsbemühungen im Elendsviertel der Stadt hatten ihn überfallen. »Ich hole Sie also am kommenden Dienstag in der Langen Gartenstraße, Haus Nummer zwei, zur Landtagssitzung ab. Den Weg kenne ich ja. Und die Erinnerungen werden mir gut tun«, fügte er ernster werdend hinzu.

Am verabredeten Tag war die Stube in der Langen Gartenstraße nicht nur vom Staub gereinigt. Zwei Bilder waren abgehängt, der Parfümduft ausgelüftet, die herausfordernd grellfarbige Bettdecke hatte einem dezent wirkenden Überwurf weichen müssen, und die diversen Flaschen waren unter dem Kanapee verstaut.

Vor allem hatte sich die Besitzerin des jetzt einwandfreien Raumes beizeiten gedrückt, denn ausnahmsweise — so behauptete sie, und Sebastian hörte es gern — begänne der Dienst in der Kneipe schon am frühen Nachmittag.

Nur Lotte war noch nicht zu bewegen gewesen, die Stube zu verlassen.

»Was schwänzelst du hier noch rum?« fuhr Sebastian sie ungeduldig an. »Der Alte wird gleich da sein. Beeil dich gefälligst. Los! Raus!«

»Gleich, gleich, Sebastian, ich geh' ja schon.«

Sie mimte die Eilige, aber der halbblinde Spiegel zeigte ihr die kleine Schute viel zu tief im Nacken und die Locken darunter noch zupfbedürftig.

Sebastian riß die Geduld. »Troll dich endlich, du neugieriges Kalb!« befahl er wenig höflich.

»Ach, Sebastian — sei doch nicht so nervös. Laß mich ihn doch nur einen kleinen Augenblick sehen dürfen. Nur eine winzige Sekunde. Dann gehe ich sofort. Ich möchte nur sehen, ob er so schööön ist, wie ich ihn mir denke.«

»Mein herziges Schäfchen, er ist weder jung noch besonders schön, und er kriegt schon eine Glatze.«

In diesem Augenblick knarrte die Treppe. Schritte kamen herauf. Es war zu spät. Sie hatte erreicht, was sie wollte. Die Tür wurde geöffnet, und Adam Triglav stand auf der Schwelle.

Wie die meisten sehnlich erwarteten Augenblicke verging auch dieser viel zu schnell. Charlotte vollzog den geübten Augenaufschlag, sank verlegen errötend in die Knie und war im nächsten Augenblick draußen vor der Tür.

Adams Blick schweifte durch den Raum. »Wo ist —?«

Sebastian fiel ihm eilig ins Wort. »Meine Schwester läßt sich ergebenst entschuldigen. Ihr Dienst hat heut schon begonnen.«

Das verstand Adam und bedauerte es. »Und wer war die schöne, junge Person, die eben davonlief?«

Sebastian überlegte. Sollte er schwindeln oder besser doch die Wahrheit sagen? Er entschied sich für das letztere und berichtete in knappen Worten Charlottes ungewöhnliche Geschichte, soweit es ihm zweckmäßig erschien.

»Wie finden Herr Baron das Mädchen?«

»Recht passabel.«

»Leider ist sie auf dem besten Wege, liederlich zu werden.«

»Oh, das ist entsetzlich.«

Sebastian glaubte zu bemerken, daß sein Herr an einer Idee spann. Er kannte diesen Gesichtsausdruck bei ihm. Irgendwas wurde da ausgeheckt. Was wohl?

Sebastians Neugier, nicht ganz ohne Vorbehalt, wurde schnell gestillt. Doch der Vorbehalt blieb.

Adam Triglav, extravaganten Enschlüssen nie abgeneigt, hatte Lust, das Mädchen fürs erste in Groß-Triglav aufzunehmen, damit es dem Sündenpfuhl Berlin entrann. Das Weitere würde sich finden.

»Wie alt ist sie?«

»Sechzehn. Oder siebzehn.«

»Also noch nicht verhärtet. Noch zugänglich. Noch christlich zu formen.«

Sebastian zuckte mit keiner Wimper.

»Was halten Sie davon, Sebastian?«

Adam zog sich einen Stuhl herbei und setzte sich, ganz hingerissen von seiner Idee.

»Die Frau Baronin . . .«, gab Sebastian zu bedenken. Er mußte den Plan zu verhindern suchen.

Aber immerhin war er auch ein bißchen verliebt. Und einige Wochen Landluft könnten der Blassen nichts schaden. Die vier Baronessen würde sie ausstechen mit ihrer Schönheit. Indes würde sie lernen, sich zu benehmen. Er würde sie instruieren.

Unmöglich! Das Ganze war doch eine Chimäre! Der Alte war ein Narr! Der König würde es so oder so erfahren. Gerüchte haben schnelle Beine. Adam, zwar ein Geheimniskrämer, würde es nicht verhindern können.

Sebastian erwog die Konsequenzen. Was würde der König sagen? Die Tochter seines verhinderten Mörders hinter dem Rücken des Monarchen aufgenommen von dessen vertrautem Freund, der ihm noch dazu in mancher Hinsicht Dank schuldete! Grotesk! Abstrus! Die Folgen waren unübersehbar — für alle Beteiligten.

Sebastian war unsicher, ob seine Überredungskunst bei dem Alten, der so stur sein konnte, etwas ausrichten würde.

Wenn nicht, dann mußte Charlotte heimlich abgeschoben werden. Egal wohin. Unauffindbar mußte sie im Sündenpfuhl Berlin verschwinden. Vite, vite!

Doch Adam war schneller als sein Adlatus.

Charlotte Tschech wird nach Groß-Triglav geholt. Eine saftige Frucht, nur etwas bitter, was die Manieren betrifft, doch das wird sich geben.

Sebastian ist vorsichtig und Charlotte schüchtern. Sebastian hat Vorsätze gefaßt. Wirklich. Es bleibt abends bei einem heimlichen Händedruck. Kaum glaublich, aber wahr. So groß ist der Respekt. Sooo groß.

Die Angestellten vermuten in Charlotte eine verwaiste, entfernte Verwandte von Sebastian.

Im Dorf hält man nicht viel von dem hübschen Lärvchen. »Herrjemine! Dat is mich woll'n Stadtküken!«

Charlottchen — so wird sie hier in Pommern genannt — singt Choräle während der täglichen Morgenandacht. Charlottchen hört in der Kirche des Pastors Predigt. Charlottchen kniet des abends — zunächst unter der Obhut einer der Triglav-Töchter, meist ist es Marie oder Annchen, seltener Elisabeth, Casimire nie —, Charlottchen also kniet vor ihrem Bett und spricht ein Gebet.

Auch die religiösen Versammlungen besucht Charlottchen, zu denen die Leute von überall herbeiströmen, weil auf ihnen der Herr Pastor rein gar nichts zu bestellen hat und der Gutsherr, »he selber, uns' Baron«, so herzbeweglich über unsere Sünden zu jammern und so schaurig schön zu donnern versteht, daß die Tränenflut nicht versiegen will und das laute Weinen sich zu einer Symphonie der

Buße und Reue steigert, während Charlottchen staunend umherblickt und mit einer schüchternen Träne ihren Beitrag zollt.

»Warum kommst du nie zu den Versammlungen, Sebastian?«

»Das ist nichts für mich. Warum sollte ich?«

»Ich möchte sehen, wie du weinst.«

Er schlägt eine höhnische Lache an. »Du hast aber schnell gelernt!« meinte er bitter. »Hast du vielleicht schon mal was von Suggestion gehört? Zum Teufel mit all der Heuchelei!«

»Sebastian!« Sie quittiert seinen Ausbruch mit einem Ton strafender Zurechtweisung. Aber im Grunde bewunderte sie ihn. Charlottchen ist siebzehn und noch nicht ganz verdorben.

Es ist wahr, der Baron redet beweglich, und er hat Macht über die Seelen, wenn er alle Register seines reichen Temperaments und seiner hinreißenden Beredsamkeit zieht. Nur — ist er im praktischen Leben ein Seelsorger? Was verstehen Baumann, der ordinierte Geistliche, und Adam Triglav, der predigende Laie, unter *Seelsorge*?

Adam Triglav hat Charlottchen nach Groß-Triglav geholt. Kümmert er sich nun persönlich um eine feste Grundlage für ihre religiöse Unterweisung, die eine Übermittlung des Glaubenslebens ins praktische Tageseinerlei ermöglicht? Was weiß er im Grunde von ihr? Er nickt ihr freundlich guten Morgen zu oder fragt streng nach ihren religiösen Übungen. Was sonst noch?

So ist es üblich. Sollte es nicht genügen?

Wie stellen sich die vier Töchter zu der »Hergelaufenen«?

Casimire sucht neugierig den Umgang mit der Schönen.

Klar, daß hier ein unerlaubt glatter Boden begangen

werden kann, auf dem auszurutschen ein Vergnügen sein könnte.

Doch recht naiv von dem guten Papa, die Stadtgöre unter uns Betschwestern anzusiedeln! Was erreicht er damit? Die läßt sich doch nicht unterkriegen. Und eines Tages gibt es einen Eklat. Das wird aufregend. Schade, daß ich nicht ganz so hübsch bin wie sie! Aber sicher läßt sich allerhand aus ihr herausholen. Mal fragen.

»Charlottchen?«

»Ja?«

»Wenn deine Eltern doch tot sind, bei wem hast du denn in Berlin gelebt?«

»Zuerst in einem Heim und dann bei Mila.«

»Wer ist Mila?«

Charlottchen zögert. »Sebastians Schwester«, erklärt sie dann. Auch das klang nicht verfänglich.

»Ach, Sebastian hat eine Schwester? Das hat er mir noch gar nicht erzählt! Und da hast du gewohnt? Dann verstehe ich, wie Papa dich kennengelernt hat.«

»Ja.«

»Ist Mila verheiratet?«

»Nein.«

»Was macht sie denn?«

»Sie arbeitet.«

»Wo?«

»In einem Restaurant.«

»Da kennt sie wohl viele Menschen?« *Männer,* vermied sie zu sagen.

»Ja.«

Pause.

»Weißt du was, Charlottchen? Wenn wir wieder in Berlin sind, besuchen wir Mila mal zusammen.« Und dann: »Aber das braucht Papa nicht zu wissen.«

»Nein.«

»Nun sag doch mal endlich nicht nur ja und nein.«

»Aber Fräulein Casimire, was soll ich denn sagen?«

»Du sollst mich du nennen und Casimire, verstehst du? Wenigstens, wenn wir allein sind«, fügte sie unsicher hinzu.

»Jawohl — Casimire.«

Casimire lächelte. Das Du würde dazu beitragen, mit der Zeit einiges Interessante aus ihr rauszukriegen.

»Weißt du, was ich möchte?«

»Nein, Casimire.«

»Ich möchte meine Familie schockieren.«

»Schockieren?«

»Ich möchte, daß du dich mal im Gesicht so anmalst, wie du es wahrscheinlich in Berlin tust, und daß du dann so bei Tisch bedienst. Denn du malst dich doch an in Berlin, nicht wahr?«

»Ja — n-nein.«

»Charlottchen, das mußt du mal tun. Ich werde dir helfen dabei und dich ausstaffieren. Ganz hinten in deiner Schublade hast du doch Schminke und so'n schwarzes Zeugs für die Augen.«

»Woher weißt du das?«

Casimire lachte. »Ich kenne die meisten Schubladen hier im Haus und was drin ist. Es ist ein Spiel, das ich mag. Etwas gewagt, wie? Aber das ist der Witz dabei. Sich nicht erwischen zu lassen.«

Charlottchen schaute bewundernd.

»Das machen wir, das mit der Schminke.«

»Lieber nicht, Casimire.«

»Doch, doch. Das wird ein Riesenspaß.«

»Nein, nein, das geht nicht. Was würde der Herr Baron sagen!«

»Das möchte ich ja gerade wissen.«

»Und das Fräulein Mariechen!« Bei diesem Gedanken war Charlotte aufs höchste erschrocken.

»Der Tugendengel!« Casimire lachte. »Aber das mit den Schubladen, darüber redest du nicht, verstehst du? Man würde dir sowieso nicht glauben. Aber versprich mir's.«

»Ich verspreche es«, versicherte Charlotte, und ihr Gesicht verklärte sich. Es war wichtig, daß sie etwas wußte, was die Baronesse Casimire zu verbergen suchte.

Casimire sah das leuchtende Gesicht. »Du bist schön, Charlottchen. Ich wünschte, ich sähe aus wie du. Weißt du übrigens, was ich in Papas Bibliothek gelesen habe? Es gibt auch so was zwischen Frauen. So was wie Liebe. Aber das weißt du bestimmt, nicht wahr? Von diesen Dingen weißt du viel mehr als wir.«

Charlotte lächelte dünn.

»Wir werden doch verdammt dumm gehalten«, fuhr Casimire fort. »Wir leben wie in einem Käfig. Aber das kann ich dir sagen, eines Tages habe ich genug davon. Eines Tages breche ich aus.« An diesem letzten, pathetischen Satz berauschte sich Casimire. Genüßlich schmeckte sie ihn auf der Zunge. »Ich breche aus.«

»Du hast Mut, Casimire«, bewunderte Charlotte. »Aber warte doch lieber, bis du verheiratet bist«, riet sie altklug. »Wenn dein Mann dann fremdgeht, kannst du das auch tun.«

Anders als Casimire reagierten die älteren Schwestern auf Charlottes Anwesenheit.

Elisabeth begegnete dem fremden Mädchen gütig, wenn auch insofern unbeteiligt, als die praktischen Vorbereitungen für das neue Leben ihre bräutlichen Gedanken in Anspruch nahmen. Marie dagegen fühlte sich durch Charlotte irritiert, deren Schönheit von Anfang an ein Grund für Antipathie war.

Charlotte bekommt von Marie ein graues Kattunkleid, das ihr um die Glieder schlottert.

»Nein, du brauchst mir nicht zu danken. Ich tue für dich, was ich kann.« Maries messender Blick bleibt an Charlottes Haar hängen, das zwar in der Mitte glatt gescheitelt ist, sich an den Seiten jedoch lockt.

»Mädchen, du hast dich anständig zu frisieren. Es schickt sich nicht für dich, die Ohren mit falschen Locken zu bedecken.«

»Meine Locken sind echt.«

»Um so schwieriger, aber notwendig, sie zu glätten. Hast du keine Pomade? Nein? Man muß immer Pomade zur Verfügung haben. Ich werde dir von meiner geben.«

Eines abends um acht.

»Sebastian, ich muß jetzt zu Bett.«

»Was denn? Um acht Uhr? Du bist doch kein Kind mehr.«

»Aber ich muß.«

»Du mußt? Wer zwingt dich?« Sebastian stutzte. »Du schläfst doch sozusagen in Abrahams Schoß«, grinste er. »Ein Mann steckt bestimmt nicht dahinter. Also, was ist?«

»Ach, nichts.«

»Ich will wissen, was los ist. Na? Kriegst du die Lippen nicht auseinander?«

»Nein . . .«

Zwischen Lachen und Zorn suchte Sebastian die ihm verfügbaren Flüche zusammen, und mit dem Fluchen stieg die Neugier.

Er zog die Gemütssaite auf: »Wem kannst du dich denn sonst hier anvertrauen, armer, kleiner, verflogener Vogel? Doch nur mir.«

Das Mitgefühl wirkte. »Mariechen!« brachte Charlotte zerknirscht hervor.

»Natürlich. Also weiter!« drängte er.

»Die Baronesse Mariechen verlangt, daß ich um acht Uhr unten in der Kammer bin.«

»Warum, zum Teufel?«

»Sie kommt dann mit Bürste, Schere und Pomade . . .«

»Und dann?«

Charlotte spricht jetzt ungehemmt. Hastig. Wie gehetzt. »Dann bürstet sie mir die Locken, damit sie glatt werden, und reißt mir Haare aus, bis die Bürste voll ist, und dann schmiert sie mit Pomade und bürstet weiter. Und zuletzt schnippelt sie mit einer Schere. Und dabei ist sie ganz aufgeregt, und sagt immer wieder: ›Ich helfe dir, Charlottchen. Glaube mir, es ist zu deinem Besten!‹«

»Haha!«

»Und dann muß ich mich ausziehen.«

»Nackt?«

»Ja.«

»Und was — tut sie dann mit dir?«

»Sie kneift mich in die Brüste und in den Po. Und dann schnippelt sie wieder mit der Schere.«

»Schnippelt?«

Charlotte nickt. »Ja.«

»Das ist ja hochinteressant, was du mir da erzählst.« Nur mit Mühe kann sich Sebastian ein triumphierendes Lachen versagen. »Die Baronesse Marie — sieh an! Eine Form von Sadismus in Reinkultur. Eine raffinierte Befriedigung verirrter Geilheit. Ich will doch sehen, ob ich der Sadistin ihre Manipulationen nicht vergrämen kann ... Sonst noch was?«

»Nein.«

»Bestimmt nicht?«

Charlotte schüttelt den Kopf. »Das ist alles. Ist es nicht genug?«

»Allerdings.«

»Kann ich jetzt gehen?«

»Ja geh, mein Kind.«

»Du wirst mich doch nicht verpetzen?«

»Nein, gewiß nicht. Ich schweige wie das Grab.«

Marie, Elisabeth und Annchen kamen vom Reiten. Casimire war nicht dabei. Sie ritt nicht gern. Elisabeth und

Annchen gingen sogleich auf ihre Zimmer, um sich das Reitkleid und die hohen Stiefel auszuziehen.

Marie, noch im Dreß, die Gerte in der Hand, öffnete die Tür zu Casimires Zimmer.

Auf der Schwelle blieb sie stehen.

»Was treibt ihr da?« Ihre Stimme war fast tonlos. Charlotte hatte ihr den Rücken zugewandt. Sie saß auf einem Stuhl. Casimire kniete vor ihr und malte ihr hingebungsvoll das Gesicht mit Schminke und Tusche.

Entsetzt drehte Charlotte sich um. Das rot und weiß geschminkte Gesicht starrte der Eintretenden entgegen.

»Hure!« sagte Marie nur.

Sie hob die Gerte und senkte sie wieder.

Dann packte sie Charlotte am Arm und zog sie mit sich zur Tür hinaus. Casimire war für sie nicht vorhanden.

Auf dem Klosett verschwanden die beiden. Der Riegel knallte vor.

Casimire versuchte durch das Schlüsselloch zu blicken. Doch der Schlüssel steckte von innen. Die Peitschenhiebe pfiffen. Charlottes Stöhnen war nur hin und wieder zu hören.

Endlich öffnete sich die Tür, und beide traten heraus. Charlotte schwankte. Maries Gesicht war fast weiß.

Casimire trat aus dem Flurschatten.

»Schade, daß du nicht früher gelebt hast, Mariechen«, sagte sie.

»Früher? Was soll das? Warum?«

»Na, vor zweihundert Jahren oder so. Da hättest du schön Beute machen können. Die jungen Hexen wären dir nur so zugeflogen.«

»Sebastian, ich will fort.«

»Aber, Mädchen, wie willst du das anstellen? Was ist denn nun schon wieder?«

»Kannst du mir nicht helfen?«

»Ich werd' mir doch nicht die Finger verbrennen?«

Charlotte paßte den Briefboten ab.

»Christian, ich muß zur Poststation. Darf aber keiner wissen, verstehst du? Ich hab' da was zu besorgen.«

»Was mit einem Mann?« argwöhnte er.

»Nein, nicht mit einem Mann. Ganz was anderes. Nimm mich mit. Bitte!«

Sie sah ihn an mit einem Blick, dem nicht zu widerstehen war.

Vermerk in Sebastians Tagebuch: »Seit gestern ist Charlotte fort. Heimlich auf und davon. Ihre Episode in Groß-Triglav dauerte genau ein halbes Jahr. Weiß der Teufel, wo sie jetzt landet . . . Ob sie es schafft, bis Berlin? Das Hürchen, das alle Reize vollkommener weiblicher Schönheit besitzt, wird nie eine große Hure werden. Ihr fehlen überdurchschnittliche geistige Voraussetzungen, Ehrgeiz und eine gewisse persönliche Ausstrahlung.«

In Groß-Triglav forschten sie nach. Ja, eine junge Mamsell war in Belgard in die Postkutsche gestiegen. Richtung Berlin. Eine so schöne, junge Mamsell ganz allein, das fiel auf. Es konnte schon sein, daß sie aus Groß-Triglav kam.

7

Annchens Leben spielte sich vorwiegend im Bett ab.

Bitte nicht mißzuverstehen: das Bett war in diesem Fall nicht Schauplatz amouröser Übungen. Im Gegenteil: man konnte es als ein ausgesprochen jungfräuliches Lager bezeichnen. Die Übungen, deren Schauplatz es bildete, bestanden in der Kultivierung eines interessanten körperlichen Zustandes, der mit Ausdrücken wie Krankheit oder Leiden nicht erschöpfend definiert werden kann.

Indessen: Annchen leidend im Bett — das hatte nichts Grämliches, Saures, nichts, was einem Tränen des Mitleids in die Augen treiben konnte. Sie war im Gegenteil selbst die Gebende, und sie verschenkte ihre fröhliche Krankenbettlaune an alle, die sie haben wollten.

Deshalb betrat man das von würzigen Gerüchen erfüllte Zimmer nicht etwa zögernden Schrittes, bereit, eine Leidensmiene aufzusetzen, sondern heiter beschwingt in Erwartung der netten und angenehmen Dinge, die sich im Lauf der Unterhaltung in diesem Raum ergeben würden.

Hier roch es gut nach Kamille und Salbei. Der Nachttisch neben dem Bett stand voller harmloser, schon damals »alter« Hausmittel, und das an der Wand hängende Medizinschränkchen quoll über von wohlriechenden und stärkenden Essenzen. Die kleine, mit großen Blumen bemalte Waschschüssel und der dazu gehörende Wasserkrug schienen nicht gerade zu üppiger Reinigung aufzufordern. Doch gab es außerdem noch eine Sitz- und eine Fußbadewanne, ein Bidet und ähnliche Gefäße, welche die Toilette einer Dame vervollständigen halfen.

Gern, aber ohne zu jammern, ließ Annchen durchblikken, wie viele Leiden sie plagten. Für den, der die Jahrzehnte hindurch Kontakt mit ihr hielt, war es immerhin interessant zu beobachten, wie alt sie trotzdem wurde.

Annchens rosiges Gesicht behielt bis ins hohe Alter einen fast kindlichen, jugendlichen Charme. Sie hatte, wie erwähnt, den zarten, wohlproportionierten Körper, die schmalen Gelenke der Triglav-Frauen und die hübschesten kleinen Füße. Zuweilen streckte sie überraschend einen von ihnen, einen nackten, rosigen, unter der Bettdecke hervor und forderte auf, ihn zu bewundern. Die Narben übrigens, die — Schandmal altmodischer, kosmetisch mißglückter Chirurgie — an ihrem schönen, weißen Hals zu sehen waren, ließen auf Skrofeln oder etwas Ähnliches schließen, denen in stümperhafter Weise zu Leibe gegangen worden war.

Annchen zu pflegen, war auf alle Fälle amüsant. Jede Handreichung wurde von ihr mit kleinen Scherzen und Danksagungen bedacht. Stets war der große, helle Raum am Ende des langen Ganges schön aufgeräumt und gesäubert. Zwei Kissen im Rücken, sitzt die Leidende im Bett und sieht zu, wie fleißige Hände für sie wirken. Nichtstun ist süß und der Gedanke beglückend, daß es immer so weitergehen wird. So Gott will und wir leben.

Im Laufe der Jahre schlug in diesem Raum auch der Puls der Zeit. Denn als Tochter ihres Vaters war Annchen für das Weltgeschehen durchaus aufgeschlossen. Die jungen Vikare, Lizentiaten oder auch höhere geistliche Chargen, die hin und wieder in Groß-Triglav zu Gast waren, versäumten es nie, der Baronesse Anna an ihrem Krankenbett ihre Aufwartung zu machen. Dank der humanistischen Bildung, die Mamette ihren Stieftöchtern hatte zuteil werden lassen, war die Jüngste nicht nur bibelfest, sondern kannte sich auch in den Schriften griechischer und römischer Schriftsteller aus. Gelegentlich recht zynische Zitate jener alten Heiden flossen ihr so leicht von den Lippen und wurden von ihr mit verschämtem Gelächter so anmutig präsentiert, daß es zum Entzücken war.

Das fand auch ein verwitweter Major, der sich mehr oder weniger platonisch in das reizende Kind verliebte und auch bereit gewesen wäre, es stante pede vom Krankenlager ins Ehebett zu überführen. Wozu jedoch — wie vorauszusehen war — der Papa wegen des großen Altersunterschiedes seine Einwilligung nicht erteilte.

Die platonischen Besuche des bejahrten Bewerbers nahmen damit indes kein Ende, sie wurden von Adam Triglav auch ferner geduldet. Und da die junge Romantikerin einer so ungewöhnlichen Eheschließung ebenfalls nicht abgeneigt schien, hätte sich der Gestrenge wohl doch erweichen lassen, und die beiden wären ein Paar geworden, wenn nicht ein unglücklicher Zufall allen Träumen ein jähes Ende bereitet hätte. Doch davon später.

Noch herrscht in dieser freundlich umhegten Welt eine scheinbar ungetrübte Harmonie.

Der alte Doktor Hermann, der — aus der kleinen Kreisstadt kommend — seine wöchentlichen Krankenbesuche bei der Baronesse Anna in Groß-Triglav absolviert hatte, war gestorben, und ein neuer Arzt erschien.

Es war ein junger. Sie empfing ihn strahlend. Er untersuchte sie und blieb einsilbig. Auch als sie gewohntermaßen ihre kleinen, lustigen Raketen auf ihn abschoß, war dem jungen Mann nichts zu entlocken. Selbst der größte Knallfrosch, den sie für ihn in petto hatte, tat seine Wirkung nicht.

Der neue Doktor schien keinen Humor zu haben. Und von seinem Handwerk verstand er wohl nicht viel. Schade.

Von seiner Frau daheim in der Kreisstadt nach dem Befund bei der vornehmen Patientin befragt, knurrte er nur: »Eine hysterische Gans!«

»Aber Heinrich!«

»Ihr fehlt so gut wie nichts. Sie müßte raus aus den Federn! Ich habe ihr das ziemlich unverblümt nahegelegt. Sie hat mich nur verständnislos angesehen. Beschäftigung — das ist es, was ihr fehlt!«

»Beschäftigung? Sie soll doch so entzückende Handarbeiten machen.«

»Im Bett. Für einen gesunden, jungen Menschen ist das Bett eine Aasgrube. Die Vorstation zum Grab.«

Der junge Arzt absolvierte seine Zeit im Herzen von preußisch Pommern in der kleinen, von großen Gütern umgebenen Kreisstadt.

Dann ging er nach Berlin. Dort wurde er eine Kapazität.

8

Charlotte war wirklich bis Berlin gelangt. Es war eine abenteuerliche Reise und das wenige, mehr oder minder normal verdiente Geld kaum der Rede wert gewesen. Sie hatte mit ihrem hübschen Lärvchen bezahlt oder auch, wenn es nicht anders ging, mit mehr. Natürlich war die Finanzierung dieses Unternehmens ausschließlich Männersache. Der eine hätte sie sogar gern dabehalten. Doch sie strebte nach Berlin. Charlotte, blutjung, besaß jene selbstverständliche, unbekümmerte Unternehmungskraft und -lust, die ihr wahrscheinlich später in solchem Maße nicht mehr zur Verfügung gestanden hätte.

Es hatte geläutet. Sebastians Schwester ging zur Tür und öffnete. Charlotte stand draußen.

»Menschenskind, da biste ja wieder. Ich denk, ich seh 'n Geist. Kommste aus Groß-Triglav? Biste rausgeflogen aus dem Adelsnest? Oder ausgebüchst? Haste was ausgefressen? Warum biste da weg?«

»Die Mariechen hat mich nicht leiden können. Und auch sonst.«

»Na, denn komm man rein, du Unglücksrabe. Aber hierbleiben kannste nich. Das Kanapee is besetzt. Da kannste nich schlafen. Sieh zu, daß de ne andre Bleibe findst. Ich hab' im Moment keine Zeit für dich.«

Aus Groß-Triglav war bei Mila nachgefragt worden.

Gewiß, die Lotte wäre kurz dagewesen. Aber dann wäre sie wieder gegangen, und Mila hätte ihre Spur verloren.

Weiteres war von Sebastians Schwester nicht zu erfahren gewesen.

Charlottes blasses Gesicht, als sie sich auf dem Absatz umgedreht hatte und wortlos weggegangen war, tauchte ab und zu wieder vor Milas geistigem Auge auf und verursachte ihr ein unangenehmes Gefühl. Wo mochte die Göre abgeblieben sein? Vermutlich irgendwo in diesem Saustall, dem Vogtland. Vielleicht bei den Mayers? Der Mann war ein Trinker und arbeitslos, die Frau lungenkrank. Nur Haut und Knochen. Aber freundlich. Sie besuchte die religiösen Versammlungen. Von denen wurde sie ja auch nicht fett, aber wenigstens ruhiger. Die vierzehnjährige Tochter arbeitete von morgens fünf bis abends neun in der Kattunfabrik.

Mila geht nicht gern ins Vogtland. Das Leben ist sowieso zum Kotzen. Aber sie geht. Und sucht.

Gottes Sonne scheint. Aber nicht überall.

Warum ist uns der Blick auf die Sonne verstellt? Der Hof ist eng, quadratisch von Hochgemauertem umstellt. Von lichtscheuem Leben bewohnt. Von Baum und Blume gemieden.

Gottes Sonne scheint, aber . . .

Wir leben mit diesem Aber. Wir schlucken es tief in unsern Schlund. Der Schlund, das ist unser Hof, in dem man uns angesiedelt hat.

Man — wer ist das? Gott?

Während die Hungernden sterben, reden die Satten von der frohen Botschaft. Besser, es kommt ein Leierkastenmann in die Höfe zwischen den Häusern, als ein pietistischer Babbeler. Bei Musik können wir lächeln.

Vor dem Hamburger Tor, im sogenannten Vogtland, das auch die Weberei genannt wird — Namen, die das Elend anderswo in Erinnerung bringen —, hat sich eine förmliche Armenkolonie gebildet. In den feuchten Behausungen, dem Paradies der Ratten, wohnen die Ärmsten der Armen.

Zuweilen fährt die Königin in ihrer mit zwei Schimmeln bespannten Kutsche durch die stinkenden Gassen, um äußerste Not zu lindern, auch ein Krankenhaus läßt sie errichten, das den Namen Bethanien erhält. Und häufig kommt Bettina. Sie kommt zu Fuß, unauffällig, immer verständnisvoll. Aber, was bedeutet private Hilfsbereitschaft angesichts fehlender, durchgreifend humanitärer Gesetze, die es um die Mitte des neunzehnten Jahrhunderts in der Welt noch nicht gibt. Bis Bismarck Jahrzehnte später als erster europäischer Staatsmann eine soziale Gesetzgebung durchführt.

Im Vogtland bei den Mayers, da findet Mila die Lotte. »Au Backe, wie siehste aus, du feines Püppchen!«

»Ich wollte doch bloß ... Er war sternhagelbesoffen, und ich stand davor, als er auf die Trude losging. Da kriegte ich das Erste ab.«

»Denn komm man mit zu mir. Das Kanapee is wieder frei. Ich hab' ihn rausgeschmissen. Paßte mir sowieso nich, daß der Lüderjan mir immer auf der Pelle sitzt. Er zieht mir die Pinke aus der Tasche. Auf dich ist wenigstens Verlaß. Mir schwant schon was.« Sie schmunzelte. »Aber zuerst müssen wir deine Backe wieder hinkriegen. Mit dieser Visage beißt kein Kavalier bei dir an.«

»Nee.«

»Überhaupt: wo is'n dein hübsches Fleisch geblieben, das de dir da in Pommern angepäppelt hattst?«

»Kannst dir doch denken. Das Vogtland ist nicht Groß-Triglav. Bei Mayers klappern die Knochen. Tag für Tag nichts als trocknes Brot, Kaffee, Mehlsuppe oder Kartoffeln. Kein Fett. Wo soll's auch herkommen bei sechs Talern monatlich für fünf Personen.«

»Red nich so trübetümplich.«

Zu Hause angelangt, machte Mila Feuer und setzte Wasser auf. Später saßen sie am Tisch und tranken Kaffee.

»Mensch, nu pack doch mal aus, wie's is bei den feinen Leuten. Bis jetzt haste doch bloß Hackfleisch geredet. Und das Vogtland steht mir sowieso bis zum Hals. Nu leg mal los. Erzähl mal was Spannendes. Willste 'n Schnaps dazu?«

Mila holt Flasche und Gläser, setzt sich, legt die Hände in den Schoß und richtet ihre braunen Augen erwartungsvoll auf ihren Gast.

Charlotte erzählt. Was das Schloß betrifft, braucht sie nicht aufzuschneiden, es ist merkwürdig genug.

». . . Und die Schlafzimmer, sag' ich dir. Sie schlafen jeder für sich, nur die Verheirateten zusammen, versteht sich. Jedes Zimmer ist so groß, fast wie ein Saal. Mit Zinkwanne, Wasserkrug und Nachttopf. In jedem einzelnen Zimmer könnten zehn von uns wohnen.«

»Die Scheißbande!«

»Und der Abtritt ist im Haus, denk mal. Elegant. Mit sowas wie Fliesen auf dem Fußboden. Und ein großes Ding aus Porzellan, das nennen sie Bidet. Es ist französisch. Und das Ganze duftet nach Rosen.«

»Haha!«

»Im Ernst, Mensch. Die haben da so 'n Riechsalz.«

»Erzähl doch mal was von den feinen Junkers da in dem Adelsnest.«

»Der Baron? Der war ein feiner Herr. Bloß beten mußte man bei dem. Und hungern hätte man dürfen, ich glaube, das hätte der nicht gemerkt. Er war so einer, weißt du, der viel in seinem Kopf hatte. Gedanken, weißt du. Was er alles unternehmen wollte. Das sagt Sebastian.«

»Was sagt Sebastian sonst von dem Alten?«

»Och, Sebastian. Dem imponiert doch nichts, der spottet bloß.«

»Kiek mal an! Du hast ihn durchschaut. Hat denn mein feines Brüderlein was mit einer von den Fräuleins?«

»Nein, ich glaube nicht. Die Töchter sind stolz. Ich hab' nichts gemerkt. Nur Casimire, weißt du — das ist vielleicht 'ne Rübe ... Aber die ist erst sechzehn. Und überhaupt ist da alles so anders, ganz anders, weißt du. Unter den feinen Leuten.«

»Die sind doch auch nicht anders gebaut als wir.«

»Nein, das nicht. Aber ich glaube, die haben immer Angst. Sie nennen das nicht Angst, sondern — sie nennen das Selbstbeherrschung. Oder Gewissen. Und Sebastian sagt, sie nehmen Rücksicht auf etwas, worum wir uns nicht kümmern.«

»Das ist doch alles Quatsch. Na, und die mit der Peitsche?«

»Mariechen? Die ist die Schlimmste. Sie spricht immer von Sünde und Strafe. Und die Elisabeth hat jetzt einen Bräutigam, und die warten bis nach der Hochzeit. Aber der Bräutigam, der —«

»Hat er dir nachgestellt?«

»Er hätte wohl gern, aber—«

»Was aber?«

»Er hat es wohl nicht gewagt.«

»Und du?«

Lotte, kleinlaut: »Ich auch nicht. Ich sagte dir doch, das ist da so anders ...«

»Ach, mach mir doch nichts vor. Das sind doch alles Schweine. Genau wie bei uns. Aber Heuchler sind sie. Und feige.«

»Mila, ich —«

»Und du scheinst mir da auch 'ne richtige Betschwester geworden zu sein.«

»Mila, ich habe dir doch gesagt, Gustav, der kleine Diener —«

»Ach was, der kleine Diener! Einen von den flotten Junkers hättste dir angeln sollen, Mädchen! Und durch ihn Karriere machen! So was von Gelegenheit, wie du gehabt hast. Und noch dazu bei deinem Aussehen. Du bist doch 'ne Trantute, Mädchen. Aus dir wird nie was Richtiges werden. Es war Zeit, daß du da raus bist, um nicht noch mehr zu versauern.«

»Ja.«

»Aber bei mir kannste auf die Dauer nich bleiben, das weißte doch.«

»Ja. Ich geh' auf'n Strich.«

»Auf'n Strich gehste *nich.* Ich werd' schon was für dich finden, wo dir die Flötentöne beigebracht werden.«

9

In Polen hat der Wind einen grauen Ton, und der Abendschein ist wie ein Feuersalamander gesprenkelt.

In Krakau geht die Straße zunächst geradeaus und macht dann einen Bogen halbwegs um die Ecke.

Paul Triglav, der jüngere Triglav-Sohn, geht auf dieser Straße.

Er ist in der Marienkirche gewesen und hat lange vor dem Hochaltar gestanden, dem berühmten Werk von Veit Stoß. Und jetzt will er in ein Café am Warschauer Platz und eine Erfrischung zu sich nehmen.

Aber Paul Triglav gelangt nicht in das Café. Es ist auch nicht wichtig.

Das Fenster eines Hauses, an dem er vorübergeht, ist offen. Paul Triglav hört Musik. Chopin.

Chopin wird in Polen gespielt wie sonst nirgendwo. Eigentlich, meint Paul, sollten nur Polen Chopin spielen ... Und sonst vielleicht noch die geniale Clara Schumann.

Wie gebannt bleibt Paul stehen und hört zu.

Das Spiel ist wie ein Finger, der sich in seine Magengrube gräbt.

Es sind sonst keine Menschen auf der Straße. Paul ist allein mit dem Spiel.

Es ist eine der Polonaisen. Die fis-Moll-Polonaise. Paul kennt sie fast auswendig.

Ihm scheint, er habe dies alles schon einmal erlebt. Diese Straße. Dieses Haus. Die Sonne, die einen Hitzevorhang zwischen die einander gegenüberliegenden Häuser breitet ... Jetzt kommt ein langsamer Satz nach dem Vivace des vorigen ...

Die fremde Stadt. Fremd. Fern. Weitab vom Gewohnten. Hat er hier nicht schon einmal gestanden? Genau auf diesem Fleck, wo vor ihm auf dem holprigen Pflaster eine späte Pfütze vom Nachtregen übriggeblieben ist? Das offene Fenster, aus dem die Musik strömt. Wer mag da so meisterlich spielen? Ein Mann? Eine Frau?

Paul geht auf die Haustür zu und bewegt den Klingelzug. Es schrillt durch das Haus.

Das Spiel stockt einen Augenblick. Dann geht es weiter. Die Melodie nimmt jetzt das Thema wieder auf, das im Anfang schon aufgetaucht war. Eine Fermate trennt den vorigen Satz von der sanften Genügsamkeit des Andante.

Paul steigt die Treppe hinauf. Die Stufen sind schmal, das Holz vom Alter geschwärzt. Sie knarren.

Erster Stock. Nein, noch nicht. Noch eine Treppe.

Hier steht er, von Tonwellen umspült. Er meint das Notenbild vor sich zu sehen. An dieser Stelle schmilzt das Moll dahin. Ein kurzer Atemzug in Dur. Dann wieder ein weicher Übergang. Traurig.

Paul schaut auf die Tür. »Rosenbaum« steht auf dem Schild. »Stanislaus Rosenbaum«. Ein deutscher Name. Ein polnischer Vorname.

Die Tür geht auf. Ein belangloses Dienstmädchengesicht öffnet den Mund zur Frage.

Im Hintergrund steht eine Frau. Sie kommt näher.

Das Spiel ist jetzt ganz nah. Hinter einer dieser Türen muß es sein.

Paul, hochgewachsen, schmal, sehr jung. Ein gutes Gesicht.

»Excusez-moi, Madame«, sagt er auf französisch. »Ich muß wirklich um Verzeihung bitten. Chopin ist schuld, daß ich hier stehe. Das wundervolle Spiel. So wie nur ein Pole Chopin spielt.«

Die Frau lächelt. Ein unverkennbar polnisches Gesicht. Frau Rosenbaum. Ja.

»Oh, bitte«, antwortet sie ebenfalls auf französisch, »treten Sie doch ein. Einen so verständnisvollen Zuhörer soll man nicht abweisen. Sind Sie Franzose? Nein. Deutscher. Bitte.«

Paul wird in ein Zimmer geführt. Gediegen. Dunkelbraunes Holz. Ein Webteppich, blau, rot, gelb. Gewirktes an den Wänden. Einige Stiche, von Merian offensichtlich. Durch die Fenster der Blick auf andere Häuser in der gleichen Bauweise. Keine der neununddreißig Krakauer Kirchen und der zahllosen Kapellen von hier aus zu sehen. Nur Fenster, Dächer, Schornsteine.

Wie bei uns, denkt Paul. Und doch anders. Eben Polen.

Frau Rosenbaum. Eine Jüdin. Sympathisch. Kluge Augen.

Von nebenan quellen die Töne herein. Unmittelbar. Der Spielende ist jetzt an der Stelle angelangt, wo harfenartig gebrochene Arpeggien das Ende ankündigen, dem die Läufe in unverminderter Frische entgegeneilen.

»Das ist die fis-Moll-Polonaise«, sagt Paul.

»Oh, Sie wissen Bescheid. Sind Sie Musiker?«

»Nicht von Beruf.«

»Ich kenne Deutschland ein wenig«, sagt die Frau, diesmal in gebrochenem Deutsch. »Meine Tochter hat dort Musik studiert. Am Konservatorium in Leipzig.«

Ihre Tochter, denkt er. Musik studiert. So ist sie es wohl, die da spielt?

Die Polonaise ist zu Ende. Kleine Pause. Danach werden wieder ein paar Tasten angeschlagen. Herrisch. Fordernd. Fortissimo. Spielt so eine Frau?

Dann stockt das Spiel. Die Hände scheinen zu ruhen. Ein Stuhl scharrt.

Pauls Blick richtet sich auf die Tür. Von innen wird die Klinke zögernd heruntergedrückt, dann die Tür mit einem Ruck geöffnet.

»Juliette«, sagt Frau Rosenbaum zu ihrer Tochter, die auf der Schwelle steht, »dies ist Herr . . .«

»Triglav«, ergänzt Paul und macht eine Verbeugung vor

der hohen Kunst des Mädchens. Die Verzauberung ist gewichen, aber die Bewunderung bleibt.

Und jetzt muß er sich bedanken.

»Das war die Polonaise fis-Moll, gespielt von einer großen Künstlerin«, sagt er ernst. »Ich habe sie in Berlin von Clara Schumann gehört. Sie brauchen den Vergleich nicht zu scheuen, Mademoiselle.«

Die junge Jüdin. Blasse Hautfarbe. Kühle, graue Augen, die ihn forschend betrachten. Schön geschwungene Lippen, die das Gesicht dominieren und sich — über das hohe Lob erfreut, dennoch ein wenig spöttisch — geöffnet haben. Sie gibt sich keineswegs überrascht oder gehemmt. Sie glaubt ihm, daß er es ehrlich meint.

Eine Unterhaltung kommt sogleich in Gang. Sie spricht ein elegantes Französisch, jene der polnischen Mentalität so kongeniale Sprache. Doch wechseln sie bald ins Deutsche über, daß ihr von Leipzig her — zum Glück ohne den Akzent — gleichermaßen geläufig ist. Mademoiselle Rosenbaum ist gewandt wie die Mutter und sehr charmant. Paul findet ihre Stimme faszinierend.

»Sie haben Clara Schumann gehört. Sie sind ein glücklicher Mensch. Nach Krakau kommt die berühmte Pianistin nicht.« Dann fragt sie: »Sind Sie selbst Musiker?«

»Nein, leider nicht«, erwidert er und fährt sogleich offenherzig fort: »Auf Wunsch meines Vaters studiere ich Jura. Aber immerhin spielt die Musik bei uns zu Hause eine Rolle. Mein Bruder hat eine gute Baritonstimme, und ich bemühe mich, ihm nachzueifern. Eine meiner Schwestern spielt Orgel, eine andere Harfe. Nur — die Musik als Beruf, das kam bisher bei uns nicht in Frage.«

»Bisher?« fragt sie mit ihrem leicht spöttischen Unterton.

»Ja.«

Sie fragt weiter. Es ist wie ein kleines, interessantes Verhör.

»Weshalb sind Sie nach Krakau gekommen?«

»Ich wollte Polen nicht nur aus der Ferne kennen. Wir

sind Nachbarn — geographisch. Ich bin Preuße. Polen ist mit uns schicksalhaft verbunden. Ursprünglich wollte ich nach Warschau. Aber es stellten sich seitens der russischen Ausländerbehörde unüberwindbare Hindernisse in den Weg. So wählte ich die junge Republik Krakau. Und bedauere es nicht.«

»Sie sehen sich als Preuße. Ich bin Polin. Unsere Niederlagen haben unser Nationalgefühl nicht beeinträchtigt. Eher das Gegenteil.«

»Ein Zeichen von Stärke.«

Sie lächelt. »Wie sind Sie eigentlich hier zu uns heraufgekommen?«

»Ich war verzaubert durch Ihr Spiel. Hinzu kam wohl auch das Motiv der Fremdheit, die Besonderheit der Umstände, das Losgelöstsein von heimischen Bindungen und Konventionen — das alles gab mir den Mut, das Ungewöhnliche zu tun. Ich hoffe, Sie verzeihen mir.«

Sie antwortet nicht darauf. Eine kleine Pause entsteht. Er überlegt, ob er nun vielleicht gehen sollte, aber kann sich nicht entschließen.

Errät sie seine Aufbruchgedanken?

»Sie sagten, daß Sie singen. Ich habe die Schubertlieder. Mein Bruder sang sie immer. Da Sie nun schon einmal hier sind, könnten wir's einmal probieren. Ich begleite Sie.«

Ohne eine Antwort abzuwarten, öffnet sie die Tür zu dem Zimmer, in dem der Flügel steht.

Hier schenkt die Aussicht aus dem geöffneten Fenster den Blick auf die ferne Marienkirche, aus der er gekommen ist. Wann? Vor einer Stunde? Oder wann war es? Die Verzauberung beginnt wieder zu wirken.

Sie holt den Schubert-Band und fragt: »Was wollen Sie singen?«

»›Fremd bin ich eingezogen‹«, sagt er, ohne zu zögern.

Sie schlägt die ersten Takte an und horcht neugierig auf.

Er singt.

Nach dem Postludium läßt sie die Hände auf den Tasten ruhen.

»Ich gebe Ihnen Ihr Kompliment zurück«, sagt sie. »Es wäre schade, wenn Sie nicht Sänger würden.«

»Das sagen Sie so.«

»Was wollen Sie noch . . .?« fragt sie.

»›Die Nebensonnen‹«, schlägt er vor.

»Ah, etwas weniger Bekanntes.«

»Das ich liebe.«

Die beiden finden kein Ende.

»Zum Schluß noch etwas Heiteres«, bestimmt sie.

»›Von der Straße her das Posthorn klingt‹.«

Die Sonne ist untergegangen. Die Lampe wird angezündet. Von Aufbruch ist nicht die Rede.

In der fernen Stadt, unter der Hängelampe am gedeckten Tisch.

»Sie haben einen Bruder, Mademoiselle?«

»Ja. In Deutschland. Ein Außenseiter, wenn Sie so wollen. Sein Weggang war eine Art Flucht. Kennen Sie den Monsieur Marx? Ihn verehrt er. Und Bakunin lenkt ihn aus der Ferne. Sind das Namen, die Ihnen etwas sagen?«

Paul nickt. »Und Sie?«

Sie verzieht den Mund. »Ich lasse meinem Bruder, was er nötig zu haben glaubt.«

Karl Marx. Bettina Arnim — das weiß Paul durch Elisabeth — kennt ihn persönlich. Seine Theorien werden, wie die etwas exzentrische Philantropin meint, Epoche machen.

Er hat sich von der Mutter verabschiedet, und sie stehen an der Tür.

»Mademoiselle Juliette. Ich muß nun reisen. Das Semester beginnt. Aber ich empfinde eine Trennung zwischen uns als absurd.«

Eine Frage steht in der Luft.

Sie zögert. Er wartet, was sie sagen wird. Was denkt sie wohl?

»Mir scheint, es war eine Schicksalsreise«, fährt er fort. »Meine Zukunft zeichnet sich nun in klaren Linien ab. Ich werde mein Jurastudium aufgeben und einen Beruf ergreifen, der mich möglichst bald von meinem Vater unabhängig macht und mir ein Leben ermöglicht, das ich gestalten kann, wie ich will.«

Sie muß jetzt antworten.

»Ich bin verlobt«, sagt sie langsam. »Ich hätte gern gesehen, daß Sie meinen Bräutigam noch kennenlernten.« Sie stockt. »Er ist Kaufmann.« Und mit einem Anflug von Bitterkeit fügt sie hinzu: »Es stehen ja nur die beiden Ks für uns zur Wahl: Künstler oder Kaufmann.«

Sie blickt ihn an. Ist er enttäuscht? Zerbricht etwas in ihm? Etwas kaum erst Aufgekeimtes vielleicht?

Sein Gesicht bleibt unbewegt. Nur in den Augen — oder irrt sie sich? — glaubt sie die Spur einer Trübung zu erkennen.

»Können Sie nicht noch einen Tag zugeben, um ihn kennenzulernen?«

Selbstverständlich kennt sie seine Antwort im voraus. »Leider nein«, wird sie lauten.

Und so ist es denn auch.

»Schade«, meint sie vor der Tür. »Ich hätte gern gewußt, wie mein Bräutigam auf sie wirkt.«

Die offene Tür. Der Treppenflur. Die Schwelle nach draußen wartet auf seinen Schritt. Warum tut er ihn nicht?

Er steht auf der Schwelle.

»Wirklich schade«, wiederholt sie. Konventionell? »Ich würde Ihnen das F-Dur-Impromptu vorspielen. Sie würden wieder Schubert singen. Mein Bräutigam würde sich langweilen. Er versteht nichts von Musik.«

Langweilen? Versteht nichts von Musik? Er wendet sich noch einmal, um den Blick ihrer kühlen Augen aufzunehmen ... Ein Intermezzo geht zu Ende.

Juliette Rosenbaum. Eine Jüdin. In Krakau. Die Chopin spielt. Meisterlich. Wie nur Polen ihn spielen.

Paul Triglav. Ein junger Mann, der etwas Ungewöhnliches tut. In eine fremde Wohnung eindringt. Ein von Tönen Verzauberter. Aber es gibt keinen Zauber.

Eine Polin, die verlobt ist. Natürlich, warum auch nicht? Die ihren Bräutigam zur Schau stellen will. Einen Bräutigam, der sich langweilen wird.

Er blickt in die kühlen Augen und hört sich sagen:

»Wenn Sie es wünschen, Mademoiselle. Ich bleibe noch einen Tag.«

Dieser Tag ist nun vorbei.

Den Bräutigam kennt er jetzt. Den Mann, den sie gewählt hat. Wie ist sie nur auf diesen unsympathischen Möchtegern verfallen?

Paul leidet, sensibel wie er ist.

Der Bräutigam ist knapp so groß wie sie und gewiß zehn Jahre älter. Seine blasse Haut wirkt wie gegerbt. Er hat eine laute Stimme, die sich hier in dieser Häuslichkeit gleichsam besitzergreifend mitteilt. Der Jude scheint ihm aus allen Poren.

Das ist ein häßlicher Ausdruck. Und überhaupt. Wichtiger ist, ob er ein echtes Lachen zustande bringen, ob er sich freuen kann. Über seine Braut. Über das schöne Krakau. Über das Leben überhaupt.

Er sieht nicht so aus. Eher mißtrauisch, skeptisch. Gleichsam in Abwehrstellung gegen alle und alles. Aber das hat wohl mit der friedlosen Rasse zu tun.

Was findet sie an ihm? Ist es eine Zufallsbindung? Oder liebt sie ihn? Hat er Qualitäten, die vielleicht nur eine Frau entdeckt?

Ihm, dem Fremden gegenüber, ist er von betonter Höflichkeit. Einer Höflichkeit, die ihn gewissermaßen zum Gastgeber stempelt, sozusagen schon zum Hausherrn, dem alles hier gehört. Die Bilder, die Möbel, jeder Löffel auf dem Tisch. Und natürlich das dunkelhaarige Mädchen, das er jetzt gerade mit seinen Armen wie schützend umschränkt.

Warum entzieht sie sich ihm nicht? Nein, natürlich. Sie lächelt. Zugehörig? Oder — irrt er sich? — ein wenig spöttisch? Er rätselt. Aber sie ist mit einem Mal so weit entfernt.

Die Noten. Die Töne. Chopin. Die Lieder. War es wirklich nur das, was ihn mit ihr verband?

Einen Augenblick sieht er sie wie durch einen Schleier, der ihm jenes Persönliche entzieht, das er für eine kurze Zeitspanne von ihr zu empfangen geglaubt hatte.

Fast bereut er, daß er geblieben ist. Dennoch ist es gut so. Keine Illusionen. Ein Irrtum? Ernüchterung? Es bleibt das Erlebnis. Krakau. Seltsame Stadt. Fata Morgana. Juliette Rosenbaum.

Sie hielt den Band in der Hand und blickte zu ihm auf.

Dann sang Paul.

Der Bräutigam blätterte in einem Buch und langweilte sich. Dann — einen Moment — blickte er auf. Der junge Mann . . .?

»Ach, meine Sonnen seid ihr nicht . . .«

Verdammt. Dieser junge Mensch . . . Wie kann man nur — singen, wie man fühlt . . . singen, wie man sich nackt macht. Der Bräutigam fühlte eine Erregung in sich aufsteigen. Juliette . . .

Frau Rosenbaum läutete, und das Dienstmädchen brachte auf einem Tablett vier Gläser und eine Flasche selbstgebrauten Rosenlikör.

Es geschah im richtigen Augenblick.

Nur daß der Likör zu süß schmeckte.

Der Bräutigam blickte seine Braut an. Er haschte nach ihrer Hand.

Paul nahm das Glas und wußte kaum, was er trank. Seine Leistung soeben erfüllte ihn mit Glück. Trotz allem. Er wußte jetzt, daß er sich ganz ausgeben konnte. Das wollte er festhalten. Für immer. Er fühlte sich gereift.

Juliettes Augen waren auf ihn gerichtet.

Der Bräutigam fand sich beiseite geschoben. Er erhob wieder seine laute Stimme. Paul zwang sich, ihm zuzuhören.

Der Bräutigam streckte der Braut sein geleertes Glas entgegen, und sie füllte es ihm.

Die Mutter beobachtete ihre Tochter und sprach von belanglosen Dingen.

Der Abschied verlief anders als der gestrige. Nie wiederholt sich das gleiche. Ein neues psychologisches Element war hinzugekommen. Welches? Ganz klar war es ihm nicht. Und ihr?

Sie hatte ihn bis zur Treppe begleitet.

»Was denken Sie über meinen Bräutigam?«

Er antwortete schnell, ohne zu zögern und strenger als beabsichtigt. »Wie dürfte ich mir erlauben, durch ein vielleicht vorschnelles Urteil einen Menschen, der fragt, zu beeinflussen? Zumal wenn ich selbst zu keiner objektiven Stellungnahme imstande bin.«

»Danke. Das sagt mir genug.«

Er küßte ihr die Hand.

»Leben Sie wohl, Mademoiselle. Und Dank für alles.«

Sie blieb noch stehen und hörte seine Schritte auf der knarrenden Treppe. Unten fiel die Haustür ins Schloß.

Mit dem Gefühl, daß es gleichwohl richtig gewesen war, dem ersten Tag dieses seltsamen Erlebens noch einen zweiten hinzugefügt zu haben, war Paul abgereist.

Daheim, in der gewohnten Umgebung, saß ein leiser Stachel in ihm, der die Wunde nicht heilen ließ.

War es eine Wunde?

Gemessen an der Unmöglichkeit, zu vergessen: ja.

Er war nach Polen gefahren, um sein warmes Interesse

für das politisch nicht zur Ruhe kommende, leidgeprüfte Nachbarland durch den Augenschein zu vertiefen.

Aber alles, was er an Eindrücken gesammelt hatte, war in den Schatten gestellt worden durch die erste, starke, persönliche Erschütterung seines Herzens, die ihn überfallen hatte unter so ungewöhnlichen Umständen, wie sie seiner Natur entsprachen.

Die Krakauer Tage, das weiß er, werden ihm in der Erinnerung keineswegs als eine entzückende, wenn auch nicht bis ins Letzte erfüllte Episode erscheinen. Sie werden haftenbleiben in ihm.

Juliette Rosenbaum, die erste Frau, die ihm die Fähigkeit seines Herzens, zu lieben, offenbart hat. Paul leidet — gewiß.

Doch ist er im Grund ein harmonischer Mensch. Vermutlich war es besser so. Er war drauf und dran gewesen, sich über alle Schranken hinwegzusetzen, Schranken, die ihm übrigens wenig bedeuteten. Er genoß es, der zweite Sohn zu sein und sich von familiären Verpflichtungen nicht eingeengt zu fühlen.

Er wußte, es hätte ein Spießrutenlaufen gegeben. Doch das hätte er auf sich genommen.

Nun war es nicht so gekommen.

Schade.

Wieder dieser leise, innere Stachel.

Er war noch jung. Einundzwanzig. Und das Leben steckte voller Seltsamkeiten. Sie boten sich immer wieder anders dar. Sie wiederholten sich nie.

»Na, alter Globetrotter?« hatte Fritz den Bruder begrüßt. »Bist du unbehelligt und unbeweibt wieder zurück? Wir fürchteten schon, du würdest dir eine der schönen Polinnen auf den Hals laden. Wie vielen von ihnen hast du denn den Kopf verdreht? Und sind sie wirklich so verführerisch, wie es heißt?«

Paul fand nicht sogleich den Übergang zu dem scherzenden Ton des Älteren. Juliette, dachte er, deinen Namen gebe ich nicht preis.

Die Brüder standen sich gut. Sie hingen aneinander. Ähnliche Interessen, gleiche Erziehung. In der Welt, in der sie aufgewachsen waren, in der Probleme gewöhnlich nur in Gestalt von körperlichen oder seelischen Krankheiten auftauchten, hatte es zwischen ihnen noch nichts Durchgreifendes gegeben, was die schöne Offenheit des brüderlichen Verhältnisses getrübt hätte.

Doch zeichnete sich jetzt auf Pauls klaren Zügen eine gewisse Verwirrung ab, und Fritz beobachtete ihn scharf.

»Nein, im Ernst, Paulchen — hast du dich verliebt?«

»Ja, ich habe mich verliebt. In die schöne Stadt Krakau. In ihre Kirchen und Altäre. Wenn du willst, auch in ihre schönen Polinnen. Und in ihre Musik. In die Begegnung mit Chopin.«

Danach verschloß sich Pauls Gesicht. Schon fast zuviel war gesagt worden. Er suchte nach einer Ablenkung und rettete sich in die Redeform, die sie beide liebten: die Diskussion. Das Thema Polen bot genug Stoff dazu.

Berlin, An der Werderschen Kirche 2, Mai 1850

Hochverehrte und bewunderte Mademoiselle Rosenbaum!
Zwar klingt die Anrede ziemlich bombastisch, aber ich lasse sie stehen, denn jedes Wort ist ehrlich gemeint.
Ich reiste in das nachbarliche Polen und suchte dort die Denkmäler seiner großen und tragischen Geschichte, suchte Veit Stoß in Bild und Stein, suchte das Wirken der Forscher und Denker und fand — das Ungeahnte, das Einmalige, verkörpert in einem lebendigen Menschen und seiner hohen Kunst.
Verzeihen Sie, wenn ich ein wenig ins Schwärmen gerate. Das macht der Gedanke an die Verzauberung, die mir

durch Sie zuteil geworden ist. Undenkbar erscheint es mir, daß ich den Mut nicht gefaßt hätte und den Klängen nach, die mich unwiderstehlich zogen, zu Ihnen vorgedrungen wäre — dennoch nicht ahnend, was mir bevorstand.
Haben Sie Dank, liebe Freundin, für alles, was, wie ich meine, in Worten nicht — nur in Tönen zu fassen wäre. Fast grolle ich meiner Muse, daß sie mich wohl mit einer Stimme, aber nicht auch mit der Gabe der Komposition begnadet hat. Keine Hymne wäre zu mächtig, kein Lied zu innig, um das Erlebnis meines Herzens wiederzugeben.
Das Erwachen aus der Verzückung ist grausam. Doch das Leben geht weiter. Ich habe nun die Linie gefunden, die ich in Zukunft verfolgen will: das Studium aufgeben, einen Beruf ergreifen, der mich möglichst rasch von meinem Vater unabhängig macht, und dazu die Musik noch intensiver als bisher pflegen. Mag die Familie — wir sind sechs Geschwister — mich einen Außenseiter, einen Rebellen schelten —: ich bin als zweiter Sohn nicht an traditionelle Pflichten gebunden.
Eine meiner Schwestern heiratet in einigen Wochen. Sie hat nicht wählen dürfen. Hat sich dem Willen des Vaters gefügt. Ich hoffe, daß sie glücklich wird. Ich selbst gedenke — wie die Lutherbibel es nennt —, »wider den Stachel zu löcken«.
Hiermit schließe ich meine lange Epistel und bleibe, vielliebe Mademoiselle Rosenbaum — mit der Bitte, mich Ihrer gütigen Frau Mutter zu empfehlen —,
Ihr ergebenster

Paul Triglav

10

Elisabeths Hochzeit wird nicht im Berliner Haus gefeiert, sondern in Groß-Triglav, der eigentlichen Heimat für sie alle.

In ihren nebeneinanderliegenden Stuben sind Fritz und Paul mit der festlichen Toilette beschäftigt. Die Tür zwischen ihnen steht offen.

Die Glocken haben noch nicht zum ersten Mal geläutet. Man hat Zeit zu erheiternden Glossen.

Zum Anziehen bereit, hängen die Fräcke auf ihren Bügeln. Neben den Waschtischen stehen die mit einem Handtuch bedeckten Wasserkrüge. Die Brüder rasieren sich. Die Crème duftet pariserisch.

Pauls weißes Clownsgesicht grinst ihm aus dem Spiegel entgegen.

»Armer Hubertus!« seufzt er heuchlerisch.

»Warum arm?« fragt lachend der Bruder von nebenan und setzt das Messer ans Kinn.

»Mit einem Hochzeitsbräutigam habe ich immer ein gewisses Mitleid. Im Gegensatz zur Braut ist er doch ein — ja, presque un type ridicule, n'est-ce pas? Eine fast etwas lächerlich wirkende Figur. Wie lächerlich, das zeigt schon das Abfeiern des Junggesellen durch die Kameraden, die den Wehrlosen mit Zoten und sonstigen Anzüglichkeiten förmlich spicken. Alles dreht sich um die Braut. Er selbst ist Staffage, nur dazu da, ihren Glanz zu erhöhen, von dem allenfalls ein Schimmer auf den abgeäscherten Dulder fällt. Denn abgeäschert ist er; die vorhochzeitlichen Tage müssen außerordentlich anstrengend gewesen sein, er ist aus dem gewohnten Geleise geschert. Während die Braut, getragen von der allgemeinen Bewunderung, wie im Traum dahinschwebt, entnervt ein Gefühl, vielleicht dem

Lampenfieber ähnlich, sein Blut und seinen Sinn. Man hat ihm eingetrichtert, was er zu tun hat vor, während und — ja, nach der Trauung.«

»Scheußlich!« sagt Fritz und schickt einen leisen Fluch hinterher, weil er sich am Kinn geschnitten hat. Dann fährt er im Ton des Bruders fort: »Lieber setzte er natürlich nur kurz und knapp seinen Namen unter irgendein Dokument, das ihn zum Ehemann und Herrn dieses Engels in Menschengestalt stempelt — und damit basta. Aber sie will es anders, sie schleppt ihn in die Kirche. Denn Kirche muß sein, das gehört zu dem weißen Staat und ist außerdem der einzige Weg zur Legalisierung des Bundes. Hochzeitszug, Orgel und Altar. Sein stereotypes Lächeln erstarrt zu einer feierlichen Miene. Er fühlt sich erschöpft. Die letzten Tage mit ihrem ganzen Drum und Dran waren vielleicht auch nicht zuträglich für die Potenz. Und ein abgetakelter Bräutigam in der Hochzeitsnacht . . .«

»Fritz!«

»Du findest, ich entkleide das feierliche Ereignis seines poetischen Zaubers. Aber du hast selbst damit angefangen.«

Paul, lachend: »Versprich mir, Fritz, daß du dich, wenn du einmal heiratest, als vorbildlicher Bräutigam benehmen wirst?«

»Ich verspreche es. Kleiner Rebell, ich wundere mich über dich.«

»Wieso?«

»Fühlst du dich etwa — zumindest in Gedanken — schon irgendwie gebunden? Ich meine, hast du . . .«

»Nein, nein, bestimmt nicht!« beteuert Paul etwas zu hastig und lenkt vom Thema ab. »Kannst du mir sagen, warum der Zutritt zur Ehe nur durch die Kirche zu legalisieren ist?«

»Das frage ich mich auch. Hat ein Staat seinen Bürgern in dieser wesentlichen Angelegenheit nichts zu sagen?«

»Die Ehe ist ein Sakrament, heißt es. Aber wem das Sakrament nichts bedeutet? Ist der Zwang nicht ein Eingriff in die persönliche Freiheit? Und geradezu eine Einladung zur Heuchelei, zu dem Versuch, Gott zu überlisten?«

»Gott? Sollte Gott existieren, so hat er im Lauf der Zeit noch ganz andere Dinge über sich ergehen lassen müssen.«

»Alter Heide!« Paul hat sein Clownsgesicht wieder normalisiert und wirft einen kritischen Blick in den Spiegel. »Es müßte die Zivilehe geben. Die Regierung müßte die Möglichkeit einer Zivilehe einführen. In Frankreich besteht sie bereits. Für den, der es wünscht.«

»Sprich doch mal mit Otto Bismarck darüber. Wenn der erst mal was zu sagen hat — und das wird er bestimmt —, kann er vielleicht dazu beitragen, diesem unmöglichen Zustand ein Ende zu machen.«

»Ach, Bismarck! Hältst du auch so viel von ihm?«

Sie haben die Fräcke angelegt, die seit den dreißiger Jahren fast durchweg schwarz mit seidenen Paspeln getragen werden.

Die Brüder treten aufeinander zu und begutachten sich gegenseitig.

Sie tragen noch keine Orden. Aber auf Pauls Brust sitzt ein winziges Knöpfchen. Die Miniatur einer Auszeichnung durch die von Jahn begründete Berliner Turnriege. Fritz, zwar ein guter Reiter, ist an turnerischen Leibesübungen weniger interessiert.

Die Glocken beginnen zu läuten.

»Erstes Läuten«, sagte Paul. »In einer Stunde ist es soweit.« Und nach einer kleinen Pause: »Glaubst du, daß Elisabeth glücklich ist?«

»Beweise mir das Gegenteil.«

»Unsere Schwester ist kein Mensch, der schnell vergißt.«

»Es ist besser, nicht aus der Reihe zu scheren.«

»Meinst du?«

»Beherzige das, Paulchen.«

»Elisabeth hat es beherzigen müssen.«

»Komm nicht immer wieder darauf zurück, mein Junge. Ohne Frage ist sie jetzt glücklich. Der Hochzeitstag ist für die Braut ein Eintagshöhepunkt — egal, was nachher auch folgen mag. Für die Braut beginnt ein völlig neues Leben, während der Bräutigam hofft, sein altes Leben ziemlich ungeschoren weiterzuführen, es jedenfalls durch die neue Zweisamkeit nicht grundlegend zu verändern.«

Elisabeth steht vor dem hohen Spiegel und bewundert das von Gerson in Berlin geschneiderte Kleid aus wolkenzartem Weiß, das die langen schlanken Glieder zierlich umschließt.

Was da faltenglättend und eine vergessene Nadel aus den Säumen ziehend zu ihren Füßen kniet, wird von ihr mit stützenden Armen emporgehoben. »Laß das. Heute soll niemand knien als ich selbst.«

Für eine Braut ein seltener Ausspruch, denkt Mamette, die daneben steht.

Elisabeths Augen fragen aus dem Spiegel: Bin ich so glücklich, wie ich soll? Meine Augen sprechen so laut. Hoffentlich kann nur ich sie verstehen. Assoziation ... Damals auf dem Spaziergang mit Abel. Ich hatte Brentano zitiert: ›Oh Stern und Blume ...‹ Der Stern wird über dem neuen Haus stehen. Blumen, Wasserrosen gibt es auch. Der See, auf dem die Schwäne schwimmen. Auch Pfauen werde ich haben, die nachts in den Bäumen trompeten. Und Tauben. Nur weiße Tauben. ›Geist und Kleid ...‹ Auch Geist wird vorhanden sein. ›Lieb, Leid und Zeit ... und Ewigkeit ...‹ Jaja, für immer. *Immer.*

Einen Polterabend hatte Adam Triglav verboten. Polterabend! Ein gottloser Unsinn, der vom heiligen Ernst des Sakraments ablenkt. Sagte Papa. Gewiß ist es auch besser so. Denn ohne Tanz, den er verpönt, ist ein Polterabend sowieso nicht zu denken.

Jetzt läuten die Glocken zum ersten Mal. Hier bei uns

klingen sie dunkler als in Seehaus. Sie sagen: Ade — — Ade ... Dort werden sie heller klingen: Sei getreu — — sei getreu ...

In einer Stunde kommt das dritte Läuten.

Die Sonne scheint nicht. Der Himmel ist bedeckt. Es darf nicht regnen, wenn wir zur Kirche gehen. Und es wird auch nicht regnen.

Jetzt in diesem Augenblick könnte ich noch nein sagen. Sonderbarer Gedanke. Ich könnte unter irgendeinem Vorwand dieses Zimmer verlassen. Mich hinten aus der kleinen Gartenpforte stehlen. Könnte davonlaufen. Laufen. Irgendwohin. Ins Ungewisse.

Aber so etwas tut man nicht. Ich tue, was ich stets getan habe seit jenem letzten Brief. Und ich weine schon lange nicht mehr.

Jetzt gehe ich hinunter mit Mamette und den Schwestern. Die Schleppe trage ich doppelt geschlungen über dem Arm. Die weißgekleideten Kinderchen, welche nachher die Schleppe tragen sollen, laufen uns vor die Füße.

Im Saal ist die Tafel gedeckt. Alles ist bereit. Im Augenblick stehen die Diener in ihrer Livree mit weißen Handschuhen müßig umher. Außer Franz, der verspätet vorfahrenden Gästen aus den Wagen hilft.

In den Zimmern sind die Gäste versammelt. Es sind viele. Von überall her. Wir treten ein.

Hubertus kommt auf mich zu. In seinen Augen steht ein Lächeln, das sich auf seinen Lippen wiederholt. Ich sehe zuerst in seine Augen.

Tante Bettina ist auch auf der Hochzeit. Das habe ich durchgesetzt, obwohl Papa sie nicht recht mag. Einen Augenblick liegen wir uns schweigend in den Armen. Ich höre Bettinas Herz klopfen.

Und dann ist es soweit. Der Zug durch die Lindenallee zur Kirche ist lang. Voran Pfarrer Baumann. Dann Hubertus und ich. Mein Bräutigam schreitet aus, ich halte Schritt mit ihm. Die Kinder mit der Schleppe trippeln, so schnell sie können.

Glocken, Orgeln und Chorgesang. Alles, was Laut gibt, was läutet, braust und singt, hüllt die Sinne ein und betäubt das Gefühl der — Angst? Ist es Angst? Ist man nicht stark genug für das, was kommt? Nicht stärker als Abel gewesen war? Abel! Der Name, der hier nichts zu suchen hat. Hubertus! Hubertus, hilf mir!!

Wenn ich das jetzt rufen würde . . . schreien. Mitten in die Kirche hinein. Was dann? Es ist wie ein Krampf. Ich schlucke einmal. Zweimal. Ich habe es hinuntergeschluckt.

Wir knien vor dem Altar. Der Pfarrer spricht zu uns. Er hat mich getauft und konfirmiert. Nun traut er mich.

Ich muß jetzt aufpassen. Die Gedanken dürfen nicht wandern. Der Pfarrer wendet sich mir zu. Er sieht mich an und fragt. Ich muß antworten. Muß das kleine Wort sagen, das für ein ganzes Leben gilt. Ich werde es laut sagen. Laut und deutlich. Ein Hauchen ist zu wenig für ein Wort, das bindet.

Hubertus ist noch nicht gefragt worden. Zu ihm wendet sich jetzt der Pfarrer. Auch Hubertus antwortet laut. Mannhaft sozusagen. Sein Ja hallt mir in den Ohren und bleibt dort. Noch eine ganze Weile. Ja, ja, ja, ja.

Hubertus. Was denkt er wohl gerade jetzt? Er denkt an das Gelöbnis vor dem Altar. Der Altar ist von Menschen errichtet. Zur Ehre Gottes, gewiß. Deshalb kniet man hier, halb betäubt von dem Gefühl der Gegenwart des Allmächtigen . . . Aber hinter dem Gelöbnis steht bereits ein anderes: Nichteinhaltung? Man wird sich daran gewöhnen, daß der Pfahl im Fleisch sitzt . . . Man wird sich gewöhnen.

Der Pfarrer sieht gütig aus. Er hat das Seine getan. Die Zukunft gehört nun uns.

Hubertus und ich stehen auf. Wir machen die gleichen Bewegungen, tun das gleiche. Von nun an immer. Es kommt eine große Ruhe über mich.

Stauung innerhalb des Portals. Ich drücke Hände, nicke den Brautjungfern und Brautführern zu. Marie und Gerhard-Akazienburg — vielleicht ebenfalls bald ein Paar? Paul führt die kleine Marie-Luise Drost aus Frankfurt am Main, die ich bei Bettina kennenlernte. Ob diese Marie-Luise etwas für Paul wäre? Aber sie wird ihn, so wie er ist, wohl kaum auf Dauer fesseln.

Die brausende Orgel im Rücken, treten wir hinaus. Gesichter, Gesichter. Neugierig, wohlwollend. Eine Kette von Gesichtern. Aufgehängt wie Lampions in einer langen Reihe. Warum eigentlich trägt man nun einen anderen Namen? War der alte nicht gut genug?

Lieber Name des Wendengottes Triglav — Name, der mir gehörte. Ich habe dich verloren. Ich bin nun nur noch »eine geborene«. Verzeih' mir, daß ich dich verraten habe. Ich mußte es tun. Wir leben nach dem Gesetz. Und das Gesetz liebt uns Frauen nicht.

Warum gibt die Frau ihren Namen und damit ein Stück ihrer Persönlichkeit auf? Bedeutet sie nun nichts mehr *selbst?* Nur noch die *seinige?*

Aufrührerische Gedanken einer Braut auf dem Weg von der Kirche zurück ins Haus. Tante Bettina kann ich jetzt nicht fragen. Ich werde sie nun lange nicht sehen. Aber im Winter, denke ich, werde ich mit Hubertus in Berlin sein, wenn das Herrenhaus tagt, dessen Mitbegründer er ist.

Augen, Augen, Blicke die ganze Lindenallee entlang. Ich nicke und lächle. Zwischen den Bäumen schimmert die Rückwand des Schafstalls. Einen Augenblick glaube ich den vertrauten, beißenden Geruch zu spüren, der mir immer das Blut sonderbar bewegte, und ich höre von fern das Konzert des vielstimmigen Schafchores. Atonal. Von den Bässen bis zum Diskant . . .

Trennung von Groß-Triglav. Abschied von zu Hause.

Der Wagen ist vorgefahren. Ich habe mich umgezogen

und trage ein Reisekostüm. Die Koffer werden verladen. Wir stehen Abschied nehmend in der Halle.

Ich beobachte Hubertus, wie er sich von den Eltern verabschiedet. Höflich und auch ein wenig herzlich. Aber mit seinen Gedanken schon ganz woanders.

Mamette hat Tränen in den Augen. Ich bin das erste Kind, das sie verläßt. Ich küsse sie.

Von nun an . . .

Von nun an werde ich mit Hubertus leben. Meine Eltern haben mich ihm übergeben. Mamette sieht mich ermunternd an, aber fast ein wenig hilflos. Von nun an werde ich Hubertus ausgeliefert sein.

Ausgeliefert? Ich bin die Ware, die nun abgeliefert worden ist. Das ist ein häßlicher Gedanke, aber ich denke ihn. Über Kopf und Herz des Menschen, der ich bin, hinweg hat Papa das Geschäft mit Hubertus abgeschlossen und über den Kaufpreis für mich verhandelt (so hätte ich vor einem Jahr noch nicht gedacht). Wieviel bin ich wohl wert? Ich werde mir Mühe geben, dem Wert zu entsprechen. Nein, nicht nur, was das Äußere betrifft, sondern auch — ja, von Herz zu Herz. Ich möchte, daß er glücklich wird mit mir. Das ist ein guter Vorsatz. Lieber Gott, hilf mir!

Mein Ehemann blickt mich jetzt heischend an. Ich sehe keinen Vorsatz in seinen Augen. Er denkt an andere Dinge.

Anton wird uns bis Stargard fahren. Dort werden wir übernachten und morgen an die Ostsee weiterfahren. In Kolberg werden wir für zwei Wochen bleiben.

Warum eigentlich? Ich würde gern gleich eine Aufgabe haben, am liebsten direkt nach Seehaus fahren. Aber so ist es Sitte. Wir werden in Kolberg ganz aufeinander angewiesen sein. Von Mensch zu Mensch.

Ich werde dort zum ersten Mal erleben, wie das ist.

Elisabeth lebte in preußisch Pommern um die Mitte des neunzehnten Jahrhunderts, eines Jahrhunderts voll braver, strenger, zum Teil törichter, oft allzu enger Ehrbegriffe. Sie bezauberte die Männer durch ihren Charme und ihren Geist. Sie war ihrem Gatten eine treue Frau und forschte nicht nach dem, was ihr verborgen bleiben sollte. Sie gebar ihm acht Kinder, stillte sie, zog sie auf und verlor sie zum Teil wieder durch den Tod.

Immerhin würden genug Sprößlinge übrigbleiben, um diesen Zweig der Berentraps noch eine Weile grünen zu lassen.

Nachdem das junge Paar abgereist war, blieben einzelne der Verwandten und Freunde noch für ein bis zwei Nächte in Groß-Triglav. Besonders die Jugend fand nicht sogleich auseinander.

Gerhard Triglav-Akazienburg war Marie als Brautführer zugeteilt gewesen. Die beiden wurden die ganze Zeit verstohlen beobachtet. Würde Marie es sich gefallen lassen, daß die jüngere Schwester sie überrundete? Oder würde der ersten Hochzeit nun bald die zweite folgen?

Eingeweihte wußten allerdings, daß in letzter Zeit ein Prinz aus einem der herzoglichen Häuser Westdeutschlands, der in Berlin zu Gast gewesen war, sich auffällig um Marie bemüht hatte. Er war indes wieder abgereist, ohne daß sich was getan hatte. Natürlich war eine Mesalliance von seiten dieses jungen Fürsten nicht zu erwarten gewesen. Statt dessen lag das Gute, ja das Beste hier so nah.

Zwei der Brautjungfern unterhalten sich angeregt.

»Sieh mal, Netti. Da gehen Marie und Gerhard-Akazienburg allein spazieren. Ob sie ihm jetzt ihr Jawort gibt? Siehst du? Da hinten sind sie.«

»Ja. Sie stehen jetzt an der Koppel. Marie streichelt den Fuchs. Es ist ihr Reitpferd.«

»Ich finde, verliebte Männer haben etwas Närrisches. Wie sie ihn zappeln läßt. Im Grunde, glaube ich, will sie ihn gar nicht.«

»Meinst du, sie nimmt ihn nicht? Das wäre schön dumm von ihr. An Gerhards Stelle wäre mir längst die Geduld gerissen.«

»Er tut mir leid. Sie quält ihn, das sieht man. Dabei ist sie doch so fromm.«

»Was hat das damit zu tun?«

»Elisabeth ist anders. Wie können nur Schwestern so verschieden sein. Hubertus ist ein stattlicher Mann, findest du nicht?«

»Ja. Und sehr verliebt. Elisabeth hatte doch diese Affäre mit dem bürgerlichen Studenten.«

»Das war keine Affäre. Das war eine unglückliche Liebe.«

»Eine Dummheit war es. Er war nichts und hatte nichts.«

»Sie hat Hubertus genommen, weil der Vater es wollte.«

»Das tun wir doch alle.«

»Elisabeth hat ein nettes Lächeln, nicht?«

»Ja, charmant.«

»Aber manchmal sah sie zu nachdenklich aus für eine Braut. Ob sie zufrieden ist, so wie es gekommen ist?«

»Sei nicht blöd. Natürlich ist sie das.«

»Was hältst du von Casimire?«

»Die? Ach, die ist ja noch nicht siebzehn.«

»Ich mag sie nicht.«

Am Abend lagerte die Jugend sich um den Kamin. Die hohen Fenster im Gartensaal waren geöffnet. Was die Natur an Duft und Luft zu bieten hatte, strömte herein.

Die Sonne war untergegangen. Wie immer, wenn in der Natur etwas Dominierendes Abschied genommen hat, mögen Geschöpfe und Dinge sich nicht gleich auf die Veränderung einstellen. Das Horchen vernimmt im Vogellied die leise Klage. Das Fühlen empfängt hauchdünnes Frösteln von der erkühlenden Erde. Das Auge sieht den leichten Dunststreif aus der verirrten Wolke fallen.

Marie war nun ein Jahr älter als damals auf dem Ordensfest. Gerhard saß neben ihr. Marie sprach viel. Ihr schönes Organ, dessen warmer Klang so viel versprach und so wenig hielt, hatte wenn möglich an Intensität noch zugenommen. Im vergangenen Jahr hatte sich dieser Mund ihm für einen Augenblick nicht versagt. Aber seinen drängenden Worten war Marie entglitten. Es hatte keine Verheißung gegeben, geschweige denn ein Versprechen.

Was Marie dachte, war nicht auszumachen. Wie gewöhnlich in Gegenwart ihrer Kavaliere sah sie bezaubernd liebreich aus.

Erst spät trennte man sich, um seine Zimmer aufzusuchen. Franz war noch auf. Er ging mit dem silbernen Leuchter voran.

Marie ist noch nicht zu Bett gegangen, aber sie hat das Licht gelöscht, als schlafe sie schon.

Sie ist innerlich aufgewühlt. Trotz der späten Stunde hatte Papa sie vorhin — wie sie vermutete, von Mamette aufgestachelt — noch vorgenommen und sie wegen ihrer bis an die Grenze des Üblichen gehenden Koketterie gemaßregelt. Eigentlich zum ersten Mal, soweit sie sich besinnen konnte, hatte er seine älteste Tochter auf diese Weise behandelt.

Ihre Nerven vibrierten. Sie hatte drei Gläser Wein getrunken, obwohl sie wußte, daß zwei das höchste waren, was sie im Grunde vertrug.

Ungute Gedanken und Gefühle — wie oft sie auch vertrieben werden —, sie kehren wieder.

Also wozu sie vertreiben? Ist es nicht angenehm, der Mittelpunkt dieser Welt zu sein? Dieser kleinen, runden, hauseigenen Welt? Marie hat eine brutale Lust zur Selbstverwirklichung. Es ist das, was Charlotte damals in die Flucht schlug. Was im Begriff ist, Gerhard-Akazienburgs reiches, festgefügtes Leben zu verpfuschen. Ihm eine Wunde zuzufügen, die nie heilen wird.

Nein, nie.

Macht Marie sich vielleicht nicht klar, daß es so etwas tatsächlich gibt? Eine Wunde, von der Liebe geschlagen, die nicht heilt?

Gegen Morgen war Gerhard noch wach. Er ging im Zimmer umher. Saß auf dem Stuhl am Tisch. Starrte aus dem Fenster. Lag im Bett. Stand wieder auf und ging umher.

Der Gedanke aller Tage und Nächte. Marie.

Am Morgen steht er, erst notdürftig bekleidet, im Zimmer. Es klopft. Leise öffnet sich die Tür.

Nur von dem Gedanken an Marie erfüllt, fährt er herum.

Es ist Frieda, das Stubenmädchen, mit einem Krug heißen Wassers zum Waschen.

Frieda ist rosig und gesund. Er wirft sie auf das Bett. Frieda dient dem jungen Herrn.

Nachher unten in der Halle leiser Dialog zwischen Casimire und Marie.

»Marie, sieh dir mal Gerhard an. Sein Gesicht ist grau.«

»Interessiert dich das, Kleine? Er wird verkatert sein.«

»Eins will ich dir sagen: ich habe einen Vampir zur Schwester.«

»Welche Schwester meinst du? Du hast drei.«

»Die erste, zweite oder dritte? Rate.«

»Was weißt du vom Vampir, dummes Gör? Ich rede nicht mit dir über solche Dinge.«

»Aber ich mit dir. Es ist nicht mehr viel dran an Gerhard, findest du nicht?«

Der Vetter kommt auf Marie zu.

»Guten Morgen, Marie.«

»Guten Morgen, Gerhard. Du siehst aus, als hättest du gut geschlafen.«

Sie wendet sich ab und beachtet ihn nicht mehr.

Franz meldet, daß das Frühstück serviert ist.

Heute geht die Jugend auseinander. Da man vor der Abfahrt noch im Waldsee baden und, je nach Geschmack, noch mal auf die Pirsch gehen oder an der Walderdbeerenernte teilnehmen will, versammeln sich nun bereits alle, auch die notorischen Langschläfer, um den Frühstückstisch.

Casimire sitzt Gerhard gegenüber. Sie klopft ihr Ei auf. Wie nebenbei sagt sie über den Tisch hinweg: »Gerhard, du weißt, was ein Vampir ist, nicht wahr?«

»Ein Vampir? Weshalb? Komische Frage. Ein Vampir — das ist eine Fledermaus.«

Alles lacht.

»Gerhard hat recht«, sagt Fritz. »Laut Humboldt lebt in Amerika eine Fledermaus, die Vampir heißt.«

»Das auch. Mag sein. Aber wir sind nicht in Amerika. Wir sind in Pommern. Ich meine einen . . .«

»Was du meinst, interessiert uns gar nicht«, herrscht Marie die Schwester an.

»Laß mich doch ausreden! Ein Vampir, das wißt ihr doch alle«, sie sprach immer noch zu Gerhard gewandt, »das ist ein Wesen, das den Menschen das Blut aussaugt. Es gibt solche, die sind von einer blutgeschwollenen Blase umgeben.«

Jetzt opponieren auch die übrigen.

»Hör auf, Casimire! Wie unappetitlich. Du verdirbst einem ja das Essen.«

Casimire ließ Gerhard nicht aus den Augen. Ihr Gesicht zeigte weder Mutwillen noch eine andere Bewegung. Es war deutlich, daß sie Gerhard meinte, auch wenn sie den Plural benutzte. »Ihr seid ja nicht blind. Seht nur genau hin. Dann seht ihr es.«

Casimire und Gerhard blickten sich an. Sie brauchte nichts mehr zu sagen. Er las es in ihren Augen. Es war die Bestätigung. Sein Gesicht war grau. Aber das war es schon vorher gewesen.

An der munteren Tischrunde herrschte für einen Augenblick verlegenes Schweigen. Diese Casimire. Sie war gerade erst siebzehn geworden.

Vergnügteren Eindruck hat man von einem anderen Paar. Steht etwa am Ende der festlichen Tage doch noch eine Verlobung ins Haus?

Annchen ist außer Bett. Ihre kerzengeraden Beine, mit denen sie erstaunlich große Schritte macht, kommen nun zur Geltung.

Männer haben die Gabe, Beine, auch wenn sie von schleppenden Röcken bedeckt sind, beurteilen zu können. Der Mann, der sich dieser Beschäftigung mit intensiver Hingabe widmet, ist ihr Major. Der Major von Tümpel. Der unentwegte Besucher an Annchens Krankenlager.

Sie hat ihn sich gewünscht und hat ihn auch bekommen. Zum Brautführer.

Ein ungleiches Paar. Er schätzungsweise hoch in den Vierzigern, sie noch nicht zwanzig. Sein Haar, einschließlich Bart, ist noch braun, ohne Silberfäden (ihr zuliebe?). Sie hängt sich bei ihm ein. Er hat eine stattliche Gestalt. Sie wirkt klein neben ihm. Glücklich schaut er auf sie herab. So ist sie noch hübscher als im Bett.

Wie angenehm, daß das Leiden, das sie hat, sich, wenn es gerade nicht gebraucht wird, von selbst verflüchtigt. Vielleicht läßt es sich so einrichten, daß die bettfreien Tage mit der Zeit immer häufiger werden. Die Liebe bringt so manches zustande.

Ihr Mund ist wie ein Knopf. Wenn sie heute einmal allein sind, wird er die Gelegenheit benutzen und seine Lippen auf diesen Knopf drücken, um den physischen Zugang zu ihr zu finden, der ihrer seltsamen Freundschaft noch fehlt.

Er hofft, sie wird es dulden. Es sieht ganz so aus.

Wenn ja, dann muß er — nachdem er den Kreuzweg der Entscheidung schon längst hinter sich hat — den Umweg über ihren Vater machen, einen Umweg, der leider schon einmal ein Irrweg war.

Aber warum sollen die Auspizien ein zweites Mal nicht günstiger sein?

Er würde es sogar noch ein drittes Mal versuchen.

Auf gut Glück wird Ottokar von Tümpel den richtigen Augenblick bei Adam abpassen, weil der noch unter dem Eindruck der ärgerlichen Auseinandersetzung mit seiner ältesten Tochter steht und unwillkürlich eine Ablenkung begrüßen dürfte. Es ist schon ein Kreuz mit vier Töchtern im Heiratsalter.

»Kaum zu glauben«, sagt Adam zu Mamette, »da steht der alte Auerhahn vor unserer Kleinen und balzt. Es ist ihm scheint's immer noch ernst damit.«

»Ja, das sieht ein Blinder.«

»Und das Erstaunlichste: auch sie hat sich offensichtlich nicht anders besonnen.«

»Nein, nicht wahr? Aber eine Verlobung ist noch keine Heirat.«

»Sprich nicht so leichtfertig, Henriette. Und sieh nicht immer hin zu den beiden. Das fällt auf. Er hat es schon gemerkt, der Filou, daß wir von ihm sprechen.«

»Ich glaube, er wird sich noch einmal an dich wenden. Was willst du ihm dann sagen?«

Adams Lippen verziehen sich halb spöttisch, halb amüsiert. »Ich werde ihm sagen: Nehmen Sie Vernunft an, junger Mann.«

»Das ist jedenfalls keine Ablehnung.«

»Meinst du?«

Es geht diesmal tatsächlich glatt. Denn, wie Mamette sagt: eine Verlobung ist noch keine Heirat.

Respektlos, wie er dem Schwager-Onkel gegenüber ist, kann Fritz sich nicht enthalten, ihn ein wenig aufzuziehen.

»Du weißt, daß du eine Bettfrau heiraten wirst, Ottokar? Von Kopf bis Fuß. Mit Betthäubchen, Bettjacke und -hemd, mit Bettschuhen, ja mit Bettschmuck: selbstgehäkelten, schleifengeschmückten Armbändchen, wie sie Babies tragen, et cetera.«

»Warum auch nicht, mein Sohn?« kontert der bejahrte Bräutigam. »Ich finde sie entzückend im Bett. Und der Weg zu ihr ist dann nicht so weit.«

Paul, der dabeisteht, freut sich. Und auch der Bruder lacht. Die Kabbelei der beiden angehenden Schwäger nimmt nie pathetische Formen an. Sie bleibt immer auf der Linie gegenseitigen Vergnügens.

Der wackere Major ist wirklich ein liebenswerter Mann und die Voraussetzungen gegeben, daß das heitere, prinzipienfeste Annchen an seiner Seite glücklich werden kann.

Deshalb ist es äußerst tragisch und kaum zu fassen, daß die Kopulation dennoch nicht zustande kommt und das Liebesglück des ungleichen Paares einen so gräßlichen Abschluß finden wird.

Aber noch ist es nicht soweit.

Statt dessen muß Frieda, das Stubenmädchen, mit ihrem Kummer fertig werden: sie erwartet ein Kind. Es ist klar, daß Franz, mit dem sie seit einem Jahr geht, der Vater ist. Auch Franz ist das klar. Aber warum weint sie? Er will sie doch heiraten? Ja, das ist ein Trost, sie wischt sich mit dem Handrücken über die Augen, die Schürze ist schon naß.

Franz und Frieda heiraten bald, was an ihrem Dienst im Schloß nichts ändert. Das Kind wird ein Junge und der Mutter sehr ähnlich: rosig, gesund und vergnügt.

11

Es ist nun eine Reihe von Wochen her, daß Paul seinen Brief nach Polen abgeschickt hat. Eine Antwort ist nicht gekommen. Ein leises Fünkchen Hoffnung erlischt.

Die Brüder Triglav studieren bei den Bonner Preußen. Fritz ist dem Prinzen Friedrich als Studienfreund attachiert. Als einziger Sohn Prinz Wilhelms — welcher der zweite Sohn der Königin Luise, also der jüngere Bruder des jetzigen Königs ist — wird Friedrich, da der König kinderlos ist, später nach seinem Vater die Krone erben.

Es ist nicht Sitte, daß die königlichen Prinzen einer schlagenden Verbindung angehören. Auch Fritz und Paul nicht, was den beiden von manchen der Senioren verargt wird.

»Du bist doch morgen auch auf der Reunion bei Hasfeldts, Paul?« erkundigt sich Fritz. »Zur Feier von Brunos Geburtstag wird getanzt. Ich nehme an, Marie-Luise Drost spitzt sich schon auf dich. Das mit den Brautjungfern ist immer so eine Sache, findest du nicht auch?«

Abends bei Hasfeldts, die sich mit ihren älteren Gästen von der Jugend abgesondert und in angrenzende Räume zurückgezogen haben, zeigt sich die Jugend animiert. Bruno Hasfeldt kann wieder einmal nicht Maß halten.

»Hör jetzt auf zu saufen, Bruno, du bist bereits zu weit gegangen«, mahnt der ältere Triglav. Ihm gefällt es gar nicht, daß Hasfeldt so herausfordernd zu Marie-Luise Drost hinüberblickt, die ihn — wie er nicht ganz zu Unrecht meint — wegen dem neben ihr sitzenden Paul abgehängt zu haben scheint.

»Brautjungfer, Jungfer, hat sich was . . . Hat ihr Morgenmantel eine Kapuze, gnädiges Fräulein?«

Hasfeldt hatte früh um vier ein Kapuzenmädchen auf

dem Korridor gesehen. Er glaubte sich nicht geirrt zu haben, daß sie aus dem Zimmer eines seiner Kommilitonen gekommen war, als er selbst gerade auf den Lokus wollte.

»Ja . . . n-nein. Wieso?«

»Weil Kapuzenmädchen früh um vier auf Korridoren nichts zu suchen haben — zumal, wenn sie sich in fremden Türen irren.«

In der Runde wird es still. Ein Stuhl scharrt. Paul ist aufgesprungen. Hochrot im Gesicht geht er auf Hasfeldt zu und ohrfeigt ihn. Ohne ein Wort zu sagen, kehrt er zu seinem Stuhl zurück.

Auch Hasfeldt ist aufgesprungen. Der rote Fleck auf seiner Wange brennt.

»Ich meine, wenn ein Fräulein des Nachts ein menschliches Rühren spürt — weil es nach dem Lokus . . .« Er schwankt.

Sein Nachbar ergreift ihn am Arm und führt ihn hinaus.

Es ist, als sei jetzt um das Mädchen ein luftleerer Raum. Alle vermeiden es, sie anzublicken.

Als die Musik wieder beginnt, verbeugt sich Paul vor Marie-Luise. Sie tanzen.

Es kommt wieder Stimmung auf.

»Ich danke Ihnen«, sagt Marie-Luise. »Ich wäre todunglücklich, wenn die Sache Folgen für Sie hätte.«

Sie sucht seinen Blick und hofft auf ein bedeutungsvolles Augenspiel oder ein paar entgegenkommende Worte.

Paul hat das Tempo verlangsamt. Sie bewegen sich in einer der neuen, von der Wiener Schule kreierten Passagen des Walzers. Paul blickt über ihren Kopf hinweg. Er lächelt. Unbeteiligt? Fern? »Ich bitte Sie, das ist doch klar. Man tut, was man kann.«

Die Musik verstummt. Der Tanz ist zu Ende. Nach einer höflichen Verbeugung vor seiner Tänzerin zieht Paul sich zurück und überläßt sie anderen, die sich nun betont um sie sammeln. Er selbst gesellt sich zu den Freunden, die das

Geschehen leise diskutieren und bei seinem Kommen verstummen.

Der Kreis um Marie-Luise bleibt konstant. Sie lacht und sagt Dinge, die ihre unruhigen Augen widerlegen.

Hasfeldts Sekundant überbringt Paul am nächsten Tag die Forderung zum Duell.

Alle hatten es erwartet.

Fritz sieht sorgenvoll aus, als er sich mit dem Bruder bespricht.

»Die Kleine soll übrigens maßlos enttäuscht gewesen sein, daß du nachher so kühl zu ihr warst.«

Paul lacht trocken auf. »Ich soll sie wohl auch noch heiraten? Wo ich doch überhaupt nichts mit ihr gehabt habe, außer daß ich ihr Brautführer gewesen bin und mich dann nachher für sie eingesetzt habe. Das war doch klar. Ich bin noch zu jung, um mich schon zu verloben. Außerdem denke ich gar nicht an Marie-Luise.«

»An wen denkst du denn?« warf Fritz schnell ein.

»An keine bestimmte«, log Paul.

Und eigentlich war das gar keine Lüge. Die Krakauer Tage würden sich nicht wiederholen. In seinem Brief hatte er sich bedankt und noch einmal sein Herz in seine Zeilen gelegt. Sie antwortete nicht. Wie sollte sie auch? Es war zu Ende.

»Vielleicht hofft Marie-Luise aber, daß es dir ernst ist mit ihr?«

Paul zuckt die Achseln.

»Ich nehme an, du bist Hasfeldt in die Quere gekommen«, fährt Fritz fort. »Er hat wohl Absichten auf die reiche Partie gehabt. Sie sieht apart aus, aber das Attraktivste an ihr ist doch die millionenschwere Frankfurter Familie, aus der sie stammt. Wahrscheinlich brauchtest du nur mit dem kleinen Finger zu winken. Na, wie wär's, Paulchen? Geld kann man doch immer gebrauchen.«

Paul antwortet nicht.

»Du willst nicht? Hast du ihr keine Avancen gemacht? Oder sie nur dir? — Na ja, entschuldige meine Indezenz. Die Sache ist sowieso verfahren. Prinz Friedrich meint — — ah, Friedrich, du kommst wie gerufen. Sag ihm bitte, was du von dem Ganzen hältst.«

»Mensch, Paul«, wendet sich der eintretende Prinz an den jüngeren Freund, »wie bist du da bloß reingeschlittert? Du, ein erklärter Gegner des Duells! Ein Mitglied des Progreßverbandes! Und wo die Clique dir sowieso nicht grün ist. Auch wenn wir Füchse dir die Stange halten, du kannst nicht gut passen. — Sag was, Junge. Was willst du tun?«

»Nicht töten.«

»Nein, nein, ich weiß. Aber du hast angenommen. Eine vertrackte Geschichte. Hast du die Absicht, dich abknallen zu lassen?«

»Es ist mein Grundsatz, nicht zu töten. Weder Mensch noch Tier.«

»Gut, daß Hasfeldt dich nicht hört. Zum Glück kennt er dich nicht so wie wir. Weiß nur, was alle wissen —«

»Was?«

»Na, daß du bei jedem Übungsschießen Schützenkönig bist. Wen du ins Visier kriegst, der hat nichts zu lachen. Ich kann mir nicht vorstellen, daß Hasfeldt daran gelegen ist, ins Gras zu beißen. Erlaube, daß ich mich bemühe, die Sache ins reine zu bringen.« Er geht zur Tür.

»Was hast du vor?«

Die Klinke in der Hand, dreht der Prinz sich um.

»Wie wär's mit einem Duell pro forma? Ich knöpfe mir Hasfeldt vor. Du wirst sehen, im Grunde fällt ihm ein Stein vom Herzen.« Er zieht die Tür hinter sich zu.

Graue Morgenfrühe. Die Lichtung ist vom Nachtregen feucht. Die Wagen halten auf dem Holzweg. Gestalten bewegen sich hin und her.

Dann hallen die Schüsse durch den Wald. Wie abgesprochen. Vorgeplant . . .

Die Gegner gehen aufeinander zu. Sie reichen sich die Hände. Nüchtern. Eine Farce?

Paul empfindet absolut nichts. Er fühlt sich leer.

Als der erste Wagen sich wieder in Bewegung setzt, steht die andere Gruppe, fröstelnd und heimverlangend in ihre Mäntel gehüllt, noch um Paul versammelt.

Der sieht etwas am Boden liegen. Er hebt es auf.

Ein Vogel. Die Augen gebrochen. Tot, von dem fremden Geschoß durchbohrt. Also doch vergossenes Blut.

Etwas, das leben wollte. Fröhlich weiterleben wollte.

Paul drückt das heraushängende Gedärm in den zerfetzten Körper zurück. Scharrt mit der umgekehrten Waffe ein Loch in den feuchten Boden. Legt behutsam das leblose Ding hinein. Erde drauf. Ein paar Tannzapfen kreuzweise darüber.

Kleiner Vogel, für mich gestorben.

Warum? Sinnlos? Wer kann das wissen . . .

Als man den Wagen besteigt, ist das andere Gefährt bereits hinter der Lichtung verschwunden.

Ein Brief kommt aus Polen. Juliette dankt Paul für den seinen und schreibt, aus jeder seiner Zeilen spreche der edle, uneigennützige Mensch, als den sie ihn erkannt habe.

Sie bittet ihn um Vergebung wegen ihres späten Reagierens auf seine lieben, gütigen Worte, sie habe erst Abstand gewinnen müssen zu allem, was durch sein plötzliches, durch nichts vorbereitetes Eindringen in ihre Lebenssphäre zu verarbeiten gewesen sei.

Dann berichtet sie ihm des längeren über ein Konzert, das Clara Schumann-Wieck nun auch in Krakau gegeben habe, und in dem sie — vor allem durch ihre Chopin-Interpretation — das Publikum in eine wahre Raserei der Begeisterung versetzt habe.

Und schließlich erwähnt sie, gleichsam eingebettet in Beteuerungen, daß sie — unbeeinflußt durch seine Worte und seinen Rat — nun genau wie er den Weg, den sie gehen müsse, klar erkannt und deshalb die Verlobung mit einem Mann gelöst habe, der sie, wenn auch vielleicht ungewollt, ihrer eigentlichen Aufgabe entfremdet haben würde. Sie habe sich wieder in der Krakauer Musikhochschule einschreiben lassen und werde nun ihr Schlußexamen machen, um dann, falls das Glück ihr günstig sei, als ein kleiner Abglanz der großen Clara, ebenfalls zu konzertieren.

Dankbar und gerührt hinsichtlich des Verständnisses, das sie bei ihm für ihren Schritt voraussetze, grüße sie ihn im Verein mit ihrer Mutter, welche die Bedeutung voll zu schätzen wisse, die sein Besuch für ihre Tochter gehabt habe.

Paul läßt den Brief sinken und starrt vor sich hin.

Dann nimmt er ihn wieder auf, sein Blick sucht die bedeutungsvollen Zeilen. Verlobung gelöst . . . Da steht es.

Um seinetwillen?

Die Bedeutung, die sein Besuch für sie gehabt habe . . .

Nachdenken. Erfassen. Allmählich nimmt das Begreifen gleichsam von seinem ganzen Körper Besitz. Er lehnt sich zurück, schließt die Augen und läßt sich von einem Glücksgefühl überströmen, wie er es, soweit er sich erinnern kann, noch nie empfunden hat.

12

Casimire, siebzehn und das Gegenstück zu ihrer Schwester Elisabeth, hat Lust, sich mit Sebastian anzulegen. Freundschaftlich natürlich. Es wird nicht leicht fallen, ihn in Verlegenheit zu setzen.

Seit kurzem sucht sie seine Gesellschaft häufiger als zuvor. Alles, was an Männlichkeiten vorübergehend in Groß-Triglav aufkreuzt, wird nun, da Elisabeth nicht mehr in Betracht kommt, von der charmanten ältesten Schwester mit Beschlag belegt. Casimire findet alle diese Hampelmänner so komisch feierlich. Überwiegend sind es Geistliche oder seriöse Aristokraten, mit denen eine Range wie sie nichts anzufangen weiß, und das scheint gegenseitig zu sein.

Doch ist man jetzt in dem Alter, wo die Lust erwacht, gewissen Dingen, die einen in der Theorie schon längst interessierten, eine praktische Form zu geben.

Wer ist nun das geeignete Objekt dafür? Sebastian vielleicht? Warum nicht? Gerade er.

Ist sie in ihn verliebt? Wohl kaum. Oder nennt sich das Verliebtheit, was sie für ihn empfindet? Er ist der einzige junge Mann, der immer da war, seit sie für Männer Interesse hat. Und keine Frage, sie interessiert sich für ihn.

Er hat so gar nichts Feierliches. Er ist gerissen. Und trotz seiner subalternen Stellung besitzt er eine gewisse Überlegenheit im Umgang mit Menschen. Auch sieht er recht gut aus. Nicht gerade hübsch. Aber immerhin.

Vielleicht wird es wirklich nicht leicht sein, ihn zu verunsichern? Um so spannender.

»Sebastian? Wohin gehen Sie eigentlich immer abends? Sie waren jetzt ein paar Nächte hintereinander nicht auf Ihrem Zimmer.«

Sebastian steht abgewandt. Sie kann sein Gesicht nicht sehen. Aber ihr ist, als sträubten sich die hübschen Löckchen in seinem Nacken.

»Spionieren Sie wieder, Baronesse?« sagt er, ohne sich umzudrehen. »Was geht Sie mein Schlafzimmer an?«

»Es ist doch nie zugeschlossen. Fast alle unsere Türen haben keine Schlüssel. Im Laufe der Zeit sind sie verlorengegangen. Und außerdem, sagen Sie doch nicht immer Baronesse zu mir. Das ist ja blöd. Ich heiße noch immer Casimire. Also bitte. Bekomme ich eine Antwort auf meine Frage?«

Jetzt wendet er sich ihr zu. Sie sieht, er hat sich gefaßt und zeigt wieder sein spöttisches Grinsen.

»Interessiert Sie das so sehr?«

»In Ihrem Interesse. Vielleicht wäre es Ihnen nicht angenehm, wenn Papa Ihnen auf die Schliche käme.«

»Auf die Schliche? Albernes Wort, ridicule! Was würden Sie sagen, wenn ich Ihrem Vater von Ihren Schnüffeleien hier im Haus erzählte?«

»Ach, Sebastian! Sie wissen doch«, meint sie mit bemerkenswerter Offenheit, »wie brennend neugierig ich bin, und wie gern ich mich immer ein bißchen einmische, um allerhand rauszukriegen.«

Ja, er weiß es längst, Casimire entwickelt sich mehr und mehr zu einer offenbar nicht ganz ungefährlichen kleinen Kundschafterin. Ein charmantes Biest war sie schon immer! Es fehlte nur, daß sie noch eine Idee hübscher wäre. Dann wäre der Teufel los. Dieses glatte Pomadenhaar mit dem Scheitel in der Mitte steht ihr nicht. Aber was nicht ist, kann noch werden.

Sie sieht, daß er grübelt. Es werden Grübeleien sein, deren nicht unvorteilhafter Gegenstand sie selber ist. Lassen wir ihn dabei. Oder lenken wir ihn doch lieber ab von diesem Thema, das lohnend genug ist, um sich, ohne daß er es merken soll, noch näher damit zu befassen.

Deshalb sagt sie: »Und dann noch eins, Sebastian. Wer

ist eigentlich dieser Monsieur Marx, für den Sie schwärmen?«

»Schwärmen? Für Marx?« Sebastian ist fast erschrocken.

»Ja, eben. Wovon handelt das Buch von ihm auf Ihrem Regal, in dem so viel angestrichen ist?«

»Sie haben sich also gründlich in meinem Zimmer umgesehen?«

»Natürlich. Sie haben doch längst Kenntnis von meinen Spaziergängen durch die Räume. Und was diesen Marx und so weiter betrifft, möchte ich mich gern von Ihnen belehren lassen. Bitte tun Sie das, Sebastian. Sie haben da zum Beispiel am Rand zwei Ausrufungszeichen gemacht, wo sein Freund Engels — der übrigens durchaus kein Engel zu sein scheint — in einem Brief an ihn schreibt . . . Ich habe es mir genau gemerkt, passen Sie auf: ›Jeder Zoll ein Baron, jeder Blutstropfen die Frucht von vierundsechzig ebenbürtigen Beilagern . . .‹ Sebastian, bitte, was sind Beilager? Wenn Sie mir auch mit Papa drohen, *ich* verpetze Sie nicht bei ihm. Parole d'honneur!«

Sie steht jetzt dicht vor ihm und blickt zu ihm auf. Erwartungsvoll. Fast lauernd, so scheint es ihm. Sie wartet.

Tatsächlich, das süße Kind macht ihm Avancen.

Er zögert.

Noch ist er nicht bereit. Wagt er es nicht?

Oh, man wird sich Gewißheit verschaffen über Monsieur Sebastians nächtliche Exkursionen! Und bei dieser Gelegenheit kann man Erfahrungen sammeln . . . Er wird nichts merken. Auch sie nicht, die es mit ihm tut.

Wer mag sie sein? Vermutlich eine von den Erbpächter-Töchtern in den Elendskaten draußen hinterm Wald. Die eine von denen soll ja sehr zugänglich sein. Ich werde ihn dieser dummen Gans ausspannen. Klar, daß sie dumm ist. Ein halbes Tier. Da hinten im sogenannten Wüsten Winkel.

Es wird gut sein, *das* mit anzusehen. Nicht nur wegen der Neugier, sondern auch, weil man dann sicherer sein wird, wenn man selbst erst mal dran ist.

Morgen abend also . . .

Ich weiß, er geht nicht ins Dorf, sondern in den Wald. Ich werde ihm nachschleichen. Wahrscheinlich treffen sich die beiden in dem verlassenen Meiler nicht weit vom Krötensteiner Holz. Oder in dem leeren Häuschen am See.

Morgen werde ich es sehen. Sebastian. Ich werde ihn sehen, wie er . . . Ihn sehen, so wie ich ihn noch nie gesehen habe. Ihn nicht. Und niemand sonst.

Gestern bin ich am Meiler gewesen und habe ein Loch in die Wand gebohrt. Groß genug, um hindurchzuschauen. Das Dach ist zum Teil abgedeckt, es fällt Licht hinein. Die Nächte sind jetzt noch lange hell, außerdem haben wir bald Vollmond.

Auch das Häuschen am See habe ich besichtigt. Es hat zwei Fenster. Die eine blinde Scheibe habe ich ziemlich blank gemacht. Es fällt nicht auf. Ich denke, sie werden so mit sich beschäftigt sein, daß sie nicht auf das Fenster achten.

Noch vierundzwanzig Stunden. Ich kann es kaum erwarten.

Gestern abend hatte ich Mamette eine ihrer sechs weißen Lilien aus der Vase genommen und an mein Bett gestellt. Man sagt zwar, es seien Totenblumen. Aber ich finde, sie duften so sinnlich. Ich habe schwer geträumt. Weiß nicht mehr, was.

Sebastian, ich werde dich verführen. Du wirst mich verführen. Wir werden einander verführen.

Casimire knüllt einen Zipfel ihres Bettuchs zusammen und steckt ihn zwischen die Zähne.

Es ist überstanden. Das mit Sebastian und dem Pächtermädchen. Sie hatte am Fenster gestanden und durch das blankgeriebene Scheibenstück geschaut. Es war nicht viel anders als bei den Tieren. Es dauerte nicht lange. Sie wollte schon gehen. Aber da ging es von neuem los.

Den Sebastian knöpfe ich mir vor, hatte sie gedacht.

Jetzt ist der Moment gekommen.

»Kann ich reinkommen, Sebastian?«

Schon steht sie im Zimmer, und ihre Worte überstürzen sich.

»Ich war gestern nacht vor dem Häuschen am See und habe alles gesehen. Ich wußte trotz allem nicht, daß es so . . . Sie waren wie ein Tier, Sebastian. Und das Mädchen eine Hure. Ich kenne die Göre. Sie ist eine der Pächterstöchter aus dem Wüsten Winkel. Sie heißt Liese. Nach der Königin. Oder nach Elisabeth. Ich kenne sie aus der Dorfschule. Sie ist nicht einmal hübsch. Und dumm ist sie zudem. Und benommen hat sie sich, wie — ja, eben wie eine Hure.«

Sebastian ist aufgesprungen. »Sind Sie verrückt, Baro . . . Casimire? Eine solche Schweinerei! Sie kleines Luder! Sie sind ja noch viel zu jung, um . . .«

»Ich bin nicht zu jung, Sebastian!« ruft sie fast weinend. »Ich bin erwachsen. Ich habe alles, was dazu gehört.«

Mit dünnen Fingern umgreift sie ihre kleinen Brüste. Es ist, als höbe sie sie ihm entgegen. »Bitte, Sebastian . . . Überzeugen Sie sich . . .«

In ihren Augen stehen Tränen. Er hat sie noch nie weinen sehen. Es sind echte Tränen, von der Erregung hervorgepreßt.

Er wischt ihr die Augen und nimmt die schmale Gestalt in seine Arme. Sie wehrt sich nur scheinbar.

»Was fällt Ihnen ein, Sebastian? Sind Sie verrückt? Sie wollen doch nicht etwa — — Ich habe noch keinen Mann gehabt, das wissen Sie!«

Seine Arme sind wie von Eisen. Sie will nicht aus diesen Armen. Sie will es gar nicht. Sie bleibt in diesen Armen. »Sie sind frech, Sebastian. Sie sind unverschämt. Verrückt sind Sie und frech.« Sie kommt seinem Mund entgegen, der ganz groß über ihr ist. »Sie wissen doch, nicht wahr ... Du weißt doch, ich will von dir wissen ... ich will jetzt wissen ... alles! Verführe mich, Sebastian. Ich will von dir verführt werden — — Sebastian — — —«

Winter in Berlin.

Casimire läutet bei Mila.

Sebastian und seine Schwester sind überrascht. Casimires eigenmächtiges Verhalten ist Sebastian gar nicht angenehm. Von wem hatte sie Milas Adresse? Von ihm bestimmt nicht. Aber er hätte es sich denken können, daß sie eines Tages hier auftauchen würde.

Nun grinst er doch. Casimires Neugier kennt keine Grenzen.

»Na, denn kommen Sie bitte rein, Baronesse. Dies ist meine Schwester Mila. Und das ist die Baronesse Casimire von Triglav«, stellt Sebastian steif vor.

»Sebastian, sei nicht blöd!« lacht Casimire. »Diese Steifheit steht dir nicht.« Sie reicht seiner Schwester die Hand, und die beiden Frauen mustern sich neugierig.

»Bonjour, Mademoiselle Mila. Sebastian hat mir von Ihnen erzählt. Et vous me connaissez aussi, n'est-ce pas?«

Casimire möchte sich an Milas Verlegenheit weiden, doch es gelingt ihr nicht. Mila zeigt sich weder beeindruckt von den französischen Worten noch auch sonst verunsichert.

Es läutet wieder, und Mila öffnet.

Charlotte steht in der Tür.

»Charlottchen!« ruft Casimire erfreut. Aber im nächsten Augenblick stutzt sie. Lotte steht auf unsicheren Beinen. Sie gibt eine kalte Hand.

»Charlottchen, in Groß-Triglav warst du aber noch hübscher«, stellt Casimire fest. »Was machst du hier? Geht es dir nicht gut?«

Lotte ist verlegen. Der vertraute Groß-Triglav-Ton kann sich nicht wieder einstellen.

In Lottes Augen steht Verwunderung. Was will die Baronesse Casimire hier? Groß-Triglav? Das ist lange her. Ein halbes Jahr voll grauer Tage und bunter Nächte. Voll von Männern, die kommen und gehen und nicht wiederkommen. Warum auch? Manchmal ist es ganz hübsch, zu leben. »Mamsell Jolie« hat einer sie genannt. Das war ein Feiner. Auch er kam nicht wieder ... Casimire ist eine erwachsene Dame geworden. Von der Schute bis zu den spitzen Schuhen, wie sie da steht. So schnell geht das. Lotte hat versucht, zu arbeiten, aber immer nur kurz. Sie kennt auch den Hunger. Mila gibt ihr zwar zu futtern, aber das reicht nicht, wenn man siebzehn ist. Und dann trinkt man eben mehr, als man verträgt. Warum blickt Casimire sie so an? Mit solchem abschätzenden Blick? Den hatte sie früher nicht. Ob was ist zwischen ihr und Sebastian?

Mila nimmt Charlotte am Arm und geht mit ihr in die Küche.

»Du hast wieder gesoffen, Mädchen. Es ist doch ein Elend mit dir. Du bleibst jetzt gefälligst hier in der Küche und traust dich nicht wieder rein. Mit dir kann man keinen Staat machen.«

Charlotte setzt sich ergeben auf den einzigen Küchenstuhl und rülpst.

»Wenn nur die dämliche Casimire nicht so reingeschneit wär'«, lamentiert Mila. »Gerade jetzt, wo du — — Na, mach schon, iß was. Da, 'ne Stulle. Und auf'm Herd steht noch Suppe. Ich geh' wieder rein. Aber du bleibst sitzen wie angeleimt, verstehste? Der Sebastian kanzelt die feine Dame da drinnen ab, hörste? Die scheinen ja'n schönes Deutsch zusammenzureden. Von dem, was die Lady da verzapft, kann unsereins noch was lernen.«

Mila geht wieder in die Stube.

»Kommst du endlich, Mila? Das Fräulein will gehen. Ich begleite sie ein Stück. Komme dann noch mal wieder.«

Sebastian und Casimire vermeiden es nach Möglichkeit, zu gleicher Zeit in die Werdersche Kirchstraße zurückzukehren. Sie verlassen auch das Haus nicht zusammen, sondern treffen sich irgendwo in der Stadt, wo es Schlupfwinkel genug für zwei Verliebte gibt. Bei den Mahlzeiten, überhaupt im Beisein der Familie, sind sie bemüht, nicht Notiz voneinander zu nehmen.

Einmal, in einem unbewachten Moment, hatte Mamette einen Blick zwischen ihnen aufgefangen, der ihr zu denken gab. Sollte sie mit Casimire über ihre vage Vermutung sprechen? Das Verhältnis zwischen ihr und der Zweitjüngsten war nie ein besonders vertrautes gewesen. Von ihren sechs Stiefkindern hatten Casimire und Marie am wenigsten Mutterliebe gebraucht. Es war wohl besser, einem gewiß unbegründeten Mißtrauen nicht Raum zu geben. Indes wollte sie versuchen, sich künftig intensiver um das Vertrauen dieser Tochter zu bemühen.

Auf der Straße angelangt, setzten Casimire und Sebastian ihre Plänkelei wegen Casimires eigenmächtigem Überfall auf Sebastians Schwester fort. Die beiden plänkelten oft und gern. Ihr Plänkeln war ein erregendes Spiel zwischen Lachen und Lauern, wie weit es getrieben werden konnte. Eine Art Liebesspiel, das gewöhnlich, wenn die Gelegenheit es erlaubte, in einer leidenschaftlichen Versöhnung gipfelte.

Unter den Linden brachte Sebastian, da es bereits dunkelte, Casimire zur Heimfahrt in einer Mietkutsche unter. Darauf kehrte er zu seiner Schwester zurück.

Mila hatte ungeduldig auf seine Rückkehr gewartet. Sie war allein, Lotte war wieder gegangen.

»Na, haste deine junge Lady nach Hause spediert? Mensch, da haste dir aber 'ne feine Puppe zugelegt. Ich hab mir's doch schon immer gedacht, daß es so kommen würde. Natürlich, mein Brüderlein kann's nicht fein genug kriegen.«

»Laß das alberne Geschwätz.«

»Ich muß was besprechen mit dir, Sebastian. Du mußt uns helfen. Ich kann das nicht mehr verantworten. Die Lotte geht mir drauf. Zur Arbeit taugt sie nicht. Sie hat keinen Mumm, ist wie eine Qualle so weich. Es ist verflucht, wenn eine so aussieht wie die und sich mit Gesindel verzettelt, statt die richtige Gelegenheit beim Schopf zu pakken!«

»Du kannst klug reden. Hättst du nur selber . . .«

»Sei bloß still, du feiner Herr!« schrie Mila aufgebracht. Und ruhiger setzte sie hinzu: »Du hast mir nichts vorzuhalten. Ich hab' mich allein durchgebracht. Auf welche Weise, das hat dich nicht gekümmert. Aber hier sitz' ich, hab' meine Stube und mein Lebebrot.«

»Und die Lotte auf dem Hals!« höhnte er.

»Sebastian, nu nimm's doch mal ernst. Ich kann der Siebzehnjährigen die hungrige Schnauze nicht voll genug stopfen. Und dann säuft sie eben. Wir müssen ihr so schnell wie möglich ein geregeltes Leben schaffen. Ich will sie bei Madame Amanda unterbringen.«

»In dem Feineleute-Bordell?«

»Ja. Das is doch 'n Haus mit — ja, mit Niwo, wie du es nennst.«

»Wie willst du das anstellen?«

»Das ist es ja. Du sollst deine Beziehungen spielen lassen. Du bist doch da gut angeschrieben. Ich allein schaff' das nicht. Um bei Amanda unterzukommen, braucht man eine Rekommandation. Die nimmt doch nicht jeden.«

»Tut mir leid, Mila, aber da misch' ich mich nicht ein. Das kannst du mir nicht verdenken. Das mit der Lotte ist mir zu mulmig. Bei Madame Amanda ist der König Kunde. Und die Lotte als Tochter dieses Attentäters . . .«

»Davon weiß doch niemand mehr was.«

»Egal. Der Name Tschech hängt ihr nun mal an. Nein, ich laß meine Finger davon.«

Von Sebastian wieder einmal alleingelassen, setzt Mila ihre unmögliche Schute auf, die schon Madame Dutitre getragen hat, nimmt Charlotte am Arm und erscheint mit ihr vor Madame Amandas Haus.

Zaghaft zieht sie am Klingelzug.

Eine resolute Person öffnet. Kurzer Wortwechsel.

Oben im ersten Stock beugt eine Frau sich über das Treppengeländer und nimmt Charlotte aufs Korn. Sperberaugen. Breite Hakennase im großen Gesicht. Dazu ein kleiner, genüßlich weicher Mund, der zu der oberen Gesichtshälfte nicht zu passen scheint.

Schneller Einlaß auf den Wink von oben. Treppe hinauf. Zweiundzwanzig Stufen. Oben wartet Madame Amanda.

Auf dem Heimweg sinniert Mila.

Lotte ist untergebracht. Sie braucht nicht mehr zu hungern. Ihr Leben ist geordnet. Billig war Madame zu diesem Prachtstück gekommen! Hätte man dabei was herausschlagen können? Schließlich hatte einem das Mädchen ein halbes Jahr auf der Tasche gelegen.

Mila schiebt diesen Gedanken von sich. Man hatte mal was von Sklavenmärkten gehört. Und überhaupt ... na, Schiet!

Sie kommt nach Hause. Das Kanapee mit der geblümten Decke gähnt sie an.

Nun ist man wieder allein. Einsamkeit ist hanebüchen. Sollte man sich vielleicht wieder mal einen Kujon zulegen? Aber die wollen doch alle nur den Schiet und die Pinke.

13

Potsdam. Sommersonne über den Wassern. Irgendwo am Havelufer in der Nähe von Sanssouci.

König und Königin sind ausnahmsweise einmal allein. Die wenigen Begleiter haben sich zurückgezogen. Hinter den Büschen stellt Neumann ein kaltes Frühstück bereit.

Idylle. Seltener Genuß. Unüberbietbar.

Der König. »Hör zu, Lore, was ich in einer Gazette gelesen habe — welche war es doch? Ah, die ich weiß nicht wie ... Also hör zu, du sollst raten ... Preisfrage: Warum ist die Havel, wenn der Himmel sich freundlich in ihr spiegelt, blauer als die Spree? Warum trägt sie mit einer so besonderen Anmut die blitzeneuen, weißen Dampferchen, an die sich der Berliner — allem Neuen gegenüber mißtrauisch — erst allmählich zu gewöhnen beginnt? Warum ist jeder ihrer Myriaden Wassertropfen ein echtes, ein wirklich reines Juwel? Divergierend von der trüben, berlinischen Spree, die sich straßenabfallwillig durch die Gassen schleicht und sich erst, wenn sie die grauen Häuserreihen hinter sich hat, auf ihren properen Ursprung besinnt?

Ja, warum? Ah, vraiment! Sans doute, es liegt an den grünen Stränden, die der glänzende Havelleib teilt, es liegt an den wehenden Laubmassen, den hohen, abendroten Kiefernstämmen, am Vogelruf, an dem ganzen sich willig zu neuen Seen weitenden Schoß der sandig lockeren Erde! Ja, daran und an manchem anderen noch liegt es, daß nichts sonst an Flüssen mit der märkischen, der preußischen Havel zu vergleichen ist. Nicht einmal die endlich stadtfern und sauber gewordene Spree, die sich im Spreewald als ein einzigartiges Naturereignis produziert ... Ende. Wie findest du das, Lorchen?«

»Joli, très joli. Und romantisch, mein Dicker. Erlaube

mir, zu vermuten, daß dies in keiner deiner Gazetten steht.«

»Nicht? Wo denn sonst?«

»Du hast das gar nicht gelesen, das stammt aus ganz allein deiner Havelseele.«

»Meinst du?« Der König wird verlegen. Seine hübschen, dicken, zum Streicheln verlockenden Backen überzieht ein leichtes Rot.

Elise betrachtet ihn gerührt. Trotz der sprunghaften Stimmungen, dem Jähzorn und der derben Witze findet sie ihn so liebenswert wie nur je.

Der König ist soeben aus dem Wasser gestiegen. Er hat den Havelsee durchschwommen und steht nun, halbnackt und zufrieden, vor seiner Frau.

Entgegen der prüden Mode, die den Manneskörper von oben bis unten in einen gestreiften Badeanzug zwängt, liebt er es, das Wasser unmittelbar an seine Haut heranzulassen, er trägt nur eine kurze Hose. Seine blond behaarte Brust, seine Arme und Beine, sein ganzer üppig gepolsterter Körper ist von kleinen, schuppenähnlichen Wasserperlen überglänzt. Er ist der Butt, wie er selbst sich nennt, und windet sich eine an ihm hängengebliebene Alge um das schüttere Haar.

Es ist heiß. Elise ruht auf einem eigens für sie angefertigten Gestell, halb Stuhl, halb Liege, aus rohem, wetterfestem Holz, dem der Tischler an den Enden der Armlehnen zwei geschnitzte Krönchen aufgesetzt hat.

Die Königin wirkt noch fast so schlank, wie sie als junges Mädchen war. Ihr ebenmäßiges Gesicht ist glatt, von Leidenschaften nicht gezeichnet. In den mit fingerlosen Netzhandschuhen bekleideten Händen hält sie einen rosa Sonnenschirm mit Spitzenrüsche.

Über das Wasser hallt das ferne Geläut der Friedenskirche, die Persius, weil Schlüter gestorben ist, kürzlich nach den Zeichnungen des Königs fertiggestellt hat.

Ein Raubvogel streicht über den See. Eine Ente flattert

auf. An einem Ast hängen Badetücher und Kleidungsstücke. Der König macht keine Anstalten, sich abzutrocknen. Er horcht in sich hinein und auf die Laute der Natur. Eine Stunde wie diese. Eine köstliche Rarität. Er betrachtet die dunklen Härchen auf seinen nackten Zehen. Sie sehen aus wie Schmutz, sind aber keiner.

Seit gestern abend hat nicht der geringste Mißton die Stimmung getrübt. Rex ist vergnügt. Warum eigentlich? Nur so. Eben die Stimmung. Liegt etwas in der Luft? Eine leise Unruhe keimt auf.

Zugleich aber auch der Gedanke an den Witz, den er gestern abend während der Teestunde von sich gab, nachdem Tieck seine Lesung der »Jeremiade« beendet hatte. Die Königin ist gestern nicht dabeigewesen. Sehr unterschiedlich nimmt sie seine Witze auf. Immerhin. Dieser hat es in sich. Er muß ihn loswerden.

Prüfend fährt er sich durch den Schopf, die Sonne hat ihn schon fast getrocknet. Mit der Hose geht es nicht so schnell. Er greift nach dem Badetuch, beugt sich zu Elise vor und öffnet den Mund.

»Lore«, beginnt er.

Aber im selben Augenblick stört ihn ein kurzer, leiser Wortwechsel hinter den Büschen. Das Laubwerk teilt sich, und ein junger Offizier — verdutzt über das sich ihm bietende Bild — zerstört das königliche Idyll.

Er ist in voller Uniform. Sein Gesicht erscheint freudig gerötet. Er atmet stark, wie nach einem schnellen Lauf. Es ist Graf Leßwitz, einer der Adjutanten des Königs.

»Bitte untertänigst um Vergebung, Majestät!« stammelt er und steht säbelklirrend und nach Fassung ringend stramm. »Ich wußte nicht — — Aber eine große, eine stolze Nachricht —« Er sucht nach weiteren Worten.

Auch ein nackter Butt bleibt angesichts der angekündigten großen Nachricht auf jeden Fall ein König. Keineswegs ungnädig wegen der Störung, schwingt er mit gleichsam einladender Gebärde das Handtuch.

Die Königin ist entsetzt. Sie verbeißt sich ein nervöses Lachen. Die Situation ist unmöglich. Über die Maßen lächerlich. Einfach impossibel . . .

Ihr Gemahl scheint das nicht zu finden. Er legt sich das Badetuch wie einen Hermelinmantel um die Schultern, stellt die Beine auswärts und erwartet mit gekreuzten Armen das Weitere.

Dem Leßwitz verschlägt es nun doch die Sprache. »Bitte um allergnädigste Nachsicht, Euer Majestät!« würgt er hervor. »Ich kann in dieser Situation — unmöglich — —«

»Na, was ist denn, Leßwitz?« ermuntert ihn Rex. »Sie sehen, ich habe mich in Positur gestellt und bin ganz Ohr. — Oder wünschen Sie von mir einen anderen Ton? Hiermit befehle ich Ihnen denn, mit Ihrer stolzen Nachricht herauszurücken. — Also? Vite, vite!«

Der Adjutant hat sich gefaßt. Glänzenden Auges fährt er fort:

»Geruhen Euer Majestät, mich anzuhören. Ich wollte nur eiligst melden, was wir erfahren haben. Soeben ist ein Abgesandter aus Frankfurt am Main eingetroffen, um untertänigst vorzufühlen, ob Euer Majestät geruhen wollen, in der kommenden Woche eine Petition zu empfangen, die den heißen Wunsch der Frankfurter Nationalversammlung vortragen soll, Eurer Königlichen Majestät . . .« Angesichts des Gewichts der Mitteilung versagt dem jungen Mann die Stimme. Vor innerer Erregung fast flüsternd fährt er fort: »Eurer Königlichen Majestät in tiefster Ehrfurcht als Sprecher aller Deutschen die Kaiserkrone antragen und um allergnädigste Annahme bitten zu dürfen.«

Der König steht reglos. Das Badetuch rutscht den feuchten Rücken hinab. Unter der kränzenden Alge tritt ihm der Schweiß auf die Stirn.

Suchend blickt er umher. Die Beine sind ihm schwer. Er möchte sitzen.

Seinen Wunsch erratend, weist der Adjutant auf einen

großen Stein. Rex setzt sich und springt sogleich leise fluchend wieder auf. Der Stein brennt wie Feuer.

Armer König Mensch unter der Last des soeben Gehörten. Die Kaiserkrone ... Oft gedacht, aber nie ernstlich erwogen, in seinem Innern stets tief erschrocken zurückgewiesen.

Das Anerbieten kommt zu einer Zeit, die nicht die seine ist. Er fühlt es mit schmerzhafter Stärke. Friedrich Wilhelm, der Vierte seines Namens, hat niemand, der stark genug wäre, ihn damit zu krönen. Niemand, dessen charakterliche Würde sie ihm tragen helfen könnte. Ich wäre nicht jaloux auf seinen Ruhm. Ich bin der Kaiserkrone nicht gewachsen (das weiß er). Ich bin kein großer Regent. Wenn ich Friedrichs des Großen Geist in mir fühlte ... aber diesen Geist habe ich nicht! Es gehört dazu ein kriegerischer Geist. Ein Held. Ein fester Staatsmann. Das alles bin ich nicht ... Ganz abgesehen davon, daß das Angebot der deutschen Kaiserkrone der Frankfurter Nationalversammlung nicht zukommt. Sondern es ist seit tausend Jahren der großen Fürsten des Reichs gutes und wohlerworbenes Recht.

Der König zögert. Natürlich — er muß jetzt etwas sagen. Was denn? Um Gottes willen, etwas Belangloses. Irgendeinen das Feierliche ignorierenden Satz.

»Schon gut«, entringt er sich die Worte. »Morgen werden wir weiter sehen. Merci, mon chèr Colonel. Nachher — später!« Er winkt mit dem Badetuch ab.

Dann ist der König allein.

Allein mit seiner Gefährtin. Fast flehend sucht er ihren Blick. In ihren Augen liest er Verständnis. Das tut ihm gut.

Er sinnt.

Was war das soeben? Er war geschwommen — weit fort von allem. Die sanfte Flut hatte ihn umspült ...

Jetzt ist er aufgerüttelt aus der so seltenen, so schwer zu erringenden, so kostbaren Ruhe.

Mechanisch greift er nach seinen hängenden Sachen.

Er ruft. Der Kammerdiener ist schnell zur Stelle. Rubbelt, tupft, kämmt und hilft ihm in die Kleider.

Er faßt sich an die Stirn. Sie erscheint ihm kalt, trotz der Hitze.

In seinen Gedanken verschieben sich die Gewichte. Etwas muß abreagiert werden.

»Neumann«, sagt der König dringlich, »wissen Sie Bescheid? Ja, Sie wissen es, nicht wahr? Da war doch ein Witz. Wie war das doch? Ich habe es vergessen.«

Die Delegation aus Frankfurt wird zwar empfangen — immerhin gehören ihr Männer an wie Ernst Moritz Arndt, Uhland, Dahlmann und der Vorkämpfer der deutschen Juden, Gabriel Riesser — aber die Antwort bleibt in der Schwebe. Und bald danach wird der ablehnende Bescheid gegeben.

Dennoch will das Gespräch über die Kaiserkrone nicht verstummen. Deutschland unter Preußen vereint — diese Losung liegt geradezu in der Luft, und sie entspricht dem Wunsch der deutschen Staaten.

Fürchtet der König Österreichs Unwillen oder gar Neid? Metternich ist gestürzt. Aber der Kaiser Franz? Von jeher ist des Königs Bestreben gewesen, in dem Verhältnis zwischen sich und Österreich keinen Schatten aufkommen zu lassen. Obgleich sowohl Rußland als auch Österreich ihm unter der Hand stets entgegenzuarbeiten suchen.

Weiß er das nicht?

»Frankfurt soll das dumme Kaisergeschwätz, das ihm sowieso nicht zukommt, endlich unterlassen. Es soll danach streben, ein Wesen mit Kopf und Schwanz zu werden, damit wir uns mit ihm vereinbaren können, ohne uns in der Welt ridicule zu machen.« Der ärgerliche Ausspruch des Königs zeigt seine Einstellung deutlich genug. In diesem Fall ist er von einer Beharrlichkeit, die ihm bei manchen anderen Dingen abgeht.

Mag Wilhelm die Kaiserkrone annehmen, wenn ich einmal nicht mehr bin.

Denkt er wohl so?

Die Frankfurter Nationalversammlung mit ihrem demokratischen Panier reizt ihn stets zur Kritik. Der Bundestag dagegen, ebenfalls in Frankfurt beheimatet, liegt ihm am Herzen.

Für ihn braucht er jetzt einen Gesandten.

Es wird ein schwieriger Posten sein, der viel diplomatisches Geschick, vor allem aber auch ein festes Durchgreifvermögen erfordert. Gemeinsam mit Adam Triglav und anderen Ratgebern hat er einen noch jungen Mann dafür ausgesucht, der ihm gefällt und dem er allerhand zutraut. Wobei er in diesem Fall richtig gewählt hat.

Baumlang, mit einem Blick, der Wärme, aber auch Härte verheißt, steht der Erwählte nun vor ihm.

»Ich habe den Mut, zu gehorchen, wenn Euer Majestät ihn haben, zu befehlen«, tönt der junge Riese mit einer fast schockierend hohen Fistelstimme.

»Dann wollen wir es also versuchen, lieber Bismarck.« Der König steht auf. »Exerzieren Sie es den anderen nur vor. Aber vergessen Sie nicht: Nie das österreichische Primat antasten!«

Er läßt sein hübsches Lächeln spielen und gibt dem mit dem diffizilen Amt Betrauten einen gnädigen Abschied.

Während Bismarck das Zimmer verläßt, steht Friedrich Wilhelm und blickt ihm nach.

Mehr solcher jungen, starken Pfeiler, die das Staatsgefüge tragen helfen, denkt er, und die Sache mit der Kaiserkrone ließe sich diskutieren. Aber was sehe ich hier um mich her? Nur Pack, Leisetreter und Versager.

Der junge Bismarck scheint sich in Frankfurt zu bewähren. Der Reichsverweser Erzherzog Johann, ebenda ins preußische Nest gesetzt, macht sich, Gott erhalt's, nicht mausig. Nur daß seine junge Frau, die Posthalterstochter aus Kärnten, trotz guten Willens und großer Anmut, in der hoffährtigen Société überall aneckt. Verflucht hübsch soll sie sein. Und ebenso verflucht sind auch Bosheit und Neid.

14

Der Hof war starr. Der König wollte etwas Unverständliches tun. Etwas, das von allen mißbilligt wurde.

Rex wollte sich von Geheimrat Schönlein seinen politischen Gegner, den Arbeiterdichter Georg Herwegh, zuführen lassen. Dieser hatte ihm einen Brief geschrieben, der ihn amüsierte. Der junge Mann hatte darin den Ausdruck »der beschränkte Untertanenverstand« gebraucht. Ein lustiges, ein geistreiches Wort.

Der Hof hielt diese Audienz für ganz und gar ungehörig. Und gefährlich dazu. Man fühlte sich verpflichtet, den König zu warnen.

»Erlauben Euer Majestät allergnädigst, daß bei dem Anarchisten, ehe er die Schwelle zum königlichen Gemach überschreitet, eine Leibesvisitation vorgenommen wird? Daß man ihn zumindest gründlich abtastet? Bei diesen Fanatikern muß man auf alles gefaßt sein. Wenn er ein Messer stieße —— in Euer Majestät großmütiges Herz —«

Der König lacht. »Das glauben Sie doch wohl selbst nicht.« Dann zornig: »Leibesvisitation! Ungeheuerliches Wort! Verletzung der Menschenwürde eines meiner Bürger, der um ein Gespräch mit mir ersucht!«

»Erinnern sich Majestät an den Attentäter Tschech vor einigen Jahren —«

»Nein, nein, mit solchen Methoden fangen wir gar nicht erst an!«

»Wie Majestät befehlen!« sagt der Beflissene. Und er denkt: Methoden! Wenn er sie kennte, die Methoden der Geheimpolizei und der Hausvogtei. Aber wie gut: er kennt sie nicht.

Der junge Poet. Offener Schillerkragen. Leinenkittel. Ostentativ salopp.

Ein Lakai läßt ihn in des Königs Arbeitszimmer eintreten. Einen Augenblick ist vom Vorzimmer aus durch die aufgehende Tür Friedrich Wilhelms dem Besucher zugewandtes, neugierig wohlwollendes Gesicht zu sehen.

Tür zu. Draußen stehen die Schranzen. Schlüssellochgucken wäre opportun. Leider nicht genehm. Obwohl die Verlockung groß ist.

Drinnen sitzen die beiden einander gegenüber. Der König hinter seinem mächtigen Schreibtisch verbarrikadiert. Betonte Distanz.

Er eröffnet das Gespräch, fast herzlich. »Ich liebe eine gesinnungsvolle Opposition. Lassen Sie uns aufrichtige Feinde sein.«

Lebhaft, einer Eingebung folgend, springt er auf.

»Ach was, kommen Sie. Wozu diese Schranke zwischen uns. Wir setzen uns auf das Kanapee.« Er zeigt das offene Lächeln, mit dem er alle bezaubert, die er gewinnen will. Seine schöne Mutter hat es ihm vererbt. Auch die Wärme und Impulsivität hat er von der Königin Luise. Wenn auch nicht ihre ruhige Stetigkeit, die so wohltuend auf ihre Umgebung wirkte.

In diesem Augenblick — angesichts jenes jungen Arbeiters, der sich den Musen verschrieben hat — ist alles auf das Positive eingestellt.

Ganz leicht bläht der König die Nasenflügel. Der Mann riecht gut. Gleichsam von innen, aus seiner Dichterseele heraus. Obwohl kein großer Psychologe, hat Rex, was menschliche Ausstrahlung betrifft, Audienzerfahrung.

Eine kleine Pause entsteht. Er ist gespannt auf das Anliegen des Besuchers. Denn natürlich hat er eins. Bisher ist noch keiner ohne ein bestimmtes Anliegen zu ihm gekommen. Was steht zu Diensten? ist keine Formel für einen König. Besser: Was kann ich für Sie tun?

Klar, daß er etwas tun kann. Wie viel, das steht noch aus.

Und es fragt sich, ob er will. Aber natürlich hat er den besten Willen. Für diesen da vor ihm. Für jeden. Für alle seine Untertanen, die er am liebsten wie die Mantelmadonna umfangen würde. Harrend auf dankbares Echo für gnädiges Verfügen.

»Ich habe mich«, beginnt der König, »über den ›beschränkten Untertanenverstand‹ in Ihrem Brief gefreut. Ich wüßte gern, ob Sie die Beschränkung des Untertanen durch den Staat oder die Beschränktheit des Untertanenverstandes meinen?«

»Natürlich die Beschränkung durch den Staat!« antwortete Herwegh schnell.

Rex schmunzelt. Ein Witz fällt ihm dazu ein. Soll er —? Nein, besser nicht. Statt dessen ermuntert er: »Haben Sie Vertrauen zu mir. Fides facit fidem. Sagen Sie mir, was Sie auf dem Herzen haben, junger Freund. Ich bin in Erfüllungslaune.«

Dieser Dichter wird ihn besingen. Anders als der witzig boshafte Jude Heinrich Heine, aber nicht weniger eindrucksvoll. Dieser hier redet mit Flammenzungen. Er sitzt nicht am Teetisch und spottet. Er geht unters Volk und versteht es zu begeistern.

Derweilen denkt Georg Herwegh: Was ich auf dem Herzen habe? Jener da, der zufällig König ist, bringt von vornherein das Herz ins Gespräch. Im Vorzimmer hat Herwegh die Gesichter der Höflinge gesehen. Sie blickten kalt, spöttisch, mißbilligend, ja feindselig. Aber hier sitzt einer vor ihm, der offen wirkt. Dieser sympathische Mann neben ihm, den er fast bedauert, ist ein Mensch wie er selbst. Nur zufällig in die gleißende Uniform gezwängt. Zufällig nicht einer unter vielen, sondern der Eine über allen. Der Machtträger. Inhaber des gefährlichsten aller Instrumente, mit dem seine Götter ihn betraut haben. Macht und Mammon, die beiden großen M, welche die Welt beherrschen. Sein eigener Gott ist die zukunftsträchtige, die sozialistische Idee. Das versteht der Uniformierte neben ihm nicht. Wie sollte er auch. Dennoch hatte ihn der Instinkt soeben veranlaßt, den Schreibtisch, das trennende Symbol zwischen ihnen, auszuschalten, um auf dem Kanapee mit ihm das Spiel der Nähe zu betreiben. Nur ein Spiel? Gewiß doch. Wie könnte es anders sein?

Warum hat er sich eigentlich zu dieser Begegnung entschlossen? War es Neugier? Ein innerer Drang? Eine uneingestandene, versteckte Sympathie für diesen König, den er doch bekämpft?

Das Lächeln neben ihm. Echt?

Die Zweifel will er jetzt ausschalten und sich zu passenden Worten sammeln, die wirken. Dazu ist er hier.

Im Grunde jedoch ist er kein Mann des Gesprächs. Was ihn bedrängt, vermag er in Versen zu sagen. In der Stille lodert sein Geist. Die Zweisamkeit mit diesem Hochgestellten, dessen Majestät er nicht anerkennt, hemmt ihn.

Doch der König ist geduldig. Er kann zuhören. Er sieht einen Dichter vor sich. Dichten und Worte drechseln ist zweierlei. Das muß man unterscheiden. Wie mag es sein, wenn den Scheuen die Inspiration überkommt? Davor hat er Respekt. Dafür empfindet er Bewunderung.

So kommt eine Diskussion in Gang, während der man sich gleichsam über eine Mauer hinweg — die man trotz allem nicht abzubauen gedenkt — neugierig, fast genüßlich beäugt, immer bedacht, den Fluß der gegensätzlichen Anschauungen nicht ausufern zu lassen.

»Sie haben einmal in einer Rede davon gesprochen«, sagt Herwegh im Verlauf des Gesprächs, »kein Stück Papier habe die Verfassung eines glücklichen Landes gemacht, sondern die Jahrhunderte und die Erbweisheit. An welches Land haben Sie dabei gedacht?«

»An England, dessen gewachsene Verfassung ohne Beispiel ist.«

»Aber was bedeutet Erbweisheit für die Erkenntnisse unseres Jahrhunderts? Das Erbe ist schwer angefault, das

Überkommene hat sich überlebt. Niemand kann das ändern. Auch Sie nicht.«

Einen Augenblick ist der König betroffen. Der Sinn seines hohen Amtes, die geheiligte Überlieferung bedeutet diesem Schandmaul nichts! Doch was hatte er sonst erwartet? Hatte er geglaubt, durch seinen bloßen Anblick bei einem überzeugten Kommunisten eine Sinneswandlung zu bewirken?

Nein. Aber es war doch ein starkes Stück, das der hitzige Bursche hier vorzuführen wagte. Ohne Umschweife. Gesinnungsvoll. Aufrichtig. Das waren die Worte, die er selbst bei der Begrüßung gebraucht hatte. Und wer, in drei Teufels Namen, war der Überlegene in diesem Disput? Der Ältere. Der Weise. Die Erbweisheit — jetzt in diesem Augenblick konnte er sie bestätigen.

Den Höflingen im Vorzimmer war die erhobene Stimme des verhaßten Demagogen nicht entgangen, wenn sie auch nur Wortfetzen verstanden. Doch das genügte. Sie bebten.

»Ich vermesse mich nicht«, fuhr der König mit angestrengt leiser Stimme fort, »ändern zu wollen, was die Vorsehung verfügt. Ich bin der Ausführende ihres göttlichen Willens und als solcher unfehlbar.«

»Eine Irrlehre!« rief laut der junge Mann. »Eines eurer Dogmen, die auf den Kehrichthaufen gehören!«

»Sie haben in diesen paar Minuten viel Dreck zusammengefegt, junger Mann. Ich kann mir nicht vorstellen, daß Sie gekommen sind, um mich und meinen Staat unter diesem Kehrichthaufen zu begraben. Wollen Sie sich jetzt bitte auf Ihr Anliegen besinnen, das Sie hergeführt hat?«

Der König wunderte sich über sich selbst. Wo blieb sein Tausendschockschwerenot, sein ihr Pack, ihr Ochsen, ihr hirnverbrannten Narren, die ganze brühwarme Suppe, die er so gern über seine Minister zu ergießen pflegte? Was gab ihm diese Ruhe? War es der Hauch einer unfaßbaren Fremdheit, einer reinen, selbstvergessenen und beispielhaften Überzeugungstreue, die von diesem Hitzkopf ausging und ihn trotz der Ungeheuerlichkeiten, die er von sich gab, irgendwie anziehend machte? Ähnlich wie es dem König damals mit jenem Fanatiker, dem Tschech, gegangen war?

Aber dieser ist kein Tschech. Er ist ein blühender Mensch. In ihm ist nichts von der schwelenden Glut eines unter alter Asche verborgenen Fanatismus. Seine Augen sind von unwahrscheinlicher Bläue.

Georg Herwegh, waffenlos und verwundbar, wie er ist, will von ihm — das weiß er — Beistand gegen jene Häscher, die seine Dichterworte gegen ihn auszulegen suchen.

Die Pendüle auf der Empirekommode, die als eines der köstlichsten Stücke der Königlichen Porzellanmanufaktur schon im Arbeitszimmer seines Vaters gestanden hat, zeigt das Ende der Audienz an.

Der König steht auf.

»Dichten Sie weiter, lieber Freund«, sagt er verabschiedend. »Sie haben eine saftige Sprache und gute Einfälle. Aber hüten Sie sich vor der Politik. ›Politisch Lied ein garstig Lied‹, na, Sie wissen ja. Natürlich läßt sich ein Schandmaul wie das Ihre nicht in ein sanftes Schnäuzchen verwandeln. Das kann ich nicht von Ihnen fordern, und es wäre auch schade drum. Aber ich muß Sie dringend bitten, soweit es die Öffentlichkeit betrifft, die Politik, wie Sie sie auffassen, nicht lauthals auszuposaunen. Können Sie das fertigbringen?«

»Ich bezweifle es.«

»Sonst kann ich Sie nämlich vor der Verhaftung nicht schützen. Und soweit es das Gesetz erlaubt, möchte ich es doch tun. Es wäre mir leid, wenn ich Ihre dichterische Kraft unserm Land nicht erhalten könnte. Preußen braucht Begabungen wie Sie. Wählen Sie aus der Vielfalt der Themen das Schöne, das Gute und das Wahre, und preisen Sie es. Oder befassen Sie sich mit unserm guten, deutschen Humor. Ich bin überzeugt, der Witz wird Sie nicht im Stich lassen ... Aber wie gesagt: bitte ein Mittelding zwischen Schandmaul und Schnäuzchen!«

»Ein Mittelding gibt es für mich nicht.«

»Doch, doch. Sie werden mich gewiß nicht enttäuschen wollen! Dichten Sie wieder etwas so Schönes wie zum Beispiel das Lied vom Dom zu Köln am Rhein, und ich werde Sie im Auge behalten.«

Ein Händedruck Auge in Auge. Fast flehend der Blick des Königs. Von seiten des Besuchers die Spur einer linkischen Verbeugung, und der junge Mann wendet sich und geht zur Tür, wie er es nicht anders kennt.

Rex schaut seinem Rücken nach. Ein ungewohnter Anblick, doch nicht wichtig in diesem Augenblick.

Noch einmal unter Spießrutenblicken durch das Vorzimmer. Benommen diesmal, Gehässigkeit kaum wahrnehmend.

Erst auf der Straße findet Georg Herwegh sich wieder.

Enttäuschungen. Widerwärtigkeiten. Der König fühlt sich lahm. Die Tretmühle des Alltags. Immer häufiger sucht man sich ihr zu entziehen.

Für Stunden. Für halbe Tage.

Lenné ist beim König. Der berühmte Gartenarchitekt hilft ihm das Grau in Grau vertreiben.

In ihre Pläne vertieft, stehen die beiden über den Zeichentisch gebeugt. Des Königs Zeichnungen für die Erweiterung und Verschönerung des Parks von Sanssouci vor sich ausgebreitet, diskutieren sie eifrig. Wo dem Alten Fritz das Geld ausging, sollen jetzt die Dukaten rollen.

Die Tretmühle ist vergessen. Der Kreislauf kommt wieder in Gang. Hände und Füße, oft so störend kalt, werden warm. Freude des Planens. Genußvolles Schaffen. Ars sacra.

Seit nahezu einer Stunde antichambriert der Minister Rotkow vor der Tür des königlichen Arbeitszimmers.

Er klopft. Rex reagiert nicht.

Er klopft wieder. Auf die Gefahr hin, einen Zornesausbruch zu veranlassen, wagt er die Tür einen Spalt zu öffnen.

»Majestät, die wichtige Depesche nach Rußland. Sie sollte heute noch abgehen.«

»Warten!« sagt der König unwirsch.

Auch Nopitz wartet jetzt. »Wer ist beim König?«

»Ach, nur Lenné. Rex sitzt mit ihm über seinen Plänen und Zeichnungen für — weiß der Teufel für was wieder! Etwas, das wichtiger ist als die Staatsgeschäfte.«

Jetzt pocht auch Nopitz, öffnet behutsam und flüstert vernehmlich hinein: »Geruhen Majestät . . .«

Rex sieht die Köpfe seiner Minister. Heischend. Drängend.

»Warten!« brüllt er. »Ihr trüben Funzen! Könnt ihr nicht mal einen Augenblick . . .«

»Majestät, die Depesche nach Rußland! Seine Majestät der Zar . . .«

»Kann warten, der Geheimniskrämer! Läßt selber nie die Katze aus dem Sack. Tür zu, ihr blöden Hammel!«

Rotkow drückt die Tür wieder ins Schloß. Er ist bleich, starrt Nopitz an und sagt mit bitterem Hohn: »Wir wissen zwar, daß er uns alle für Rindvieh hält. Aber wollen wir ihm nicht vorschlagen, er soll uns wieder ›Er‹ nennen und uns dafür mit solchen Ausdrücken verschonen?«

Nopitz, leise: »Sie wissen doch, der König ist nicht gesund?«

»Nicht gesund? Der König?«

Endlich, nach einer weiteren halben Stunde, öffnet sich die Tür, und Lenné tritt heraus, die Mappe mit den Zeichnungen unter dem Arm.

»Seine Majestät lassen bitten!« sagt er leise, wie schuldbewußt, obwohl ihn keine Schuld trifft.

Die Minister treten ein. Aber die Depesche nach Rußland kommt nicht mehr fort. Der Telegraph ist schon geschlossen.

Der König kehrt in den Alltag zurück.

Der Alltag ist grau. Georg Herwegh, der Lausejunge, hat — schon einen Monat nach der Audienz — es nicht lassen können, in seinen Versen wieder zu rebellieren.

Mit schlecht verhehltem Triumph haben die Minister dem König das »Pamphlet« zu lesen gegeben, das der Demagoge in Umlauf gesetzt hat. Der König findet es nicht so schlimm. Er denkt an den blauen Blick dieser Augen.

Ein Dichter. Ein Mann für Preußen.

Herweghs Verhaftung steht bevor. Um das zu verhindern, verfügt der König seine Ausweisung.

Wieder ein Musensohn, der dem Land den Rücken kehrt! Schinkel tot. Ebenso Mendelssohn, der schon vorher lieber in Leipzig als in Berlin wirkte. Cornelius trotz ehrender Aufträge wieder nach München zurückgekehrt. Devrient nun in Dresden. Warum hat er sie alle nicht halten können? Es ist zum Kotzen!

So lebt man dahin. Zuweilen ist man vergnügt, ja ausgelassen; dann glaubt man, gesund zu sein. Ist man traurig, spürt man, daß man es nicht ist.

Zwischenzeitlich reagiert man sich ab, so gut man kann. Die Schranzen fordern es heraus. Den Unflat, den man den ewigen Jasagern auftischt, sie schlucken ihn.

Nur wenige gibt es, die widersprechen, ja tadeln dürfen. Zu ihnen gehört der Triglaver, er darf mahnen, warnen und tadeln. Warum darf er das? Weil man glaubt, daß er es ehrlich meint. Uneigennützig. Das ist selten, man weiß es. Man ist so einsam. Umgeben von einem Gesindel aus Schmeichlern ist man einsam.

Im Grunde ist der Mächtige ein armer Mensch. Er ist in

Wahrheit nicht mächtig. Spürt an seinem Leibe die Siegfried-Stelle, die ungepanzerte, verletzliche.

Macht — eine Götterkraft in den Himmeln. Aber sie ist nicht mehr, was sie war, wenn sie den Menschen befällt — eine erbärmliche Quelle, die ihm als höchstes aller Güter erscheint.

Wäre man ein einfacher Mensch, einer, der sich nicht abhebt von den anderen, der sich einfügt, lautlos, ohne Aufsehen.

Glücklich dann? Vielleicht.

Doch man weiß es besser, kennt es anders, ist es so gewöhnt. Immer gleichsam unter Triumphbögen schreitend. Nie freudevoll laufend oder springend, ja, das könnte man noch — trotz beginnendem Bauch!

Aber möchte man es anders?

Die Untertanen. Man möchte geliebt sein von ihnen. Man sehnt sich danach. Man liebt sie. Man möchte sich in ihnen spiegeln. Mit seiner Güte, seinem Wohlwollen, seiner väterlichen Allmacht.

Warum lieben sie einen nicht wieder? Oder tun sie es?

Vor einem Jahr haben sie diese schreckliche Revolution gemacht. Sie ist zusammengefallen wie ein Kartenhaus. Man hat doch wohl richtig gehandelt damals im Sturm der sich widersprechenden Meinungen?

Man hatte sich zur Demütigung durchgerungen und glaubte dennoch, seine Würde bewahrt zu haben. Auch bei dem Umritt durch die Stadt unter schwarz-rot-goldenen Fahnen.

Damals hatte Bruder Wilhelm — der Kartätschenprinz, wie er beim Volk hieß — ihn einen Feigling genannt, weil er auf Geheiß der Leute mit entblößtem Haupt an den gefallenen Rebellen vorübergeschritten war. Ja. Es waren seine Berliner, die da lagen, die »um der Sache willen«, wie sie es nannten, gestorben waren. Vorher hatte das Volk ihn beschimpft und ihm dann, als er ihnen Konzessionen machte, zugejubelt.

Und Wilhelm hatte damals, um die Thronfolge nicht zu gefährden, vorübergehend nach England fliehen müssen.

Nun ist alles wieder beim alten.

Alles wieder? War das der Sinn der Revolution? Der Demütigung? Der Bewahrung der Würde?

Es kommt vor, daß er zu Lotte geht in das sogenannte Schlechte Haus, zuweilen auch, ohne etwas von ihr zu wollen. Daß er eine andere Erlösung sucht in Monologen für ein unbeteiligtes Ohr. Angesichts einer Stummen, die keinen Intellekt besitzt, keine Widerrede hat. Nur daß man seine eigene Stimme hört. Kein Ja und keinen Widerspruch.

Seit einiger Zeit hat er bei Amanda immer ein und dieselbe Person, die er aufsucht. Eben das Mädchen Lotte. Ein Allerweltsname und eine Allerweltshure. Es ist eine ganz junge, und sie ist ausnehmend schön. Dazu nachgiebig und weich. Nicht prätentiös. Noch nicht. Obwohl es ihn immer wieder zu ihr zieht. Mit ihr spricht er eine andere Sprache. Eine der Souveränität entkleidete. Vor ihr ist er Mensch, ein nackter, natürlicher Mensch. Das tut gut.

Die Ruhe, die er in seiner Welt vergeblich sucht, hier hat er sie. Oft ist er stumm. Dann wieder kann er reden, seine Worte tropfen und strömen. Es ist beruhigend, daß ihr Spatzenhirn ihn nicht begreift. Er kann sich selbst die Antwort geben, die er will.

Wie angenehm, nicht belastet zu sein mit einem nahen Wissen voneinander. Das heißt, er weiß nichts von der wunderlichen Verkettung der Geschicke. Nein. Wie sollte er? Und er weiß nicht, daß sie weiß . . . jedoch nur begreift, was sie fassen kann.

Und sie fragt nicht. Natürlich nicht. Sie nimmt es hin.

Nur manchmal sprechen ihre Augen. Und er deutet ihren Blick auf seine Weise. Sie hat wohl doch ein wenig

Verstand, die Kleine. Oder Seele. Ja, Seele hat sie. Auch die Huren haben Seele. Das Neue Testament spricht davon. Jesus hat es gezeigt. »Und sündige hinfort nicht mehr.«

Diese allerdings sündigt weiter. Es ist ihr Beruf. Aber er darf sie nicht verurteilen. Ein nackter Mensch darf kein Pharisäer sein, er ist seiner Würde entkleidet. Ungeheuchelt und ungeschminkt.

Sie ist primitiv, naiv, nicht so berechnend wie die sonstige Hurenprominenz. Sie versteht ihr Handwerk, aber sie nutzt ihren Vorteil nicht aus.

Einmal fragt er:

»Lotte, du weißt, wer ich bin?«

»Ich weiß, Ma ... Ma ...«

»Still! Ich bin nur irgendein Herr, ein Irgendjemand für dich, ja?«

»Jawohl, Ma ...«

»Verdammt! Ich will das Wort von dir nicht hören. Endlich mal nicht hören, verstehst du?«

»Ich verstehe, M ...« Er legt ihr die Hand auf den Mund.

Etwas langsam lernt sie ihre Lektion.

Verwundert ist sie ja zuweilen. Warum hat er gerade sie gewählt? Er fände klügere. Gibt es da irgendeinen — Faden aus der Vergangenheit, der nicht abgerissen ist? Ihre Vorstellungskraft reicht gerade so weit, sich das auszumalen. Auf alle Fälle ist es gut, ja notwendig, daß er nichts ahnt. Er wird, er darf es nicht erfahren. Nie.

Sie hat es gut mit ihm. Und manchen Vorteil, soweit das möglich ist. Die Achtung der Genossinnen, welche die Neidischen ihr als der Jüngsten und Schönsten verweigert hatten.

Einmal überkommt ihn zufällig die Erinnerung an den Tschech, und er spricht zu ihr darüber und stellt Fragen.

Ein Mann will einen Mächtigen töten. Und der Mächtige läßt den Mann aus der Welt schaffen. Das Gesetz befiehlt es so. Schließlich ist das klar, nicht wahr? Erwartet er von ihr eine Art nachträglicher Sanktionierung?

Sie nickt. Und das genügt.

Von den heimlichen Wegen ihres Butt weiß die Königin nichts. Wie würde sie reagieren, wenn sie es wüßte? Weiß sie überhaupt, daß es so etwas wie Amandas Haus gibt? Es verlangt sie nicht danach, eine der Scheiben aus dem Elfenbeinturm, in dem Fürstinnen leben, zu lockern oder gar zu zerbrechen.

15

Die Königin ist krank gewesen. Sie hat viel nachgedacht, ist endlich zur Sammlung gekommen, hat Zeit gehabt. Der Tag verläuft anders ohne die sonst gewohnten Zerstreuungen und Ablenkungen.

Sie liegt noch im Bett. Die Ärzte haben allzuviel Besuch untersagt.

Das Verhältnis zwischen Augusta, der Prinzessin von Preußen, und der Königin ist nicht ungetrübt. Die Schwägerinnen sind zu verschieden, um sich zu verstehen. Aber sie wahren den äußeren Schein. Der Hof weiß indes um die Probleme der beiden und sucht sein Wissen zu nutzen.

Das Hauptproblem zwischen Augusta und Elise ist von jeher Prinz Friedrich gewesen. Immer hatte Augusta den Einfluß der kinderlosen Königin auf ihren Sohn gefürchtet, in der Annahme, die Schwägerin wolle ihr die Erziehung des zukünftigen Thronerben entreißen. Obwohl der Ausdruck »entreißen« dem Wesen der Königin nicht entsprach, sondern eher für Augusta paßte, welche die stärkere Persönlichkeit war. Früher hatte es wegen des Jungen häufig Reibereien zwischen ihnen gegeben. Aber jetzt entwickelte der zum Jüngling Gereifte eine innere Selbständigkeit, die ihn dem Einfluß der Mutter mehr und mehr entzog. Er schätzte und liebte den Umgang mit der gemütvolleren Tante Lore.

Soeben hatte er Genesungsvisite bei ihr gemacht, und sie hatten wie immer munter miteinander geschwätzt.

»Wie steht's in Bonn, mein Schatz? Was macht die ›Clique‹? Wie geht es Fritz und Paul? Ist's wahr, daß Paul ein Duell gehabt hat? Ich hätte eher geglaubt, daß Fritz ... Gottlob ist ja alles gut verlaufen.«

»Du hast es also auch gehört?«

»Ja, du siehst, der Klatsch hat lange Beine, und die Bonner Gesellschaft ist ein Ableger der unsrigen.«

»Das scheint so.«

»Ist übrigens was dran, daß Paul sich heimlich mit der kleinen Marie-Luise Drost verlobt hat?«

»Kein wahres Wort, Tante Elise!« lacht Friedrich.

»Nicht? Fast schad, gelt?« Wenn sie allein waren, verfiel die Königin gern in ihren heimatlichen Dialekt. »An sich wäre die Drost doch eine passende Partie für Paul. Zwar bürgerlich, aber viel Geld. Der Onkel Butt meint ja, mit der Pinke hapert's in Groß-Triglav. Trotz der guten Fassade. Was sagt der Fritz darüber?«

»Gar nichts. Fritz und ich sprechen gewöhnlich nicht über Geld.«

»Über was sprecht ihr denn?«

»Über — na, meist über Philosophie, über Literatur und Geschichte.«

»Natürlich!« lacht die Tante. »Über was spintisieren so zwei grüne Buben wie ihr denn sonst? Über die kleinen Bonner Demoisellen vielleicht?«

»Überhaupt nicht, ma chère Tante«, erwidert Friedrich todernst.

Einen Augenblick stutzt Elise. »Oh, du damischer Lackl! Du hast doch gewiß in Bonn eine kleine Mamsell Chèrie — gesteh's nur, Friedl, oder? Also erzähl doch . . .«

Er nähert seinen Mund ihrem Ohr und flüstert, als verriete er ein großes Geheimnis.

»Nein, was du sagst!« ruft sie entzückt.

Nach dem Gespräch mit der Tante traf Friedrich den Onkel Butt, der zu seiner Frau wollte und ihn — weil er, wie er sagte, den lieben Fritz viel zuwenig zu Gesicht bekäme — für einen Augenblick beiseite zog, um ihn zu fragen, was die Studenten in Bonn wohl von ihrem König hielten.

»Ich meine, du mußt verstehen, es wäre mir von Nutzen,

wenn du mir ehrlich und aufrichtig antworten würdest. Ich traue dir zu, daß ich von dir die Wahrheit höre. Du verstehst, ich bin von Schmeichlern umgeben. Die Kamarilla. Die gegen mich und meinen Willen gerichtete Phalanx. Fritz, du hattest schon als Junge eine eigene Meinung. Wenn du einmal König sein wirst, vergiß nicht, was ich dir jetzt sage: sei stark, bleibe stark. Vielleicht bist du stark genug . . .!« Es zuckt in seinem Gesicht. »Ich werde nicht alt, Fritz, ich fühle es. Dein Vater . . . er wird dann, so Gott will, lange regieren. Ich habe keinen Einfluß auf ihn. Gott schenke dir ein reich erfülltes Leben!«

Er drückt ihm die Hand. Es klingt fast wie ein Vermächtnis. Aber der Onkel ist doch erst fünfundfünfzig.

Als Friedrich gegangen ist, sucht der König seine Frau auf und setzt sich an ihr Bett.

»Fritz war gerade bei mir«, bemerkt sie. »Bonn tut ihm gut. Er ist so erwachsen geworden. Ein Prachtkerl, wie du es ausdrücken würdest.«

»Ja. Wir müssen dankbar sein, daß es ihn gibt«, wirft er gedankenlos hin.

Die Königin empfindet seine Worte fast wie einen Vorwurf wegen ihrer Kinderlosigkeit. Sie hält sich für allein schuldig und treibt im stillen einen Kult damit, sich selbst die Schuld zu geben.

Von der Krankheit noch geschwächt und unter dem Eindruck, den Augustas sympathischer Sohn soeben bei ihr hinterlassen hat, beginnt sie zu weinen.

»Ich bin eine Versagerin. Ich habe dir nicht gegeben, was du von mir verlangen konntest.«

Der König ist beim Anblick ihrer Tränen fassungslos. »Nicht doch, Elise. Weine nicht, ich bitte dich, ich kann dich nicht weinen sehen. Glaube mir doch, du bist nicht schuld. Ich bin es.«

Er denkt an eine ähnliche Szene. Auch damals hatte er sie — vielleicht nicht ganz unwillentlich — von dem wahren Sachverhalt nicht überzeugen können.

Sie trocknet die Tränen. Verständnislos. Wie könnte sie auch begreifen, die Prinzessin im Elfenbeinturm, die Frau des neunzehnten Jahrhunderts!

»Du hättest Söhne haben müssen. Und Töchter. Ich hätte dir einen Thronerben schenken müssen.«

»Wir haben Friedrich.«

»Er ist Augustas Sohn.«

»Und dein Liebling.«

Der König rückt seinen Stuhl näher ans Bett.

»Elise, du hast dir keine Vorwürfe zu machen. Versteh mich doch, Lore. Zum Zeugen eines Kindes gehören zwei. Autrement dite — mit anderen Worten: von den beiden an der Zeugung Beteiligten bin ich das Karnickel. Nicht du. Hufeland hat es mir gesagt. Vor vielen Jahren, als ich noch Kronprinz war.«

»Wer ist Hufeland?«

»Er war meines Vaters Leibarzt. Eine Berühmtheit unter den Ärzten. Er ist lange tot.«

»Wie konnte er das wissen?«

»Er wußte es eben. Erlaß mir, es dir zu erklären.«

»Du sollst es mir auch gar nicht erklären. Und ich würde es dir auch nicht glauben.«

Als er gegangen war, löschte sie die Lampe und starrte ins Dunkel.

Ich bin unfruchtbar. Habe keine Frucht getragen. Ich habe nie den ersten Schrei gehört, der die Mutter wie ein Blitz durchfährt. Jene erste Lebensäußerung — laut wie der Jammer dieser Welt. Oder wie ein vehementes Ja zum Leben. In meinem Leibe hat sich nichts gerührt. Nicht einmal eine kleine Leiche hat es darin gegeben, die mit meinem Blut weggeschwemmt worden wäre . . .

Als Augusta geboren hatte, habe ich sie beneidet. Es war ein ungutes Gefühl. Ein böses. Gott verzeih mir's.

Mit eineinhalb Jahren stand der Kleine auf schwankenden Beinchen unten an der Treppe, als ich oben vorüberging. Er sah mich, jauchzte »Tati!« und strebte hinauf, mir entgegen. Ich ging zu ihm hinunter und hob ihn auf. Er legte die Ärmchen um meinen Hals. Augusta trat herzu und nahm ihn mir fort. »Er ist zu schwer für dich.«

Später dann, als er fünfzehn war, berührte ich einmal seine Haut an den Schenkeln oberhalb des Knies. Sie fühlte sich ein wenig rauh an, das Fleisch männlich fest, wie Eisen über den starken Muskeln. Ich stellte mir vor, es wäre *mein* Fleisch und Blut . . .

Nach dem Gespräch mit seiner Frau sitzt der König mit aufgestützten Armen über einem Schriftstück, das er vor sich auf den Schreibtisch gelegt hat. Seine Augen kommen von Hufelands kleiner Gelehrtenhandschrift nicht los.

Er hat Elise verschwiegen, was der Arzt ihm sonst noch gesagt hatte. Nur ein Mann wie jener berühmte hatte es wagen dürfen, gegenüber dem Kronprinzen eine so offene Sprache zu führen.

Klein, ganz klein war man sich damals vorgekommen. Mit vierundzwanzig Jahren unter den Augen der medizinischen Kapazität, die souverän über den Bereich gebot, der einem selbst verschlossen war. Armer Leib, von Hermelin und Krone gleichsam entkleidet, ganz gewöhnlich, wie der Knecht aus seinen Lumpen geschält. Kein Privileg, kein Sonderrecht vor Seiner Majestät dem Bazillus, dem Gebrechen von Geburt an. Aller Herrlichkeit beraubt vor dem Gott-Arzt und seiner Unerbittlichkeit.

Später hatte er dann in einem zu dem Gutachten gehörenden Schriftstück, das ihm vorenthalten worden war, weitere Ausführungen gefunden. Würde das Gebrechen irgendwann in der Zukunft nicht nur, wie schon immer, die physische Konstitution behindern, sondern — ach, es war nicht auszudenken! Die Formulierungen waren von der Art, daß man, wenn man sie zu deuten glaubte, seine Gemütsruhe gefährdet sah.

Gemütsruhe? Gemüt hat er. Vielleicht mehr Gemüt, als der Staat vertragen kann. Das hatte einer seiner Vertrauten einmal in einer offenen Stunde gemeint. Und Ruhe?

Er weiß, daß ihm die Stetigkeit fehlt. Er ist rastlos, unbeherrscht und kann jäh von einem Extrem ins andere fallen. Von tiefem Ernst in eine fast tölpelhafte Ausgelassenheit.

Gibt es einen psychischen Zusammenhang mit dem physischen Manko? Ein unentwirrbares Ineinanderverflochtensein von Körper und Geist?

Der König stöhnt. Ein Schatten legt sich über seine Augen. Nur einen Augenblick. Dann ist es vorüber.

Er nimmt eine Bleifeder und zeichnet. Eine tiefe Falte gräbt sich in seine Stirn.

Er zeichnet einen Baum. Äste unter Laubmassen elastisch sich senkend. Fein gestrichelt Schatten und Licht.

Und darunter ein Kreuz. IN CRUCE SALVUS. Im Kreuz ist Heil.

16

Groß-Triglav mit den dazugehörigen Nebengütern ist wie ein kleiner Staat im Staate.

Wie sieht es aus hinter der guten Fassade?

Ist Adam der Mann, als der er sich gibt? Reich? Sorglos? Er hat Vollzugspersonen noch und noch. Sie alle, die von ihm leben, deren Dasein von ihm abhängt, sind sie mehr als Mietlinge?

Kleine Verantwortung. Große Verantwortung. Größte Verantwortung ganz oben. Eine Spirale, deren Bewegung sich fortsetzt bis ins unterste Glied.

Seine Leute führen seine Pläne aus. Was hinausgeht, muß wieder einkommen. Es ist viel, was hinausgeht. Sehr viel.

Was geschieht, wenn das, was einkommt, dem, was hinausgegangen ist, nicht entspricht? Das ist die Frage. Das große Problem.

Immer wenn Zahltag ist. Die großen Summen, die sich gleichsam ohne jemandes Zutun verflüchtigen, als hätten sie sich in Nichts aufgelöst. Und die vielen kleinen, die zunächst nur tropfenweise entrinnen, bald aber sozusagen aus der hohlen Hand ins uferlose strömen ...

Wenn dieser oder jener kommt, wer es auch sei, dann ist es einer, der nimmt, ein Fordernder, einer, der auf sein Recht pocht, der auf Erfüllung drängt. Höflich, freundlich kommt er, eifrig und geschäftig, redet allerhand, schwänzelt herum. In seinem Gesicht steht ein Grinsen — leer? Hintergründig?

Aber dann wird der freundliche Geldnehmer, der höflich Drängende gebeten, sich zu entfernen. Denn heute abend ist Jagddiner.

Adam selbst ist kein Jäger. Aber es haben sich außer den

Eingeladenen noch unerwartete Gäste angesagt, und es mußten zusätzlich zwei von den bereits verpfändeten Schafen aus dem Adamshütter Stall geschlachtet werden.

Wenn auch die Jagdbeute groß sein wird, noch größer sind die Verpflichtungen. Nichts ist heute mehr umsonst. Da sind die Treiber, die Pferde- und Meutepfleger, die Förster, die Jagdhornbläser, die Kutscher, die Diener, die Küchenleute, das Stubenpersonal für die Gästequartiere ... Es ist nicht mehr wie früher, als es die Leibeigenschaft gab, die noch gar nicht so lange her ist. Adam rechnet die Jahre zurück. Er war schon auf der Welt, als der hochselige König sie 1807 abschaffte.

Das ist das eine. Es ist uferlos. Und das andere?

Adam Triglav melioriert. Das heißt, er macht Land urbar und schafft Bewässerungsanlagen. Hat Gott, so denkt er, als er die Wasser der Sintflut versiegen ließ und die Erde unter der Arche wüst lag, nicht gewollt, daß Noah mit den Seinen sie wieder fruchtbar machte?

Viel kostbares Land liegt noch brach.

Melioration, Erschließung unentwickelter Gebiete — ein für Adam Triglav faszinierendes Wort. Aus wüsten, öden Flächen werden blühende Gefilde erstehen.

Im Auftrag des Königs und mit den Mitteln der Regierung hat er seinerzeit große Teile Ost- und Westpreußens und Pommerns urbar gemacht. Spott war ihm zuteil geworden während dieser Tätigkeit. Das Neue und Ungewöhnliche des kühnen Projekts ging den Spöttern nicht ein, sie hielten es für unsinnig und unzweckmäßig und die immensen Kosten, die es erforderte, für vergeudet.

Das war kurzsichtig und wenig vorausschauend gedacht. In der Zukunft würden die Ausgaben hundertfach wieder herausgewirtschaftet, und Preußen — im Gegensatz zu dem bevölkerten und betriebsamen deutschen Westen noch ein zum großen Teil unerschlossenes Land — würde in absehbarer Zeit eine Kornkammer Deutschlands werden.

War es der Gedanke an dieses Ziel, der Adam nun im Hinblick auf seinen eigenen Grund und Boden über die Grenzen des im Augenblick Möglichen hinausgehen ließ?

Schweren Herzens mußte er sich dazu verstehen, seine privaten Meliorationen erheblich einzuschränken und auch den Betrieb der neuen Zuckerfabrik zu vereinfachen, die bisher als einzige in der Gegend ihren hohen Schornstein wie einen Weiser in die Zukunft reckte.

Es war nicht leicht, innerhalb der eigenen Möglichkeiten sein Maß zu finden.

Als Adam über den Hof ging, trat der alte Mettke auf ihn zu und zog die Kappe.

»Herr Baron erlauben bitte — ich hab' den Duscheck nu schon den dritten Abend mit'n Sack Jerste übern Hof nach Hause jehn sehn. Ich wollt dat nur jemeldet haben.«

Auf Adams Stirn zeigte sich eine Falte.

»Ich will über die Leute, die bei mir beschäftigt sind, nichts Ungünstiges hören, verstanden, Mettke? Wenn jeder den anderen anzeigen wollte, wo kämen wir da hin?«

Er maß den grauhaarigen Mann mit einem flüchtigen Blick. Mettke war altgedienter Hofmeister und zuverlässig. Allerdings nur selten in der Kirche zu sehen.

Der Alte wagte noch ein paar zusätzliche Worte. Er würgte ein bißchen.

»'tschuldigen, Herr Baron. Et is ja woll meine Schuldigkeit, zu sagen: Wenn nu so'n kleiner Mann wie der Duscheck 'n paar Säcke klaut, dat macht woll nich allerwelt Schaden. Aberst wenn nich bloß der kleine Mann, sondern auch der darüber und der noch höher rauf und denn schließlich 'n Misthaufen, der zum Himmel stinkt . . .«

Die Falte auf Adams Stirn vertiefte sich. Aber Mettke war nun in Fahrt und nicht zu halten.

»Und noch dazu bei so'n juten Herrn, der allens datselbe zutraut wie ihm selbst. Aber die Menschen, dat möcht' ich doch dem Herrn Baron uff die Seele jebunden haben, die Menschen ins alljemeine, dat is doch bloß'n Jesindel.«

»Schämen Sie sich, Mettke, so über die Menschen zu denken! Gehen Sie öfters in die Kirche und lassen Sie sich von Pastor Baumann sagen, wie der Herr Jesus die Menschen liebt.«

Natürlich, der Mettke war verbittert. Er war ein Kreuzträger, mit einer Xantippe verheiratet, und die Tochter hatte in der Stadt ein Kind.

Adam grüßte freundlich und ging.

Mettke hatte es gut gemeint.

Der kleine Mann, hatte er gesagt. Und der darüber. Und der noch höher hinauf ... ein Misthaufen, der zum Himmel stinkt ...

In seinen Gedanken noch mit dem soeben geführten Gespräch beschäftigt, wanderte Adam Triglav den kleinen Hügel hinauf, der nicht weit von Schloß und Dorf gleichsam voraussetzungslos und jäh aus der Ebene aufsteigt.

In katholischen Landen stünde hier oben auf dem Plateau bescheidenen Ausmaßes eine Kapelle, und der vielstufige Weg hinauf wäre mit Kreuzwegstationen bestückt. Aber so etwas kennt man in Pommern nicht.

Eine Kapelle sagt unmißverständlich: Bete. Aber ist das Gebet denn an Stein und Bild gebunden? Adam Triglav faltet die Hände. Ein Christ soll seinen Gott immer bei sich haben.

Also bete, Adam. Du stehst unter einem Himmel, der sich wie eine blaue Kuppel über dir wölbt. Auf einem Erdboden, der von uralter Schöpfung zeugt. Dein Blick hat Zugang zu einer unendlichen Weite. Neben dir breitet eine Eibe ihre stachligen Arme über einen Findlingsblock, in den das Wappen Pommerns gemeißelt ist: der rote Greif im silbernen Feld.

Lobe Gott, Adam, und danke ihm, daß du hier stehst.

Daß die Sonne dich bescheint und der Wind dich umweht. Daß du sein darfst.

Versuche, alles hinter dir zu lassen, was dich bedrückt, beunruhigt. Die Sorge um den Fortbestand alles dessen, was du ererbt und was du neu geschaffen hast. Die Vermutungen, die Verdächtigungen, die sich als Fremdkörper in dich einschleichen wollen. Gib der Erinnerung an diese Stunde patriarchalischer Hinwendung zu Gott die rechte Weihe, indem du hier eine Bank aufstellen läßt mit der Inschrift: DEM WANDERER ZUR FREUDE UND ZUR SELBSTBESINNUNG.

Die Bank hat lange dort gestanden. Der Platz wurde Adamsruhe genannt.

Ob fremde Hände die Bank wohl erneuert haben? Ob die alte Eibe noch lebt? Und was ist mit dem Findlingsblock?

Ob der Greif . . .?

Sie wissen es nicht. Die Deutschen. Die Preußen. Die Pommern.

17

Halb zwölf. In einer Stunde etwa erwartet Adam die Ankunft seines Neffen Fridolin Sohms, der einen Teil der Aufsicht auf den Vorwerken übernehmen soll. Sehr jung noch. Geboren im selben Jahr wie Fritz. Bei den alten Hasen, den Inspektoren, kann er viel lernen.

Adam empfängt den jungen Mann, den er zuletzt als Halbwüchsigen gesehen hatte, auf den Stufen vor dem Haus. Fridolin springt vom Bock. Er hatte neben dem Kutscher gesessen und sich lebhaft mit ihm unterhalten.

Adam späht ihm entgegen und forscht in seinem Gesicht. Eine Ähnlichkeit mit der Mutter? Vielleicht im Lächeln? In der nußbraunen Farbe des Haares? Einmal während der Begrüßung wendet Fridolin den Kopf zur Seite, rasch prüft Adam das Profil. Nein. Nichts von jenen sozusagen nur skizzierten, gleichsam wie ein Hauch hingewehten Umrissen des Profils, wie man sie auf ägyptischen oder assyrischen Frauenbildnissen finden kann, bei denen Stirn, Nase, Mund und Kinn nur fast embryohaft angedeutet sind — Gesichtszüge, in Harmonie mit der ganzen Erscheinung, der fast unwirklichen Schmalheit der Gestalt.

Luise.

Erinnerung.

Damals — der alte König regierte noch — hatte der Geheime Kabinettsrat von B. ein Fest gegeben. Eine Art Familienfest. Eine seiner Töchter hatte einen Neffen von Onkel Bertram geheiratet. Der Hochzeitstag jährte sich.

Der Gastgeber selbst hatte zweimal geheiratet. Jedesmal war seine Wahl auf eine reiche Witwe gefallen, und auf diese Weise war ein beträchtliches Vermögen zusammengekommen. Auch hatte der Geheime Kabinettsrat es nicht mehr nötig, nach vornehmen Leuten zu schielen. Ihm war der Rote Adlerorden zweiter Klasse und damit der Adel verliehen worden. Sein Ehrgeiz sah sich indes nur zum Teil befriedigt. Er hatte das Wörtchen »von« erdient, nicht ererbt. Ein Jammer, daß nicht auch seine Vorfahren in ihren Gräbern geadelt werden konnten! So etwas ließ sich eben nicht »erdienen«. Er stand der Geburtsaristokratie mit einer Art Haßliebe gegenüber (wobei die Betonung wohl mehr auf Liebe als auf Haß zu legen war).

1801 hatte Friedrich Wilhelm III. ihm die Güter Steglitz, Dahlem und Schmargendorf in Erbpacht gegeben. Das Fest fand statt in jenem Schlößchen in Steglitz bei Berlin, das von B. sich hatte bauen lassen und das dann nach seinem Tode der Generalfeldmarschall von Wrangel bewohnte. Alle Eingeladenen — sämtlich »Geburtsaristokraten« — hatten sich vollzählig eingestellt, der Gastgeber war für seine guten Diners bekannt.

Von draußen drangen gedämpft das Abschirren von Pferden zuletzt gekommener Gäste und die halblauten Rufe der Kutscher und Stallknechte herein.

Herr von B. war übrigens ein Verehrer der modernen Literatur und verstand, eine geistreiche Unterhaltung zu führen, die allerdings zuweilen in eine gewisse Geschwätzigkeit ausartete; über den Hofklatsch war er stets bestens informiert. Bei Tisch wurde gerade der Witz über die neue hessische Verfassung belacht, in der es heißt: »Die Person des Kurfürsten ist heilig und unverletzlich«. Mit »die Person«, so witzelte man, sei die Maitresse des Kurfürsten gemeint, die viel Ärgernis erregte.

Übrigens war der Kurfürst der Vetter Friedrich Wilhelms; für einen Augenblick prüfte der Gastgeber besorgt die Tafelrunde — nein, es war niemand aus der unmittelbaren Umgebung des Königs anwesend.

An der verstohlen geäußerten Heiterkeit hatte sich Adam Triglav kaum beteiligt. Unauffällig beobachtete er seine ihm schräg gegenüber sitzende Cousine Luise Sohms. Sie schien es zu spüren, ihre Blicke trafen sich. Der Blick einer jungen Frau, die man, als sie noch Mädchen war, begehrt hatte. Eigentlich immer begehrt hatte, wenn man sie sah und auch noch Tage oder Wochen hinterher.

Mit Cousinen hat es eine besondere Bewandtnis. Man darf sich in erlaubter Vertrautheit mit ihnen beschäftigen, und ehe man es sich versieht, ist man verliebt. Schwester — Cousine. Der kleine Trennungsstrich zwischen den beiden Worten ist geladen mit Neugier und mit einer gewissen prickelnden Erwartung. Schon als Kind hat man gespürt, daß dieses Wesen das Fremde und doch Vertraute ist, das geheimnisvoll andere und doch gleiche im gleichen Blut. Manchmal spricht das Blut so laut, daß man meint, das ihre müsse Antwort geben. Besonders wenn sie schön ist, schön auf ihre Weise, und diese war es, dann weiß man, daß man sich hüten muß, zuviel an sie zu denken.

Wieder ein verstohlener Blick zu ihr hinüber. Einmal hatte man damals sie geküßt und sehr viel Weichheit gespürt, und man hatte fast die Besinnung verloren. Aber ihre leise Abwehr mahnte, daß sie noch unberührt war — und man ließ von ihr ab. Man verging sich nicht an Mädchen seines Standes, wenn sie nicht wollten. Und im Grunde wünschte man auch, daß sie nicht wollten, und daß gleichsam eine durchsichtige Wand zwischen ihnen aufstieg, durch die man in ihren geweiteten Augen lesen konnte, was nachher nicht mehr sein würde, jene Unwissenheit, Erwartung, Angst, ein Wachsein nur der Psyche, ein Schlaf noch dessen, was unwiederbringlich verlorengehen würde.

Deshalb hatte man von ihr abgelassen. Und nachdem man sie lange nicht gesehen hatte, war die Wand undurchsichtig geworden. Ah, Cousine Luise hat sich verlobt. Ja, eine gute Partie. Er ist viel älter als sie. Major bei den Gardegrenadieren. Und man selbst? Man hat inzwischen auch geheiratet, besitzt also im privaten Bereich, was zum Glück des Mannes gehört, hat bereits zwei kleine Töchter und bald ein drittes Kind.

Auch Luise hatte eine Tochter. Sein Blick glitt über sie hin; wenn möglich, sah sie noch schmaler und zerbrechlicher aus als sonst. Wie mochte sie im Bett sein? Ihr Mann saß auf seiner Tischseite, er konnte ihn nur sehen, wenn er sich etwas vorbeugte.

Der Putenbraten mit Maronen und Rotkohl war vorzüglich gewesen, er hatte sein Glas zu ihr erhoben, und sie hatte ihm mit dem ihren Bescheid getan, während sie sich scheinbar angelegentlich mit ihrem Tischherrn unterhielt. Gingen wohl ihre Gedanken andere Wege als ihre Worte, so wie die seinen es taten? Küsse, einmal getauscht, führen ein Dauerleben, in der Erinnerung entzünden sie sich wieder und brennen.

Man war beim Nachtisch angelangt. Onkel Bertram, der ans Glas geklopft hatte, redete noch immer, während seine zitternde, alte Hand auf dem Damastgedeck lag. Wenn er stand, war Onkel Bertram kaum größer als wenn er saß, er hatte eine hohe Stimme, und seine Hakennase vermochte zu imponieren. Sein Trinkspruch war lang, langweilig, belanglos. Adam hörte kaum hin.

Gottlob, jetzt klangen im allgemeinen Anstoßen die Gläser, die Stühle scharrten, das Diner war zu Ende.

In den Zimmern, auch in der Halle am Kamin verteilte man sich gruppenweise. Draußen war es dunkel geworden, die Öllampen brannten, die Zimmerflucht erstrahlte im Schein der Kerzen, die an den Kronleuchtern flammten, die Diener brachten die silbernen, dreiarmigen Leuchter.

Während die Gruppen sich zusammenfanden, waren Adam und Luise aufeinander zugegangen.

Sie waren beide in einer Stimmung, wie sie sich nach einem gelungenen Festmahl einzustellen vermag, wenn sich Gaumenfreude mit seelischer Sättigung verbindet: eine Mischung, die geeignet ist, den Kontakt zwischen zwei Menschen verschiedenen Geschlechts zu fördern.

Sein lächelnd fragender Blick bekam eine lächelnde Antwort. Er sah in Luises sich ihm langsam nähernden Augen etwas Neues. Es waren die Augen einer wissenden Frau. Das Rätsel war gelöst. Befriedigend? Enttäuschend vielleicht? Der Höhepunkt hat keine Steigerung. Schwer ist es, den Alltag zu ertragen. Im Alltag zeigt es sich, ob man liebesfähig genug ist.

»Weißt du noch«, fragte sie, während sie im Gespräch durch die hell erleuchteten Räume gingen, wobei sie ein wenig die Hand hob, »wie du mir mal im Scherz aus den Linien der Hand den Mann schildertest, der als Ehemann für mich passen würde?«

Er lachte und küßte die Hand, von der sie sprach. »Wie schmeckt dir die Ehe?« fragte er zärtlich. »Bist du glücklich?«

Sie standen jetzt am Ende der Zimmerflucht auf der Schwelle zu einem Raum, der nur durch das offene Fenster von einem halben Mond erleuchtet wurde, und es war, als hätten sie unbewußt diesen Raum gesucht. Sie traten ein und waren allein mit dem spärlichen Mondlicht, das die wenigen Möbel zu beleben schien.

»Ich meine«, fuhr er, an seine zuvor gestellte Frage anknüpfend, fort, »hat dein Mann genug Zeit für dich? Er ist ehrgeizig, nicht wahr?«

»Oh, ja«, sprach sie in die Luft hinein und, als müsse sie beweisen, daß das eine das andere nicht ausschließt, fügte sie schnell hinzu, »aber er ist ein guter Mann.«

Das Lob war ausgesprochen. Es verflüchtigte sich belanglos.

»Und du?« kam nun ihre Gegenfrage. »Bist du glücklich?« Und als ob es das Glück des Mannes erhöhte, hieß es weiter: »Du hast eine so gelehrte Frau.« Denn sie wußte, daß seine Frau die Bibel auf lateinisch und auf griechisch las.

Sie standen noch immer. Sein Blick spähte nach einer Sitzgelegenheit und fand einen Sessel.

»Willst du dich nicht setzen?«

Während sie sich niederläßt, stützt er sie betulich, als sei sie eine alte Frau. Ihre weiten Röcke aus starrer Seide rauschen. Abweisend. Streng. Das Rauschen hat Bedeutung. Wie alles in diesem Augenblick. Es erweckt eine Vorstellung in ihm . . . Nein. Er atmet schwer.

Durch das offene Mondscheinfenster kommt der Duft von einem blühenden Strauch. Vielleicht ist es Jasmin. Die Luft zwischen ihnen bewegt sich nicht.

Er sieht sich nach einer weiteren Sitzgelegenheit um. In einiger Entfernung schimmert ein Stuhl.

Aber er bleibt stehen.

Sie lächelt zu ihm empor. Es glimmt etwas in ihren Augen. Sie gibt sich keine Mühe, es zu verbergen.

Sie schiebt einen Fuß vor. Ein unwahrscheinlich schmales, hohes, schwarzes Stiefelchen schlängelt unter den Säumen der Röcke heraus, ein schwarzer Kobold mit einem spitzen Schlangenkopf.

Der Schnürsenkel ist aufgegangen. Sie zeigt darauf.

Er kniet vor ihr und nestelt. Es ist eine schwere Arbeit. Er keucht und schnürt. Der Senkel nimmt kein Ende. Da — jetzt! Schwarze Netzstrümpfe über weißer Beinhaut. Mit einer fast wilden Gebärde rafft sie die Röcke, aufblättert der knisternde, schwarze und darunter das weiße Spitzengeriesel der beiden anderen. Raffen, Rascheln und Rieseln . . . Sie flüstert seinen Namen. Es ist ein forderndes Flüstern . . .

Als sie wieder unter den Gästen waren, mieden sie sich. Nur einige Male sprachen ihre Augen zueinander. Dieser oder jener unter den Gästen sah es und stutzte.

Ein Raunen ohne Beweiskraft ist nicht von Belang, wenn die Gesellschaft es nicht will.

18

Casimire findet Sebastian schreibend im Arbeitszimmer ihres Vaters.

»Sebastian, öffne doch mal das dritte Fach von oben auf der linken Seite von Papas Sekretär.«

»Wieso? Die Fächer sind doch alle verschlossen?«

»Denkst du. Probier's mal.«

»Hast du wieder spioniert, Mädchen?«

»Schnell, mach auf. Ehe Papa kommt.«

»Er kommt jetzt nicht. Er reitet mit Fridolin nach Adamshütte.« Sebastian zieht das Schubfach auf. »Tatsächlich, offen. Der Briefwechsel zwischen dem König und dem Alten! Brief auf Brief!« Er blättert. »Tiefste Verschwiegenheit erwünscht, das weiß man doch. Und dann ein unverschlossenes Brieffach!«

»Ist das nicht eine Entdeckung? Da staunst du, was?«

»Kind, du hast eine Spürnase wie ein Jagdhund. Wie bist du gerade auf dieses Fach gekommen?«

»Du weißt doch: Fächer im allgemeinen und überhaupt — die sind mein Steckenpferd. Verschlossene und unverschlossene. Ich habe eine kleine Sammlung von herrenlosen Schlüsseln zum Probieren. In jedem Fach kann was Interessantes stecken.«

»Und dieses Fach? Hat es dich interessiert?«

»Männerfreundschaft, die nichts Anrüchiges hat. Mir zu langweilig. Steht nichts von Liebe drin. Politik ist nur interessant, wenn eine Frau die Hand dabei im Spiel hat.«

Sebastian lacht.

»Aber dir, Sebastian, würde ich die Kenntnisnahme als nützlich empfehlen. Nur nicht gerade jetzt.«

»Warum nicht jetzt?«

»Deine Auskunft vorhin war falsch. Sieh aus dem Fenster. Papa und Fridolin kommen schon zurück.«

Sebastian schiebt das Brieffach zu. Beide verlassen den Raum.

»Findest du eine Familienähnlichkeit zwischen Fridolin und uns?« fragt Casimire.

»Nein, kann ich nicht sagen.«

»Ich dachte nur. Wir sind doch verwandt.«

»Hast du etwa auch schon von dem albernen Gemunkel gehört?«

»Albern? Vielleicht ist es nicht albern.«

»Casimire, ich rate dir, kümmere dich um wichtigere Dinge.«

»Was ist wichtig?«

»Wichtig sind Dinge, die sich beweisen lassen.«

»Wichtig sind für mich Hypothesen. Schon bewiesene Dinge sind nicht mehr interessant.«

»Deine Philosophie.«

»Solange ich zum Beispiel vermute, daß Fridolin in mich verliebt ist . . .«

»Solange ist er interessant?« fragt Sebastian spöttisch, aber nicht ohne eine leise Eifersucht.

»Vielleicht.«

»Fridolin wird sich nicht in dich verlieben.«

»Meinst du?«

»Du bist nicht sein Typ.«

»Woher willst du das wissen?«

»Er ist zu fromm.«

»Glaubst du, er verliebt sich in Mariechen?«

»Auch nicht. Sie ist im Augenblick wieder mit Gerhard-Akazienburg beschäftigt und wird deshalb nicht nach ihm angeln.«

»Meinst du, es wird nun doch noch was mit Gerhard und Marie?«

»Ich taxiere, nein. Sie treibt wie immer ihr Spiel mit ihm.«

»Wie mit allen.«

»Ja. Fridolin soll sich in acht nehmen.«

»Sieh dir mal Fridolins Ohren an.«

»Du findest, sie stehen ab?«

»Das auch. Aber vor allem hat er es faustdick dahinter.«

»Ich halte ihn für einen Duckmäuser.«

Sobald sich die Gelegenheit ergab, hatte Sebastian sich vor den Sekretär seines Herrn gesetzt, das unverschlossene Geheimfach aufgezogen und sich in den Briefwechsel zwischen Adam und dem König vertieft. Es handelte sich um die nach der Revolution geschriebenen Briefe, auch jene von Adam, die auf dessen Wunsch, mit Randbemerkungen des Königs versehen, an ihn wieder zurückgesandt wurden.

Sebastian wußte, daß sein Herr geheimnisvollen und gewagten Unternehmungen nicht abgeneigt war. Während der Revolution hatte er sich für den Fall, daß der König fliehen mußte, bereit gehalten, ihn unter dem Namen eines Kammerdieners zu begleiten.

Ob der Briefwechsel geheime politische Absprachen enthielt?

In dieser Hinsicht sah Sebastian sich enttäuscht. Trotzdem fand er die Lektüre erstaunlich.

Zwar wußte er von dem Einfluß, den Adam auf alle, denen sein Interesse sich zuwandte, ausübte. Aber, was der Alte sich in dem vorliegenden Fall erlauben durfte, war doch toll! Ermahnungen, Tadel und Vorwürfe, eingekleidet in eine Mischung aus pietistischer Gottseligkeit und höfischer Devotion, fanden bei dem königlichen Freund in seinen Antwortbriefen und Randbemerkungen eine dankbare Reaktion.

Sebastian las: ». . . besonders beunruhigt es mich, daß die schweren Züchtigungen des Herrn Eure Königliche

Majestät nicht mehr in der Selbsterkenntnis gefördert haben. Die Art und Weise, in der E. K. M. immer noch die Schuld bei Ihren Ministern suchen, möchte mich fast zerbrechen. Nicht, als ob ich deren Schuld bezweifelte, aber ich meine, daß Euer Majestät darüber Ihre eigene große Schuld aus den Augen verlieren, daß E. M. sich selbst rechtfertigen und daß Ihnen eben darum eine Fülle von Segen und Kraft entgeht, die der Herr Ihnen sonst zuwenden müßte, weil es unmöglich ist, daß Gott lügt! Fußfällig möchte ich meines allergnädigsten, heißgeliebten Königs Hand an meine Lippen drücken und bitten, den Worten Pauli nachzudenken: ›Wenn ich schwach bin, so bin ich stark.‹ (2. Korinther 12,10).«

In seiner Antwort auf diese »Predigt« hatte der König davon gesprochen, daß viele seiner besten Freunde ihm die Treue gebrochen hätten, was Adam auf sich gemünzt vermutete und bei seiner Replik auch zum Ausdruck brachte.

Darauf des Königs Erwiderung: »Nur einmal haben Sie mir die Treue gebrochen, als Sie das!!! aus meinen Worten herausverstanden!!!!!! Haben Sie guten und speziellen Rat über dies und das, so halten Sie damit ja nicht zurück ... Beten Sie zum Herrn, daß er mir das Herz von Männern neige, die wirklich Männer sind! ... Schreiben Sie bald wieder. F. W.«

In diesem Ton ging es fort. Sebastian suchte nach einem ihn von einer gewissen Emotion befreienden, zynischen Ausdruck, der sich ihm jedoch — abgesehen von der Belustigung über den devoten Stil seines Herrn — im Augenblick versagte.

Aber warum, so fragte er sich, ging dieser Briefwechsel in einer solchen Heimlichkeit vonstatten? War etwas Wahres daran, daß der Alte, wie seine Gegner behaupteten, die krummen Wege liebte?

»Euer Majestät kennen die Gründe, weshalb ich gebeten habe, mir meine Briefe huldreichst zurückzusenden. E. M.

haben mir dies auch allergnädigst verheißen, neuerdings jedoch drei Briefe nicht zurückgeschickt . . .«

Es war doch offensichtlich, daß der Alte einen starken Ehrgeiz besaß. Wozu also diese Scheu vor der Öffentlichkeit? Warum verbrachte Adam den größten Teil des Jahres in Groß-Triglav, statt sich den Intrigen der Regierung, der Perfidie des Berliner Hofes zu stellen und den wiederholten Anträgen des Königs nachzugeben, der ihn als Minister in seine unmittelbare Umgebung zu ziehen wünschte?

Eines Tages wird Sebastian von Fritz bei seiner Lektüre überrascht. Die Situation spricht für sich selbst.

Des Sohnes erster Impuls: sich zurückzuziehen. Immerhin ist Sebastian der Privatschreiber. Aber nein, die Reaktion ist falsch. Stehenbleiben, fragen.

Daraufhin hält der Sohn es für richtig, mit seinem Vater zu sprechen.

Adam stutzt.

»War ich so leichtsinnig, das Fach offenzulassen? Verständlich, daß Sebastian sich dafür interessiert. Das kann ich verkraften. Sebastian ist verschwiegen wie das Geheimfach selbst.«

Davon ist er überzeugt.

Anderes, Vordringlicheres beherrscht im Augenblick seine Gedanken und Gefühle.

Mit Schafen kann man bezahlen.

Eintausendzweihundert Schafe werden fortgetrieben. Sind es Merinos oder ungehörnte Southdowns.

Herr L. sagte, die Gläubiger hätten sich mit ihm auf die gehörnten Dorsets geeinigt. Herr L. ist mit der Sache vertraut, und auf seinen Güterdirektor muß man sich verlassen können. Herr L. ist gewissenhaft, er nimmt es ernst, als wäre das alles sein eigenes Gut und Blut. Tausend Schafe von sechstausend, sagt er, das spürt man kaum. Er hat recht, fünftausend bleiben — das sind immer noch fast doppelt so viele, als Hubertus in Seehaus hat.

Die Papiere, die Herr L. vorlegt, stimmen. Ist es alles, was Herr L. vorlegt? Alles über das Gutszentrum, über Philippsburg, Zenzig und Adamshütte? Herr L. ist ein ehrenwerter, erfahrener Mann, er steht an der Spitze, hat alle Fäden in der Hand. An der Spitze muß es stimmen. Wenn es an der Spitze nicht stimmt, dann ist das wie bei einer Spirale, deren Beben sich von oben bis unten fortsetzt.

Herr L. hat einen guten Leumund, er ist ehrgeizig, seine Söhne sind in Stargard auf Schule, der Älteste ist Primus omnium, der Jüngste Primus in der Tertia. Die Familie kommt aus Sachsen. Die Sachsen sind tüchtige Leute. Mit Herrn L. hat man eine wertvolle Kraft gewonnen.

... wenn nicht bloß die Kleinen, hatte der alte Mettke gemeint ... sondern auch die weiter oben ... und ein Misthaufen, hatte er gesagt. Mettke ist ein guter Mann, aber verbittert. Er kann wohl Herrn L. nicht leiden. Herr L. ist bei den Leuten nicht beliebt, aber er ist tüchtig. Was kann Herr L. dafür, wenn der Misthaufen wächst? Herr L. tut, was er kann. Man muß ihm vertrauen. Seine Ehrbegriffe sind vom alten Schrot und Korn. Das ist viel. Das ist alles.

Schande dem Hirten, der sich selbst weidet. Sagt die Bibel.

Das mit den Schafen ist ein Gleichnis für das andere. Denn es bleibt nicht bei den Schafen. Vieles kommt hinzu. Es sind die Leute, die immer wollen und fordern. Ihre Stimmen sind zu laut. Man stopft ihnen den Mund, damit sie schweigen, aber ihre Lippen sind geschwätzig. Und sie sind unersättlich.

Es ist eine Krise vielerorts. Herr L. sagt, es sind schon Anzeichen dafür vorhanden, daß die Krise nachlassen wird.

Wann wohl? Im Herbst? Oder erst im nächsten Frühling? Oder im Sommer nach der Ernte? Oder erst später?

Adam ist in Berlin, und der König ruft ihn zu sich.

»Lieber Freund, nach dem, was Sie mir andeuteten, steht es wirklich nicht gut um Groß-Triglav. Das tut mir von Herzen leid. Das Meliorieren kostet eben Geld. Vom Hausministerium her sind Sie es gewöhnt, von Staats wegen aus dem vollen zu schöpfen, und was Sie jetzt für Ihre eigenen Güter leisten, wird einmal nicht nur für Sie selbst, sondern auch für Preußen seine Früchte tragen.«

»Ja, nur eben nicht von heute auf morgen.«

»Ich lasse Ihnen durch Siedow wieder die Summe anweisen, die Sie zur Deckung der dringendsten Unkosten für notwendig halten. Außerdem habe ich das Darlehen verfügt, das auf Groß-Triglav eingetragen wird.«

»Heißen, alleruntertänigsten Dank, Euer Majestät.«

»Aber auch meine Möglichkeiten sind, was das Bargeld betrifft, nicht unbegrenzt. Ich möchte Ihnen deshalb noch einen anderen Vorschlag machen. — Ja, ich sehe in Ihren Augen schon den leisen Argwohn, ob Ihr König etwa wieder versuchen wird, Sie durch ein Amt an seine Person zu binden, in seine unmittelbare Nähe zu locken — nein, kein Ministerposten! Wir haben es ja oft genug erlebt, daß ich da bei Ihnen eine Fehlbitte tue, weiß Gott, weshalb — Sie müssen wohl Ihre Gründe haben, nicht mein Minister werden zu wollen.«

»Majestät!«

»Ich habe mir schon manches Mal den Kopf darüber zerbrochen, was Sie dazu bewegen mag, sich nicht an Berlin zu binden. Nur die Liebe zu Groß-Triglav, zum eigenen Grund und Boden? Dazu sind Sie doch im Grund zu politisch interessiert, zu ehrgeizig — nein, nein, ein edler Ehrgeiz ist es, ein Karrieremacher sind Sie wahrhaftig nicht.

Ich weiß doch Ihre Uneigennützigkeit zu schätzen. Beweise ich Ihnen das nicht immer wieder?«

»Tausendfach, Euer Majestät.«

»Aber ich mache Ihnen jetzt einen anderen Vorschlag. Leinefeldt wird siebzig und will nicht mehr. Wenn Sie wollen, können Sie von nun an als Oberpräsident Ihr Pommern regieren. Stettin wartet auf Sie. Dort sind Sie unabhängig, haben niemand über sich oder auch nur neben sich. Nicht einmal mich. Und diese Unabhängigkeit wird Groß-Triglav ebenfalls zugute kommen. Sie werden es allmählich sanieren können. Ihr Güterdirektor ist doch zuverlässig, nehme ich an, und der Sache gewachsen? Er hat einen guten Leumund, nicht wahr? Also überlegen Sie sich's, Triglav.«

Adam war das Blut ins Gesicht gestiegen.

»Majestät meinen im Ernst . . .?«

»Da scheine ich mal endlich ins Schwarze getroffen zu haben. Also? — Ich bin glücklich. Bedenkzeit brauche ich Ihnen wohl kaum zu geben? Sie sagen zu, nicht wahr? Ich danke Ihnen!«

»Nein, *ich,* Euer Majestät. Ich bin überwältigt. Nur, werden meine Güter, ohne daß ich ihnen künftig meine ungeteilte Aufmerksamkeit schenken kann . . .?«

»Sie werden, Triglav. Ich verbürge mich dafür. Vertraglich, wenn Sie wollen.«

19

Fridolin — nun ein halbes Jahr in Groß-Triglav — ist wie ein Fremdkörper in dem großen Betrieb.

Warum eigentlich? Er stört doch nicht. Er hat kein auffallendes Wesen. Er ist leise, lacht nicht laut über Witze, welche die anderen belustigen. Nicht, daß er ein Streber oder hochmütig wäre. Er hat nur seinen eigenen Schritt, marschiert nicht im Trott.

Die an der Spitze wundern sich über ihn. Sie mögen ihn nicht besonders. Schnüffelt er hinter ihnen her? Das fehlte noch.

Auch die am unteren Ende der Spirale wundern sich. Was meint er mit seiner besonderen Art, sich mit ihnen abzugeben? Bei ihnen einzudringen? Fragen zu stellen? Schließlich fassen sie Vertrauen.

Jedesmal, wenn der Oberpräsident sich von seinen Geschäften in Stettin freimacht und nach Groß-Triglav kommt, erwarten ihn dort Erlebnisse besonderer Art.

»Onkel Adam«, sagt zum Beispiel Fridolin, »diese Erbpächter da hinten im Wüsten Winkel. Ich hätte da eine Bitte an dich. Würdest du mal mit mir kommen und dir ansehen, wie es bei ihnen zugeht? Sie leben in Armut und Verkommenheit. Fast jeder von ihnen ist ein Säufer. Der Fusel, den sie brauen, ist unvorstellbar. Mich wundert, daß sie das Geld aufbringen, dir die Pacht zu zahlen.«

»Die Pacht? Ja, ich glaube . . . Warte mal, von der Pacht habe ich schon lange nichts gesehen. Wir wollen Hartmann, den neuen Inspektor in Adamshütte fragen.«

»Der neue Inspektor, Onkel Adam . . .«

Der Onkel unterbricht ihn, fürchtend, schon wieder

über einen seiner Leute etwas Ungünstiges hören zu sollen. »Also, bei den Erbpächtern, da bist du gewesen? Es ist gut, daß du dich um alles kümmerst. Ich hatte schon gehört, daß es dort nicht zum besten steht. Aber ich muß eben, seit ich in Stettin bin, das meiste Herrn L. und den Inspektoren überlassen. Jedenfalls danke ich dir, Fridolin, daß du mir Bescheid gesagt hast. Wie entsetzlich, daß sie alle dem Alkohol verfallen sind!«

»Fast alle.«

»Ich werde mich darum kümmern.«

Adam ritt mit Fridolin zum Wüsten Winkel.

Die beiderseitige unliebsame Überraschung war groß. Kaum einer der Leute hatte ein reines Gewissen.

Auch Adam nicht. Scham und Zorn kämpften in ihm.

Er ging durch die Katen, über die Äcker. Der Boden hier klagte an. Wen, ihn? Oder die Menschen, denen er seit Generationen anvertraut gewesen war und die ihn hatten verkümmern lassen?

Es tat weh, das zu sehen. Es war ein schrecklicher Anblick für jemand, der das Meliorieren mit einer solchen Passion betrieb.

Diese Menschen hatten keine Verbindung mit der Außenwelt, außer durch den Alkohol. Hatten ihre Väter und Großväter, die bereits hier saßen, als gehöre der Boden ihnen, es anders gehalten?

Das Seelenheil dieser Leute lag im argen. Die Kirche war weit. Und ihm selber waren sie entfremdet. Fassungslos, fast feindselig hatten sie den ungebetenen Besucher angestarrt. Er hätte sich längst um sie kümmern sollen. Erst dieser Zwanzigjährige — sein Sohn, wie er vermutete — mußte ihn auf die Lage hier aufmerksam machen.

Pächter, Erbpächter nannten sie sich — es war der reine Hohn! Der Zorn stieg in ihm auf. Hier mußte mit eisernem Besen gekehrt werden!

Seit einiger Zeit dachte er sowieso daran, zur Verbesserung der wirtschaftlichen Bedingungen verschiedene aufgeteilte Ländereien dem allgemeinen Mittelpunkt zuzuführen. Diese verfallenden Katen sollten abgerissen, der Boden zentralisiert, das wenige, magere Vieh geschlachtet werden. Das menschenunwürdige Dasein der Leute mußte ein Ende haben. Sie sollten einer nutzbringenden Tätigkeit innerhalb der christlichen Dorfgemeinschaft zugeführt werden. Arbeiter, Tagelöhner wurden immer gebraucht. Neue Hütten am Rande des Dorfes waren schnell errichtet. Die Äcker hier würde er den Zuckerrübenfeldern von Adamshütte angliedern. Die neue Fabrik konnte diese Erträge noch verdauen.

Fridolin erschrak tief. Was hatte er da angerichtet! Er hatte ja nicht geahnt, daß der Onkel so rigoros verfahren würde. Gewiß sah es schlimm aus im Wüsten Winkel, und die Leute traf große Schuld. Aber hätte nicht eine andere, weniger einschneidende Lösung gefunden werden können? Es wäre doch zu überlegen gewesen.

Allerdings, so wie es war, konnte es nicht weitergehen.

Wer mochte dem Wüsten Winkel wohl einst den Namen gegeben haben, der so gut paßte? Wahrscheinlich hatte es hier von jeher so ausgesehen wie jetzt, und vermutlich war auch gesoffen worden, seit es Fusel gab in Pommern. Zumindest einige von Adams Vorfahren hatten gewiß um das Treiben ihrer »Erbpächter« gewußt oder doch eine Ahnung davon gehabt. Vermutlich hatten sie das Laisser-aller einer durchgreifenden Änderung vorgezogen.

Ausgerechnet der jetzige Triglaver mußte mit seiner selbstherrlichen Entscheidung jene Idylle althergebrachter Völlerei und dreckrüberkrusteter Tradition jäh zerstören!

Fridolin war konsterniert. Er litt unter dieser Enttäuschung, die ihm der Mann bereitete, zu dem er aufsah.

»Onkel Adam«, wagte er sich noch einmal vor, »du nimmst den Leuten ihren Boden, den Grund, auf dem sie von jeher stehen —«

»*Ihnen?* Wem gehört dieser Grund? Und was haben sie aus ihm gemacht? Vielleicht haben sie gedacht, die Füchse würden ihn besamen und die Krähen mit ihren Schnäbeln das Korn in die Scheunen sammeln? Und seit jeher, sagst du? Glaubst du, sie hätten bedacht, was das heißt: seit jeher? Was heißt es denn? Was seit jeher war, kann ein Blitz zerschlagen, ein Feuer zerfressen, ein Krieg zerstören, ein Sturm, eine Flut vernichten. Wir haben hier keine bleibende Statt. Auch des Menschen Sohn hatte sie nicht. Ich hörte, du liest fleißig im Neuen Testament. Tante Mamette hat es dir in das Nachttischschubfach gelegt.«

Fand Fridolin eine Antwort auf Adams Argumente? Gab es noch eine Antwort, welche die Entscheidung beeinflussen konnte?

Geistvoll jonglierte der Onkel mit dem Wort »von jeher« und seiner Zeitbedingtheit, die er dialektisch definierte. Indes bauten gerade auf diesem Wort Fürsten und Junker ihren Ursprung, ihr Dasein, ihre Überzeugung, ihre ganze Wesenheit auf. Von jeher, heute und in aller Zukunft. Eine der Losungen jener Macht, die für die Ewigkeit gegründet schien. Wie ließ sich das mit den Worten über »des Menschen Sohn« vereinen, die Adam soeben der Bibel entnommen hatte?

Der Abbruch der Katen stand bevor. Die Familien waren noch anwesend. Die Männer hatten endlich begriffen, daß es ernst wurde. Die Frauen hatten begonnen, die Habseligkeiten zusammenzupacken. Das wenige Mobiliar sollte in den nächsten Tagen von einem Karren weggefahren und in die neuen Behausungen am Rande des Dorfes Triglav gebracht werden.

Während die Frauen sich hin und her bewegten, saßen die Männer und starrten vor sich hin. Oder sie blickten zum Fenster, als erwarteten sie etwas.

Vielleicht eine Zurücknahme jener Entscheidung, die

sie, wie sie meinten, heimatlos machte? Sie waren hier geboren und aufgewachsen und hatten so dahingelebt, wie ihre Väter es taten und wie auch ihre Kinder es getan haben würden.

Und da kam nun einer, der sich ihr Herr nannte, und vertrieb sie.

Gewiß, sie hatten schon längere Zeit keine Pacht mehr bezahlt. Aber was war das auch für ein verdammter Boden, den sie hier traten! Steine und Sand, nichts als Steine und Sand. Wühlmäuse, Zecken und Maulwürfe. Wildschweine, deren Hufe die Erde zerstampften.

Freilich, man konnte schießen. Zumal die nächsten Häuser weit vom Schuß waren und der Förster, dem der Adamshütter Wald unterstand, ein Auge zudrückte. Auch er liebte den Fusel, den sie brauten.

Das sollte nun alles vorbei sein. Aus und vorbei, dieses schöne, dreckichte, faulichte, süchtige Leben. Für immer. Plötzlich. Man war wehrlos. Entrechtet. Man konnte nichts tun gegen den unbarmherzigen Reichen, der wie das Verhängnis über einen hereingebrochen war.

Konnte man nicht?

Man konnte ihm Böses wünschen. Man konnte ihm fluchen. Von ganzem Herzen. Aus allen Kräften.

Der Mann, der das dachte, was alle dachten, sprach es aus. Die anderen nickten. Die Frauen traten näher. Die Blicke der Männer suchten die alten Frauen, die noch viel davon wußten, was und wie man wünschen konnte, damit es in Erfüllung ging. Die alten Frauen bedachten sich. Die jungen bekamen glänzende Augen. Den Kindern stand der Mund offen.

Fridolin, der in den letzten Nächten wenig geschlafen hatte, stand vor seinem Bett und konnte sich nicht entschließen, sich hinzulegen.

Er blickte zum Fenster. Der Halbmond stand zu dieser

Stunde hoch über dem neugebauten Kuhstall des Adamshütter Wirtschaftshofes, der die Aussicht aus seinem Fenster bildete.

Kurz entschlossen verließ Fridolin das Haus. Reiten lohnte wohl kaum. Von Adamshütte war es nicht allzuweit zum Wüsten Winkel.

Unterwegs im Wald entdeckte er eine Gestalt vor sich auf dem Fußsteig. Er wunderte sich. War das nicht Gustchen, der zweite Diener im Schloß, den die Töchter Pardönchen nannten, weil er das Wort Pardon, das er irgendwo aufgeschnappt hatte, ständig im Munde führte, gleichsam als müsse er sein bloßes Vorhandensein entschuldigen.

Es war klar, daß auch er zum Wüsten Winkel strebte. Was wollte der Junge dort zu dieser Nachtzeit?

Er trug etwas über dem Arm — etwas Dunkles mit Ärmeln, es sah aus wie ein männliches Kleidungsstück.

Unwillkürlich mäßigte Fridolin seinen Schritt. Es war nicht nötig, daß Gustav ihn bemerkte.

Einmal krachte ein dürrer Ast unter Fridolins Schuh, und er wich hinter einen Busch. Gustav war zusammengefahren und hatte sich umgeschaut, als fühle er sich ertappt. Irgend etwas stimmte da nicht.

Oder sollte der Junge ein Mädchen haben im Wüsten Winkel? Vielleicht die Lise, von der es hieß, daß Sebastian sich mit ihr abgegeben hatte?

Gustav stolperte, und die Ärmel des Kleidungsstückes, das er mit sich trug, bewegten sich schlenkernd. Es wirkte unheimlich, wie alles in dieser fahlen Nacht.

Die Katen kamen jetzt in Sicht.

Der Wald stand schwarz gegen den Nachthimmel. Ein Käuzchen rief. Das Moor duftete stark herüber, die Sumpfblumen standen in Blüte.

Im Tümpel schrien die Frösche, pausenlos, unentwegt. Hunderte mußten es sein. Es klang, als wäre der Tümpel voll aufgezogener Spieluhren, die, von der Nässe gräßlich verstimmt, mechanisch ratterten . . .

Inzwischen war der Halbmond unmerklich am Himmel weitergezogen und stand nun westlich des Waldes. In einigen Stunden wird der Morgenstern im Osten aufgehen und über das bleichende Mondgebein triumphieren.

Die Katen lagen im Dunkeln. Außer einer. Fridolin sah in ihr den trüben Schein einer Funzel. In dem kleinen Raum drängten sich Menschen. Es schienen nicht wenige zu sein.

Gustav war jetzt in diesem Haus verschwunden. Hatte man ihn erwartet? Was ging hier vor?

Fridolin wagte sich näher heran und spähte durch einen Busch vor dem Haus.

Der Rock, den Gustav mitgebracht hatte, schien eine Rolle zu spielen. Einer der Männer hatte ihn dem Jungen abgenommen. Der Rock kam Fridolin bekannt vor. War das nicht der blaue mit den Silberknöpfen, den der Onkel gewöhnlich trug? Was wollten diese Leute unter diesen offenbar geheimnisvollen, nächtlichen Umständen damit?

Der Mann war jetzt näher ans Fenster getreten. Der Mond schien ihm ins Gesicht. Er hielt den Rock wie einen Menschen mit ausgebreiteten Armen vor sich hin. Es war, als zeige er ihn dem Mond. Der triumphierende Ausdruck seiner Augen war deutlich zu sehen.

Fridolin überlief es kalt. Ein Ritual? Schwarze Magie? Wurde hier vielleicht ein fiktiver Mord geplant unter Zauberformeln, die der Fiktion Erfüllungskraft verleihen sollten?

Fridolin hatte davon gehört, daß in Pommern, speziell in der Einsamkeit dieser Landstriche, noch Zauberei getrieben wurde, wie man sie sich als Stadtmensch überhaupt nicht vorstellen konnte.

Er war christlich erzogen und glaubte nicht an Hexenkünste. Zumindest glaubte er, daß das Gebet den Satan zu vertreiben imstande war. Unwillkürlich faltete er die Hände.

Die Leute in der Stube hatten sich hinter dem Mann zusammengedrängt. Kopf an Kopf. Gesicht an Gesicht. Sie hatten alle den gleichen Ausdruck. Aufgerissene Augen, mahlende Münder.

Fridolin krampfte die gefalteten Hände zusammen.

Behutsam nahm der Mann den rechten Rockärmel und streckte ihn von sich und dem Mond entgegen. Was er sagte, war nicht zu verstehen. Aber es war eine Anrufung, das sah man. Und sie wurde von den hinter ihm Stehenden wiederholt. Die unsichtbare Macht, die sie gerufen hatten, war nun zugegen. Davon zeugten die starrenden Augen, die zuckenden Leiber einiger Frauen.

Jetzt legte der Mann seinen Mund an das Armloch unterhalb jener Stelle, an der sich die physische Ausdünstung des Menschen, der Schweiß, am konzentriertesten auswirkt.

In dem Augenblick, als sein Mund in dem Armloch verschwand, begannen die Leute wieder zu murmeln.

Der Atem des Mannes blies in den oberen Teil des Ärmels, das sah man. Doch was blies er da hinein in den Ärmel mit seinem starken Atem? Ein Fluch mußte es sein, gestoßen in das Innere des Ärmels. Mit dem lebendigen Atem vermischten sich Körpergeruch, Schweiß, wesenhafte Ausdünstung der Achselhöhle unter der Anrufung unsichtbarer Mächte . . . Adam, während du schläfst, während dein Leib in deinem Bett liegt und schläft, bist du wehrlos — wehrlos — wehrlos.

Das Gesicht des Mannes kam wieder zum Vorschein. Es glühte von der Anstrengung des Blasens. Dreimal verneigte sich der Mann vor dem Mond. Dann legte er den Rock über eine Stuhllehne, setzte sich und wischte sich den Schweiß von der Stirn.

Fridolin spürte etwas wie Erleichterung. Seine Stimmung schlug um. Hokuspokus, dachte er. Die Situation wirkte jetzt fast komisch, beinah lächerlich. Was mochte da wohl geflucht worden sein?

Mitleid stieg in Fridolin auf. Mitleid mit diesen Menschen. Sie hatten nichts, an das sie sich halten konnten. Sie griffen ins Leere und glaubten es voller Wunder. Selbst machtlos, suchten sie den Umgang mit Mächten, die sie beschwören zu können meinten.

Fridolin sah, daß Gustav zu dem Mann trat und den Rock wieder von ihm empfing. Gustav sagte etwas. Aber der Mann lachte höhnisch und zeigte seine leeren Hände.

Gustav sah finster aus. So hatte Fridolin ihn noch nicht gesehen. Er sagte noch etwas, war es eine Drohung? Der Mann blickte auf.

Gustav hob seinen Finger und deutete auf die sich drängenden Menschen.

Der Blick des Mannes folgte seinem ausgestreckten Finger. Er wußte offensichtlich, auf wen der Finger zeigte. Grinste er? Hatte er ein Zeichen gemacht?

Ein Mädchen löste sich aus der Gruppe der Frauen. Sie trat zu Gustav. Sie sah gleichgültig aus. Er nahm sie bei der Hand und ging mit ihr hinaus.

Hinter dem Busch verborgen, hatte Fridolin dem Handel zugeschaut.

»Herr von Sohms!« sagte eine leise Stimme.

Fridolin fuhr herum.

Sebastian stand hinter ihm.

»Auch auf Lauscherposten?« flüsterte Sebastian spöttisch. »Kommen Sie«, fuhr er fort, als Fridolin vor Überraschung nicht antwortete, »wir wollen jetzt verschwinden. Es ist nicht nötig, daß man uns entdeckt.«

Als sie im Wald waren, überdachte Fridolin die Lage. Ihn selbst hatte das Gefühl, das tragische Geschehen gewissermaßen ausgelöst zu haben, hierher getrieben. Aber was veranlaßte Sebastian zu diesem mitternächtlichen Ausflug? Ahnte er vielleicht etwas von Gustavs heimlichen Umtrieben?

Er fragte ihn danach.

Sebastian erklärte, er habe zufällig beobachtet, wie der junge Diener sich an dem Rock seines Herrn zu schaffen machte und mit ihm fortschlich. Er verschwieg, daß seine kleine Spionin Casimire es gewesen war, die den Jungen bei der Manipulation beobachtet und Sebastian hinter ihm hergeschickt hatte.

Er fügte noch hinzu, es habe ihm Spaß gemacht, auf diese Weise nicht nur Gustav, sondern zufällig auch ihn, Fridolin, gewissermaßen zu »verfolgen«, und er erlaube sich nun, die gleiche Frage an den Herrn von Sohms selbst zu richten.

Auch Fridolin verschwieg etwas. Er sagte nichts von der ihn erregenden Vorgeschichte, sondern gab nur an, er sei ahnungslos gewesen, was da geplant wurde, er habe noch einen nächtlichen Spaziergang machen wollen, von Adamshütte sei es ja nicht weit hierher. Es klang nicht ganz überzeugend.

Während sie über Zauberei im allgemeinen und Hexenglauben im besonderen in Pommern ihre Meinungen austauschten, meinte Fridolin, er hätte zu gern gewußt, was die Beteiligten mit ihrer finsteren Zeremonie — zumal der Mann mit dem Ärmel — ihrem Herrn und Gebieter wohl Übles angewünscht haben mochten. Denn ein Fluch — das war unbestreitbar — sei da ausgesprochen worden. Den Jungen, der es ja wissen mußte, sollte man unbedingt zur Rede stellen.

Sebastian gab zu, daß diese Frage natürlich das Interessanteste an der ganzen Sache und für ihn die Angelegenheit noch keineswegs abgeschlossen sei. Er werde sich den Gustav vorknöpfen, und es müsse mit dem Teufel zugehen, wenn es nicht gelänge, den Wortlaut des Fluches aus ihm herauszubringen.

Während sie noch erörterten, ob man dem unmittelbar von der Sache Betroffenen Mitteilung machen müsse oder nicht, tauchten die Häuser von Adamshütte auf.

Es war jetzt ein Uhr und die Geisterstunde vorüber.

Fridolin schlug seinem Weggenossen vor, noch zu einer Tasse schwarzen Kaffee bei ihm einzukehren. Auch stehe dem Gast ein Lager zur Verfügung, falls er es vorziehe, die letzten Nachtstunden bei ihm zu schlafen und erst in der Morgenfrühe die noch ziemlich weite Wegstrecke zurückzulegen.

Sebastian bedankte sich und erklärte, gleich weiter zu wollen. Er sei nicht müde und fühle sich angeregt durch das Erlebte. Er dachte an Casimire und daß sie ihn erwartete. Auch war ihm dieser Fridolin, der es so gut verstand, sich bei dem Alten Liebkind zu machen, nicht sonderlich sympathisch. Der Name Fridolin, fand Sebastian, paßte dazu. Vielleicht hatte Casimire wirklich recht, daß der junge Mann es trotz aller Frömmelei oder Frömmigkeit »faustdick hinter den Ohren« hatte.

Fridolin bedauerte tief, daß die Leute aus dem Wüsten Winkel nun seinem Einflußbereich entzogen waren. Er hatte zuvor bereits Kontakt mit ihnen gesucht und auch gefunden und hatte gehofft, mit der Zeit günstig auf sie einwirken zu können. Dazu war nun, wo sie als Tagelöhner in Dorf Triglav arbeiten würden, vermutlich kaum Gelegenheit mehr, da sich sein eigenes Wirkungsfeld auf die Gegend von Adamshütte beschränkte.

Er wurde jedoch häufig zu den Mahlzeiten im Schloß hinzugezogen, und Gustav würde er unbedingt dort zu fassen kriegen. Ob es seine Pflicht war, den Onkel mit der Schilderung des nächtlichen Ereignisses zu beunruhigen? Wie mochte Sebastian sich entscheiden? Mit ihm suchte er kein weiteres Gespräch.

Gustav erschrak heftig, als er erfuhr, daß er Mitwisser gehabt hatte. In seiner Angst erfand er einen haarsträubend unwahrscheinlichen Grund für sein nächtliches Unternehmen.

Beim Reinigen des Rockes seines Herrn sei ihm der mittelste Knopf abgesprungen und nicht wieder aufzufinden gewesen, und der Pächter Schwarz, der ein Schneider sei, habe einen genau passenden gehabt und versprochen, ihn noch in der Nacht anzunähen.

Alles Weitere war dem Jungen weder mit Bitten noch mit Drohungen zu entlocken. Die Leute hätten bloß gebetet, behauptete er, und was der Mann mit dem Ärmel sonst noch gewollt habe, wisse er nicht.

»Gustav, du glaubst doch nicht, daß ich dir abnehme, was du mir da vorflunkerst. Du weißt, wenn der Herr Baron erfährt, zu welcher Sünde du dich hast verleiten lassen, wird er sehr böse auf dich, zumal, wenn du so verstockt bleibst. Denke an deine rechtschaffenen Eltern, welchen Kummer du ihnen bereitest.«

Gustav brach in Tränen aus und beteuerte, er habe alles gesagt, was er wisse.

Im stillen nahm der Junge sich vor, sich auch weiterhin an seine unglaubhafte Darstellung zu klammern. Sein Herr würde ihm, falls er ihn zur Rede stellte, das Gegenteil nicht beweisen können. Auch glaubte der Herr Baron sowieso immer gern das Beste von seinen Leuten, das wußten alle.

Auch Sebastian hatte vergeblich versucht, Gustav zum Reden zu bringen, und er hatte es daher bald aufgegeben. Sebastian fand ohnehin den ganzen Hokuspokus lächerlich. Casimires zähe Neugier war ihm zuweilen fast lästig. Doch stand er zur Zeit ganz unter ihrem Einfluß.

Sie ließ nicht locker. »Dann versuche ich es eben selbst!«

»Laß die Verrücktheit besser bleiben!«

Sie lachte. »Manchmal bin ich ganz gern ein bißchen verrückt, das weißt du ja. Auf die Dauer ist das Normalsein doch blöd, findest du nicht?«

20

Gustav ist noch nicht neunzehn. Genauso alt wie Casimire. Zwei Jahre lang hatten sie zusammen die Schulbank gedrückt. Auf Adams Geheiß waren seine sechs Kinder nacheinander zur Erlernung des Abc zunächst in die Dorfschule gegangen. Casimire war faul gewesen und ziemlich stumm während des Unterrichts. Aber außerhalb der Klasse besaß sie zwei Eigenschaften, die nicht nur ihm imponierten. Ihre Schlagfertigkeit und ihre Selbstsicherheit.

Mit sechzehn war Gustav als zweiter Diener neben — oder vielmehr unter Franz ins Schloß gekommen und sofort in das Schußfeld der Neckereien von Casimire und Annchen, der beiden jüngsten Triglav-Töchter, geraten. Geduldig hatte er ihre ausgelassenen Späße über sich ergehen lassen. Im Grunde gefiel es ihm, wenn sie sich überhaupt mit ihm beschäftigten. Der Spitzname »Pardönchen«, der an ihm haftenblieb, stammte natürlich von Casimire.

Halb drei. In einer halben Stunde kommt der Wagen, und Casimire fährt zu Elisabeth und Hubertus nach Seehaus. Casimire hat Durst. Gustav soll ihr ein Glas von dem Johannisbeersaft nach oben bringen, den sie im Herbst eingemacht hatten.

Casimire hat Toilette gemacht. Für Seehaus natürlich. Das pfauenblaue Kleid. Schulterfrei. Die Spitzenrüsche rings um den tiefen Ausschnitt gesäumt. Als Schmuck das goldne Kreuzchen, das ist wichtig, welches vorn im Ausschnitt fast verschwindet.

Kreuz hat mit Magie zu tun. Seine Funktion wird es nun gleich erfüllen, wenn der kleine Mann, das Pardönchen, den Johannisbeersaft bringt. Ich werde ihn fou machen, verrückt, den kleinen Mann. Er wird mir sagen, was ich wissen will. Eine Frau kann einen Mann verhexen, aber ein Mann nicht eine Frau. Immer hat die Frau das Übergewicht. Nur weiß sie's meistens nicht.

Es klopft. Da kommt er. Außer Atem. Von der Treppe? Von der Eile? Er hält das Glas in nicht ganz sicherer Hand. Der Saft schwappt über.

»Paß doch auf, du Trampel!«

Das Pfauenblaue vor ihm in nächster Nähe. Und so viel nackte Haut. Einen Augenblick versinkt er ins Träumen.

Casimires Stimme weckt ihn auf.

»Na, Pardönchen, hast du mir was zu sagen?«

Gustav erschrickt. Verdammt! Schon wieder ein Verhör? Auch Casimire? Ein toller Fluch bleibt ihm im Halse stekken. Er will flüchten.

»Nein, bleib. Ich rede jetzt mit dir, verstanden? Du weißt, was ich meine. Antworte!«

Gustav würgt noch immer an seinem Fluch. Er hat keine Stimme.

»Mensch, nu sag doch, was du angestellt hast! Das war gewiß etwas Böses, etwas sehr, sehr Böses, was du da mit den Saufbolden im Wüsten Winkel zusammengebraut hast.«

Der Junge macht eine abwehrende Bewegung.

»Ja, du auch! Dir droht eine Strafe. Die Strafe des Himmels, Pardönchen, für deinen Verrat an meinem Vater! Aber wenn du mir sagst, was es war, will ich dir auch sagen, was dagegen hilft. Siehst du das Kreuzchen hier an meinem Hals unter der Spitzenrüsche? Faß das Kreuz an und sage mir die Worte, die der Expächter in meines Vaters Rockärmel gesprochen hat. Sag jedes Wort. Laß nichts aus, verstanden? Du weißt es nicht? Hast es nicht gehört? Gib her deine Hand. Leg sie auf das Kreuz. Nein, da — siehst du's? Unter der Spitzenrüsche. Jetzt schwöre. Du zitterst ja. Zittere doch nicht so heftig, Gustav . . . da, ja . . . da ist das Kreuz. Es liegt warm unter deiner Hand, das Gold. Fühlst du's? Schwörst du jetzt, daß du nichts gehört hast?

Schwörst du es bei Gott und dem Kreuz? Du kannst es nicht, nicht wahr?«

Nebel. Ein weicher Nebel. Gustavs Kopf umnebelt sich.

»Sage, was hast du gehört? Haben sie gesagt: Tod?«

»Nein.«

»Haben Sie gesagt: Mord?«

»Nein.«

»Krankheit?«

»Nein, nein.«

»Was dann? Sag schnell. Wie war der Fluch? In fünf Minuten kommt der Wagen und ich fahre fort. Schnell, schnell. War es was mit Geld? Oder mit Groß-Triglav?«

»Ja . . . mit . . .«

»Mit Groß-Triglav, ja? Was denn, sag's.«

»Mit erben. Groß-Triglav und erben.«

»Erben?«

»Etwas vom . . . dritten Erben . . .«

»Vom dritten Erben?«

»Ja. Groß-Triglav soll nicht . . .«

»Soll nicht was? Sag's schnell!«

»Nicht auf den dritten Erben kommen.«

»Siehst du wohl, daß du's weißt? Sag's noch mal. Hintereinander. Den ganzen Satz. Na? Beeil dich.«

»Groß-Triglav soll nicht auf den dritten Erben kommen.«

Gustavs Hand liegt noch immer auf dem Kreuz. Es glüht unter seinen zuckenden Fingern.

»Nimm die Hand weg! Sofort!« herrscht Casimire ihn an.

Gustav wird blaß. Alles Blut weicht aus seinem Gesicht. Er reißt seine Hand an sich, als hätte er sich verbrannt.

»Da siehst du, daß du es nicht leugnen konntest! Nicht falsch schwören konntest bei dem Kreuz! Du hast gesagt, was ich wissen wollte. Und damit hast du einen doppelten Verrat begangen. Den Verrat an meinem Vater, deinem Herrn, und den an den Expächtern, deinen Komplizen. Weißt du, was ein Komplize ist?«

»Nein.«

»Soll ich dir Absolution erteilen, du Unglückswurm? Weißt du, was Absolution ist?«

»Nein.«

»Also ich verzeihe dir, du dummes Pardönchen, deinen doppelten Verrat.« Sie gibt ihm einen Klaps auf sein gut gepolstertes Hinterteil. »Los jetzt, troll dich. Der Wagen muß gleich kommen.«

Gustav taumelt die Treppe hinunter. Unten empfängt ihn Franz mit einer Ohrfeige.

»Was hast du da oben so lange getrieben, du Schlingel?«

Franz weiß nichts Genaues über das, was sich in den letzten Tagen zugetragen hat. Natürlich nicht. Aber mit dem Gespür des Altgedienten, dem Treue kein leeres Wort bedeutet, reimt er sich eine Groteske zusammen, welche die Wahrheit fast erreicht.

Casimire holt die Pelerine aus dem Schrank und legt sie um die Schultern.

Das war es also. Nicht Mord und Totschlag, aber die Macht und der Besitz. Groß-Triglav soll nicht auf den dritten Erben kommen.

Der erste Erbe ist Fritz. Der zweite Erbe existiert noch nicht. Der dritte. Schade — das wird man wohl nicht mehr erleben . . . Sebastian spottet über den Aberglauben. Casimire weiß nicht recht . . . Vielleicht ist doch was dran.

21

Paul kommt von einer erneuten Polenreise zurück.

»Wieder mal in Krakau gewesen?« erkundigt sich Fritz.

»Ja. Ich liebe Krakau.«

»Und die Krakauerinnen, n'est-ce pas, mon cher frère? Comment ça va? Das Französische ist ja wohl die Sprache der Liebe in Polen?«

Paul, groß im Ignorieren: »Was Neues im Lande?«

»Und ob. Papa ist jetzt der O. P. von Pommern. Rex hat ihn dazu gemacht.«

»Der O. P.? Was heißt das?«

»O. P. steht für Oberpräsident. Die Buchstabensprache ist doch prägnanter als das lange Wörtergeschwafel, findest du nicht? Außerdem bequemer und gesünder. Stell dir vor, du sprichst etwa fünftausend Wörter weniger am Tage — damit machst du dich kostbarer und schonst zugleich Kehle, Zunge und Lippen.«

»Äußerst einleuchtend. Aber Papa?«

»Du sollst sehen, er wird das dünne Fischblut der Stettiner brausen machen. Ich stelle ihn mir vor, wie er über seinen Plänen brütet. Er wird das Haff zu einem Hafen ausbauen, daß der Streit der Schiffe um bevorzugte Anlegeplätze seinen Sinn verliert. Und im Schloß wird es Feste geben. Mit Geist, aber ohne Tanz. Geist aufgepfropft, wenn nicht von selbst vorhanden. Und stinklangweilig für die Jugend.«

»Alter Spötter!«

»Übrigens, was macht deine polnische Flamme?«

Paul steigt das Blut ins Gesicht. Er antwortet nicht.

»Ihr beide seid jetzt ein Jahr älter geworden, falls es noch dieselbe ist. Ist das Spritzige an der Liebe noch nicht verflogen? Es liegt ja nicht am Blasenschlagen selbst, sondern an dem, was dazu treibt. Die Frage ist, wie lange es überdauern kann. Ich frage dich, Paulchen. Antworte mir endlich.«

Paul entschließt sich zum Reden.

»Es steht mir bevor, daß ich mit unserm Vater sprechen muß. Ich habe mich verlobt.«

»Also doch. Und wer ist sie? Eine Polin natürlich?«

»Ja.« Und nach kurzem Zögern: »Aber das ist nicht alles.«

»Was denn? Was noch? Ist sie ein leichtes Mädchen?«

»Fritz!«

»Es wäre dir zuzutrauen. Verzeih, ich übertreibe. Also was? Spann mich nicht auf die Folter!«

»Sie ist eine Jüdin.«

»Ach nein. Was du nicht sagst. Eine Jüdin. Eine polnische Jüdin also? Besser konnte es nicht kommen. Verdammt noch mal, Paul! Ich bin nicht dein Beichtvater. Aber Papa wird es sein. Papa, mein Junge! Mach dich auf was gefaßt!«

»Und du selbst, Fritz?«

»Du weißt, ich habe nichts gegen Juden. Immerhin haben sie uns die Mendelssohns beschert. Ich bin kein Rassist, aber . . .«

»Aber?«

»Aber das kann doch nicht gutgehen, Paulchen. Bist du wahnsinnig? Zwei so verschiedene Lebenskreise!«

»Das verstehst du nicht.«

»Muß das denn sein? Ich meine, hast du dich nicht übereilt? Du bist erst dreiundzwanzig.«

»Ich liebe sie.«

»Warte noch ein paar Jahre. Vielleicht denkst du dann anders.«

»Ich brauche ein Mädchen, das mich geistig und künstlerisch befriedigt. Ob sie Rosenbaum heißt oder Gräfin Soundso, das ist . . . das ist gewissermaßen nur die äußere Schale. Und die ist für mich bedeutungslos.«

»Du irrst, mein Junge. Auch die Schale ist nicht bedeutungslos. Und in diesem Fall ist es mehr als die Schale.«

»Ich denke anders darüber.«

»Und Papa? Du weißt, es kann den Bruch mit ihm bedeuten.«

»Tut mir leid, wenn ich ihm Schmerz bereiten muß.«

»Elisabeth hat sich gefügt und ist glücklich geworden.«

»Wieder das alte Lied!«

Adam hört seinen Sohn reden.

Sein Sohn redet zu ihm. Dieser junge Mann, der da auf ihn einredet. Pausenlos. Er ist ein Stück von ihm, ist einmal aus seinem Samen hervorgegangen, ist sein Geschöpf, sein Werk.

Was redet er da? Ich will nicht hinhören.

Was will mein Sohn von mir? Was verlangt er von mir? Er will mich zwingen. Ich soll mich fügen. Das hat man nicht gelernt in den Dingen dieser Welt.

Unterwerfung unter von Gott verordnete Schicksalsschläge, ja. Zum Beispiel Krankheit, Tod, Brand, Naturkatastrophen, Fiasko et cetera. Ja.

Aber die Auflehnung, die Widersetzlichkeit des eigenen Blutes . . .

»Papa, wir sind eine andere Generation als ihr. Ich bin ein freier Mensch. Ich gehöre mir selbst und dem, was ich als meine Verantwortung erkenne. Ich bitte dich, Papa, betrachte mich nicht als dein Eigentum, entlaß mich aus deinem Besitz. Wenn du mir zugestehst, daß ich über mich selbst zu verfügen habe, machst du mich zum glücklichsten Menschen.«

Der Vater, der aufgesprungen war, setzt sich wieder. Ein Nebel hat sich vor ihm verhangen.

Hat er gehört, was die Stimme da vor ihm sagte? Ach nein, er hört nur sich selbst. Nur das dumpfe Stampfen seines Herzens, darin nur Platz ist für die eigene Überzeugung.

Da war einmal ein weicher, leiser Knabe, der nie Schwierigkeiten bereitete ... Man hat nicht gemerkt, daß ein Mann aus ihm wurde. Einer, der sich infiziert hat. Der die vergifteten Worte spricht: die andere Generation ... ein freier Mensch ... gehört sich selbst ...

Was hatte er da versäumt?

Den Gedanken an Versäumtes darf man nicht hätscheln.

Adam hebt eine schwere Hand. Sie schlägt nicht zu, natürlich nicht. Er kann sich nicht erinnern, jemals geschlagen zu haben. Das Gebot hatte genügt. Immer.

Ich verbiete dir, will er sagen und spürt im selben Augenblick: Das Bisherige gibt es nicht mehr. Es ist aufgehoben.

Seine Worte kommen mühsam.

»Geh!« sagt er. »Ich will dich nicht mehr sehen. *So* will ich dich nicht mehr sehen. Geh mir aus den Augen! Und komm erst wieder, wenn du dich besonnen hast.«

Besonnen. Ach, Worte, Worte.

Er sieht den Rücken seines Sohnes sich zur Tür bewegen.

Am Morgen, noch vor der Sonne. Alle Fenster schlafverhangen. Frühe Laute nur vom Hof. Ein Koffer auf den Stufen vor dem Portal. Fritz bei dem Bruder.

Der Wagen kommt.

Ein Händedruck. Einen Augenblick Brust an Brust.

Paul steigt ein.

Er wendet sich nicht um.

Vorbei das Beschlossensein im vorbestimmten Kreis. Das Umhegtsein, wie man es nicht anders kannte und als selbstverständlich anerkannte.

Noch immer das Küken in der Schale, das sich nun herauspickt, um in eine neue Welt hineinzustolpern? Zu stolpern insofern, als es Schwellen gibt, die vorher nicht vorhanden waren. Wie man sie überschreitet, übersteigt, ohne zu stürzen, das gibt die allmähliche Sicherheit, das Speichern nutzbarer Erfahrungen.

Trägt man noch eine Weile ein Stückchen Schale mit sich herum? Die anderen lächeln vielleicht.

Doch das nur am Rande.

Juliette kam nach Berlin. Am Konservatorium für Musik bildete sie sich weiter.

Paul besaß Elastizität. Die harmonische Mischung von Traum- und Wirklichkeitssinn war, mehr oder weniger ausgeprägt, ein Wesenszug der Triglavs. Paul liebt die Ordnung. Geregelte Verhältnisse. Den Posten bei einer Versicherungsgesellschaft hat er bekommen.

Das Zerwürfnis mit dem Vater. Das Augenblickliche ist nicht das Ende. Gewiß nicht. Das Heute ist nicht das Morgen. Paul hofft.

Und sonst? Mendelssohn, während seines Wirkens in Berlin, hatte Bach wiederentdeckt. Und Händel. Beinah ein Autodidakt, entfaltete Paul seinen Bariton in der Singakademie unter der Stabführung bedeutender Dirigenten. Das wird — neben der existenzsichernden Tätigkeit — zur Dauer werden. Jahrzehnte hindurch.

Die Liebe macht die Taufe der Jüdin zur freudigen Notwendigkeit. Fritz ist Pate. Auch Elisabeth, gerade in Berlin, ist anwesend.

Der Lieblingsbruder. Er hat sich nicht gefügt. Seiner leisen Art gemäß ist er gegangen. Sich selbst getreu. Es sollte Elisabeth freuen, daß dies geschehen konnte. Und mit leisem Vorbehalt freut es sie auch. Ein Mann kann so handeln, denkt sie.

Einer Heirat zwischen Paul und Juliette stände nun, von

der Psyche her gesehen, nur noch im Wege, was Fritz mit ironischem Seufzer den »Segen der Eltern« nennt.

Vorläufig sieht es nicht so aus, als ließe sich eine Begegnung zwischen Adam und Juliette ermöglichen.

»Wo steckt eigentlich Paul?« fragt Casimire.

»Er mußte plötzlich fort.«

»Fort? Und plötzlich?« Casimire überlegt.

Natürlich hat das mit Polen zu tun. Das unauffällige Paulchen hält in letzter Zeit die Familie reichlich in Atem. Zuerst das Duell wegen dieser interessanten Frankfurterin. Und jetzt ... Wo mag das Brüderlein verblieben sein? Sobald man wieder in Berlin ist — und vermutlich wird das bald sein —, lohnt es sich, den Flüchtling aufzuspüren. Denn gewiß hat er sich dorthin abgesetzt. Schließlich weiß man ja aus Erfahrung, daß das holprige Berliner Pflaster gar nicht so uneben ist. Man wird die Gelegenheit wahrnehmen und sich dort unter Hubertus' und Elisabeths Fittichen — statt unter Mamettes fragenden Augen — mal richtig amüsieren.

Casimire findet Stettin im Vergleich zu Berlin kleinstädtisch und langweilig. Der Zuschnitt paßt ihr nicht. Der Klatsch blüht, und als Tochter des Oberpräsidenten ist man so exponiert.

Marie dagegen empfindet gerade das letztere als höchst angenehm. Stettin bietet Abwechslung und einen Kreis von Gesinnungsgenossinnen, die Maries unschuldige Eroberungen aus nächster Nähe bewundern können.

Für die Affäre Paul—Papa, wie sie das Zerwürfnis nennt, hat Marie nur vier Worte: »Paul — unmöglich, Papa — erwartungsgemäß.«

Im übrigen ist Marie wieder einmal viel zu sehr mit einem neuen, heftigen Verehrer beschäftigt, als daß sie sich von den Dingen ihrer Umwelt besonders tief beeindrucken ließe. Der Verehrer — er hört auf den lustigen Namen Wiggelkind — ist ein junger Gelehrter mit der Aussicht auf eine hervorragende Karriere. Herr Doktor Wiggelkind ist auf dem besten Wege, es den anderen nachzutun und Marie auf Gedeih und Verderb zu verfallen.

Es bleibt unerfindlich, was ihn gewissermaßen in letzter Minute dazu veranlaßt, sie durch seine plötzliche Abreise zu überraschen und nur noch ein einziges Mal mit einem lakonisch höflichen Danksagungsbillet von sich hören zu lassen. Vermutlich haben ihn sein gesunder Sinn und sein starker Wille zu diesem Schritt bewogen, ehe sie ihn zugrunde richten konnte.

Maries Verblüffung zeigt ihr den jungen Mann nun in einem neuen Licht. Gewiß, er macht sich kostbar, denkt sie beeindruckt. Auch auf wiederholte, äußerst freundliche Briefe reagiert er nicht. Hätte man vielleicht . . .

Man macht eben seine Erfahrungen. Marie schaut nach neuen Eroberungen aus. Es wird an ihnen nicht fehlen. Gewiß nicht. Aber Marie fühlt sich plötzlich irgendwie — ja, wie eigentlich? Irgendwie allein gelassen.

Allein?

Gerhard-Akazienburg hat sich seit damals nach Elisabeths Hochzeit — vielleicht unter dem Eindruck von Casimires unverschämten Manipulationen — nicht wieder blicken lassen. Erstaunlich. Sie glaubte ihn so fest am Bändel zu haben. Immer wieder hatte es ihn zu ihr zurückgetrieben. Sie hatte sich so an diesen Zustand gewöhnt. Und jetzt? Er hatte wohl seine Hoffnung endgültig aufgegeben.

Der Krug geht so lange zum Wasser, bis er bricht. Dieses einfältige Wort aus ›Des Knaben Wunderhorn‹ oder sonstwoher fällt ihr ein. Sie hatte Gerhard richtig fertiggemacht. So hieß es ja wohl in der Ganovensprache? Woher nahm sie nur all diese abseitigen Worte, statt zu vertrauten Aspekten ihre Zuflucht zu nehmen? Die Bibel. Worte, die wie Honig waren. Sanft und tröstlich. Die Liebe höret nimmer auf.

Gerhard-Akazienburg hatte sich in der letzten Zeit in Ausschweifungen gestürzt, wie sie ihm, dem Reichen, im Überfluß zur Verfügung standen. Dann hatte er sich für eine Weile in einer Nervenheilanstalt aufgehalten. Alles das war bekannt geworden. Seine beiden unverheirateten Schwestern, die ihn sehr liebten, hatten nicht dichtgehalten.

So sehr, sagten sie, hatte er sie, Marie, geliebt, daß er fast daran zugrunde gegangen wäre.

Oder vielleicht nicht nur fast ... sondern überhaupt? Wenn es wahr ist, daß Liebe töten kann, dann war das bei ihm, zumindest moralisch, der Fall.

Doch nun, so hieß es, gehe er anderswo auf Freiersfüßen. Das sagte man. Akazienburg, das stolze, das mit seiner lachenden Landschaft zur Freude geschaffene, verlange nach einer jungen Frau. Verlange nach Kindern.

Würde Gerhard wieder froh werden an der Seite einer anderen, einer jüngeren Frau?

Denn jung war sie. Blutjung, sagte man. Siebzehn und bildschön. War sie so hübsch, daß er vergessen konnte?

Gewiß würde er nicht glücklich werden mit der blutjungen bildhübschen Gräfin ...

Die Liebe, die er in sich trug, konnte nicht einfach — nein, nicht einfach erlöschen. Sie würde weiterbrennen. Immer. Was nützte Akazienburgs jubilierende Natur, wenn der, dem sie gehörte, ein gebrochener Mann war?

Es war kühl geworden. Marie hatte kein Tuch über dem dünnen Kleid.

Sie würde jetzt zu Bett gehen. Ungesellig. Ohne daß freundliche Gedanken sie geleiten würden bis in den Schlaf hinein.

Ganz ohne. Ganz allein.

Annchen stand nun kurz vor der Hochzeit mit ihrem Major.

In der Stettiner Mitwelt, welche die ihre war, hatte man das ungleiche Paar mit wohlwollendem Interesse zur Kenntnis genommen.

Wenn Annchen das Bett verlassen hatte und — stets mit Mamette als Chaperon — am Arm ihres Majors über die Straße ging und die exklusiven Geschäfte zur Vervollständigung der Aussteuer aufsuchte, oder wenn man, hingerissen vom Sonnenuntergang über dem Haff, auf der Hafenterrasse saß, dann war anzunehmen, daß zumindest jeder vierte oder fünfte Stettiner, der sie so sah, über die Romanze der beiden Bescheid wußte.

Das Zerwürfnis zwischen Paul und dem Vater hatte zwar, wie Annchen es nannte, einen Wermutstropfen auf ihr bräutliches Glück fallen lassen. Es lag jedoch nicht in ihrer Natur, dem Bruder wegen seiner ungewöhnlichen Wahl zu zürnen, und sie war optimistisch genug, auf ein gutes Ende zu hoffen.

Der Major von Tümpel — seit einer Reihe von Jahren Witwer und bis zum Tag der Silbernen Hochzeit, der zugleich tragischerweise der Sterbetag seiner Frau war, fünfundzwanzig Jahre lang als Ehemann hinreichend examiniert — wäre gewiß gern schon längst wieder eine neue Ehe eingegangen. Doch die Heiterkeit eines jungen Mädchens, der jüngsten Tochter Adam Triglavs, in ihren zwei gleich reizenden Rollen — nämlich der von einem undefinierbaren Leiden Behafteten wie der repräsentativen Triglav-Tochter — hielt ihn immer wieder von einer neuen Eheschließung ab. Ohne daß das Mädchen den schicksalhaften Einfluß, den sie auf ihren Verehrer ausübte, gewollt oder auch nur geahnt hätte.

Und gerade dieser naive, von Berechnung freie Umgang der beiden ließ sie, nachdem der schlafende Eros allmählich erwacht war, einen zunächst unschuldigen, aber dennoch geschlechtsbedingten Gefallen füreinander finden.

Warum auch eigentlich nicht? Seltsame Bindungen hatte es von jeher gegeben, und man hatte Beispiele genug, daß sie sanktioniert wurden.

Wäre es nicht schade, ja ein Jammer, dieses liebe Kind — das so gar nicht kokett, sondern von einer gewinnenden Natürlichkeit war — in die Ehe mit irgendeinem unreifen, auf herkömmliche Weise unanständig verliebten Geck hineinstolpern zu lassen? Wobei stolpern in ihrem Fall gewiß nicht der richtige Ausdruck war, denn sie hatte bildschöne, graziöse Beine, die ... bei dieser Vorstellung verlor der gute, eine zweite Jugend herbeisehnende Major sich ins Träumen.

So war es gekommen, daß seine behutsamen, aber dennoch deutlichen Bezeugungen das Herz des aparten, ausschließlich geistigen Aspekten zugewandten Mädchens gerührt und ein Flämmchen in ihr entzündet hatten, das mit der Zeit zu einer stetig brennenden und klaren Flamme wurde.

Eines Abends — es fehlten noch einige Tage bis zur Hochzeit — ging der Major zu Bett. Wie immer voll inneren Jubels über das Glück, das ihm noch einmal beschieden sein würde und (was nur zu verständlich war) auch im Gefühl der Befriedigung einer gewissen männlichen Eitelkeit.

Es kommt indes manchmal vor und läßt sich nicht vermeiden, daß in einem ehelichen Schlafzimmer gewisse Enthüllungen körperlicher Mängel zutage treten, die vom Partner — sagen wir, wohlwollend Toleranz, besser noch einen freundlich übersehenden Humor verlangen. Es braucht sich bei jenen Mängeln keineswegs um untere Extremitäten zu handeln, sondern zum Beispiel um Zähne, um ein Übermaß an Leberflecken, welche nicht altersbedingt zu sein brauchen, oder ähnliche, dem Tagesverkehr entzogene und erst während der Bettgemeinschaft offenbar werdende Dinge.

Im vorliegenden Fall war es zwar als sicher anzunehmen, daß der jungen Braut Vergleichsmöglichkeiten mit anderen Partnern fehlten. Sie mußte wohl annehmen, daß sein noch ziemlich dichtes, dunkelbraunes Haupthaar auch wirklich braun war. Was würde sie sagen, wenn ihr der Ehemann plötzlich silberweiß behaart entgegenträte — ganz zu schweigen von unausgefüllten Zahnlücken, die allerdings der Bart auch bei Nacht gnädig zu bedecken imstande war.

Daß er, Ottokar von Tümpel, eine Tagesschönheit war, ließ sich nicht leugnen. Sein stattliches Äußeres zog noch immer Frauenblicke auf sich. Das war ihm bewußt. Auch besaß er unleugbar eine ästhetische Ader, er war zartfühlend und rücksichtsvoll und wünschte, seine junge Braut bezüglich seiner äußeren Erscheinung nicht zu enttäuschen.

Deshalb stand auf seinem Nachttisch eine Flasche mit einer braunen Flüssigkeit, welche dem Haar vorübergehend die nicht mehr vorhandene Jugendlichkeit zurückgab. Wegen dieser Täuschung brauchte man sich keine Gedanken zu machen. Sie befriedigte die Leichtgläubigkeit der Menschen, denn diese wollten getäuscht werden.

Außer dem Haarfärbemittel gab es noch andere Flaschen auf dem Nachttisch des Majors, denn er war ein Anhänger heilender Hausmittel und auch darin mit seiner Braut seelenverwandt.

Sogar eine Flasche Kräuterschnaps stand auf dem Nachttisch, um gelegentlich bei zu frühem morgendlichem Erwachen auf beruhigende Weise den noch fehlenden Schlaf wiederherzustellen.

Das muß eines frühen Morgens — es dämmerte erst — der Fall gewesen sein. Ottokar erwachte und spürte, daß das Maß an gewohnter Ruhe noch nicht erreicht war. Schlaftrunken griff er nach der Flasche und trank.

Was nun folgte, erübrigt sich zu beschreiben. Es muß grauenhaft gewesen sein.

Noch heute, wo diese Zeilen zu Papier gebracht werden, erscheint es unverständlich, daß der gute Engel — falls ein solcher an Ottokars Bett stand — untätig zusehen konnte, wie ein infamer Teufel dem Major die Hand zur falschen Flasche, zum tödlichen Haarfärbemittel führte. Nichts, worauf er sich freut, kann der Mensch als ihm vom Schicksal wirklich zugeteilt betrachten. Selbst wenn er drei Tage vor der Hochzeit die beglückende Erfüllung schon vor Augen sieht.

22

Die Konversation nutzte er, um Baudelaires Gedanken über den Reiz des Spieles vorzutragen.

»Und wer ist dieser Baudelaire?« fragte Casimire.

»Ein bedeutender französischer Dichter«, erklärte Sebastian. »Ich empfehle dir, ihn zu lesen. Er ist amüsanter und instruktiver als unsere treudeutschen Brentano und Konsorten. Du solltest überhaupt mehr Französisch lesen. Da lernst du den letzten Schliff.«

»Warum soll ich? Die Spiele, wie ich sie meine, genügen mir ohne den Schliff. Fürs Lernen bin ich nie gewesen.«

Inkonsequent, wie seine noch immer andauernde Verliebtheit ihn machte, begann Sebastian Moral zu predigen.

»Deine schreckliche Neugier zum Beispiel hat mit Spiel nichts mehr zu tun. Das muß einmal gesagt werden. Hör auf damit. Du wirst bald neunzehn. Du weißt, was man . . .«

»Was man?«

»Was man von dir erwartet.«

»Erlaube mal, wer ist ›man‹? Du etwa? Was erwartest du von mir?« Das letzte hatte sie leise, beziehungsvoll gesagt.

Wie immer erregte ihn der direkte Bezug auf ihre Person. In ihren Augen las er, daß sie geküßt zu werden wünschte.

Während er es tat, waren ihre Gedanken nicht bei der Sache. Sie dachte an ihr nächstes Spiel. Der bisherige Schauplatz war der Neugier gefährlich geworden. Sie mußte das Spiel verlegen.

Sebastian war nicht einverstanden, soweit er davon wußte.

Seit Adam in Stettin ist, steht das Berliner Haus An der Werderschen Kirche, das für viele Platz bietet, öfter als sonst leer. Wenn die Berentraps wegen der Sitzungen des Herrenhauses in Berlin sind, wohnen sie dort, und Casimire benutzt die Gelegenheit, unter der scheinbaren Obhut der Schwester willkommene Wochen zu verbringen.

Berlin zu entdecken, war wundervoll. Vor kurzem hatte Casimire eine geschiedene Gräfin Totzky kennengelernt, eine schöne, stark gepuderte, stets mit kostbarem Schmuck behangene Frau. Bei ihr, die sehr gesellig lebte, konnte man viel in Erfahrung bringen. Casimires Neugier fand ein reiches Betätigungsfeld.

Die Gräfin, der in den Kreisen, in denen sie verkehrte, schon einiges über die Entdeckerlust der jungen, pommerschen Baronesse zugetragen worden war, hatte einen Hang zum Theater und Beziehungen zu Künstlern verschiedener Art.

Auf einer ihrer Soireen — man befand sich bereits in gelockerter Stimmung — saß die Gastgeberin mit Casimire in einem Erker und stieß mit ihr an.

»Eine Frage, Kind — sie ist nicht so grotesk, wie sie klingt: Hättest du nicht Lust, zum Theater zu gehen?«

Ungläubig blickte Casimire sie an.

»Nein, nein, im Ernst: du solltest Schauspielerin werden. In deiner Familie bist du sowieso das schwarze Schaf, nicht wahr?«

»Ich Schauspielerin? Was für eine unmögliche Idee! So was kommt doch einfach bei uns nicht vor. Außerdem habe ich kein Talent. Und ich kann keine zehn Worte hintereinander auswendig sprechen.«

»Talent? Jede Frau hat Talent, sofern sie nur die nötige Portion Frechheit besitzt. Außerdem hast du das gewisse Etwas. Das ist wichtig. Geh doch mal zu dem — na, wie heißt er doch, der . . .«

»Keine Ahnung.«

»Geh hin zu ihm und erzähl ihm, aus welchem Haus du

stammst. Das ist pikant. Wie du sagst, so was ist noch nicht dagewesen. Und wenn du ihm gefällst . . .«

»Wie redest du denn?«

»Aber Casimire, du hast doch gewiß schon in allerhand Betten geschlafen . . .«

»Woher weißt du . . .?«

»Süße Maid, tu nicht so naiv.«

»Stimmt übrigens nicht. Bisher nur in zweien.«

»Das nehme ich dir nicht ab. Hast du dich nicht verrechnet? Komm, Liebling. Auch mein Bett steht dir zur Verfügung. Wir beide. Du bist doch sicher müde. Es ist schon spät.«

Es war das erste Angebot dieser Art, das Casimire gemacht wurde. Ihre Augen irrten durch den Raum.

»Die Kavaliere? Die bleiben, solange sie wollen. Und dann gehen sie.«

Es war recht spät, als Casimire in einer fremden Kutsche zu Hause anlangte.

Der Nachtwächter schloß ihr auf. Er hielt die Hand hin.

»Wie is'n? Nüscht nich?«

Singakademie. Bachs »Johannes-Passion«. Durch die Anwesenheit der Majestäten erhält das Konzert ein besonderes Gepräge. Humboldt an der Seite des Monarchen.

»Majestät sehen unter den Solisten vorn den großen, schmalen? Das ist Adam Triglavs jüngerer Sohn, der den Baritonpart singt.«

»Ach? Interessant. Das ist doch das Paulchen, der damals in Bonn das Duell hatte und jetzt mit der polnischen Jüdin im Gespräch ist? Armer Adam! Hm . . . Paul soll ja pudelnärrisch verliebt in diese Polin sein. Hübsche Person, ja? Sitzt sie hier irgendwo? Ach, da — die Spitznasige, die jetzt rübersieht? Rassiges Weib! Kann man verstehen. Schade. Verdammt aufrührerische Nation, diese Polen.«

Es ist jetzt Pause, und man geht ins Foyer. Der König

zeigt Spuren einer gewissen Erschöpfung. Humboldt sieht es beunruhigt.

Um von der Politik abzulenken, die gerade jetzt, was Polen betrifft, zu schaffen macht, erzählt er von seinem damaligen Intermezzo mit Paul beim Ordensfest, als er dem Jüngling ein paar Tropfen Champagner über den Anzug gegossen hatte und sie, ins Gespräch kommend, den Namen Triglav diskutierten ... ›Und der Bischof von Bamberg schlug dem Wendengott Triglav seine drei versilberten Köpfe ab und schickte sie dem Papst.‹ «

Der König lacht. »Die richtige Adresse für Götterköpfe!«

Das dritte Klingelzeichen kündet das Ende der Pause an.

»Ach, Humboldt, ich wünschte, ich könnte gehen. Eine großartige Schöpfung, diese ›Johannes-Passion‹. Aber zu lang. Die Genialität macht vor müden Ohren nicht halt.« Er gähnt vernehmlich und kann gerade noch die Hand vor den Mund halten, als man wieder ins Blickfeld des Publikums tritt. Halb verschmitzt, halb schuldbewußt schielt er zur Königin hin, die schon ihren Platz eingenommen hat.

Der König denkt an Pauls sympathische Schwester Elisabeth Berentrap, die er jetzt, seit sie verheiratet ist, ab und zu sieht. Und was treibt eigentlich die hübsche Marie? Sollte sie nicht ihren Vetter, den Akazienburger Triglav, heiraten? In letzter Zeit ist auch der Name von Adams dritter Tochter mehrfach gefallen. Casimire soll ein recht munteres Mädchen sein. Da sie jetzt mit Berentraps im Triglavschen Haus sein soll, wird man sie ja wohl in absehbarer Zeit mal zu Gesicht kriegen. Aus Kindern werden eben Leute. Der gute Triglav muß einen langen Atem haben bei so viel aufregender Weiblichkeit. Und dazu die Affäre mit Paul. Der hat übrigens eine schöne Stimme und viel culture im Ausdruck. Die meisten Sänger erschüttern doch nur das Zwerchfell und nicht das Herz. Paul ist bei einer Compagnie d'Assurance angestellt, und außerdem singt er coram publico. Das ist die neue Zeit. Wir werden uns daran gewöhnen. Auch werden wir das Paulchen mal bitten, abends zur Teestunde im Schloß zu singen. Das gibt eine willkommene Abwechslung für Tiecks ewige Deklamationen. Und Lore wird sich freuen. Gute Idee — was, Humboldt? Habe ich laut gesprochen? Oder waren es nur meine Gedanken? . . .

Das Konzert ist zu Ende. Spontini, der Dirigent, verbeugt sich, ebenso die Sänger. Das Orchester erhebt sich. Ah, Paul! Man fängt seinen Blick ein. Netter Junge. Sieht dem Vater ähnlich. Gewiß auch so originell wie der. Auf andere Weise natürlich. — — Gottlob, jetzt geht's nach Hause. Die Passion hat mich angestrengt. Humboldt. Ich werde noch einen Schluck trinken und dann schnurstracks ins Bett gehen. Schade. Das Konzert war großartig. Aber es fehlte mir das Letzte an Kraft für den richtigen Genuß. Gute Nacht, Paul. Du gehst jetzt zu deiner Konkubine. Bien de fortune!

Zu Hause im Schlafzimmer noch ein kräftiger Schluck. Neumann hat den richtigen Seelenstärker schon parat. Neumann hat glänzende Augen, wahrscheinlich hat er selbst — — Egal. »Gute Nacht, Paul — nein, Neumann! Ich geh' jetzt in die Klappe.«

Lore schnarcht schon nebenan. Ihr schlankes, weißes Hälschen ist wie eine Trompete. Gute Nacht, Lorchen (diesmal ist die Adresse richtig!). Bachs genialste Schöpfung, der Chor zur Grablegung, war ergreifend. Er tönt mir noch im Ohr. »Ruhet wohl«, sangen sie, »ihr heiligen Gebeine. Ruhet wohl . . .«

Rex wirft sich aufs Bett. Das Bett kracht. Man hat an Leibesfülle zugenommen. Es kracht noch einmal — nein, poltert! Das Bett bricht zusammen. Man liegt auf dem Fußboden, zwischen Matratze und Balken eingeklemmt.

Man flucht alle Flüche, die man kennt. Es sind viele. Sie sind zur Hand, eine tolle, buntscheckige Horde von Flüchen aus aller Welt, woher hat man sie nur? »Himmel Herrgott Sakrament, Kruzi Türken, Milles diables, Zetermordio, verdammte Schweinerei . . .«

Elise nebenan schläft den ersten, tiefen Schlaf der Nacht.

Aber Neumann kommt hereingestürzt, von dem Gepolter aufgeschreckt.

Neumann zieht seinen fluchenden Herrn zwischen den Balken hervor. Gottlob, er hat sich nichts getan. Doch die blauen Flecken werden noch kommen.

»Neumann, Sie grinsen ja, Sie Schuft! Warten Sie nur, ich hexe Ihnen meinen Brummschädel und meine blauen Flecken an!«

Eine erneute Fluchkanonade folgt.

Ein paar Handwerker, eilig aus dem Schlaf gerissen, stehen staunend in der Tür. »Der kann's ja noch besser als wir!« murmelt der eine.

Nun wird gehämmert und gerammt.

»Wehe euch, Kerls, wenn diese Scheiße von Bett noch mal wieder zusammenkracht!«

»Keene Bange nich, Majestät! Die Scheiße wird jetzt halten bis in't ewije Leben.«

Bleich wie ein Geist steht die Königin in der Tür.

»Was ist hier los, Butt?« fragt sie schlaftrunken.

»Das siehst du doch!« sagt er zerknirscht und hofft, der soeben geführte, bemerkenswerte Dialog ist ihr entgangen.

Immerhin hat das Fluchen ihn erfrischt.

Als die Männer fertig sind, verabschieden sie sich um die Erkenntnis reicher, daß ein König auch nur ein Mensch ist.

»Aber die Königin sieht aus wie ein Engel!« entfährt es dem Jüngsten, einem Schwärmer, als sie die Treppe hinunterpoltern.

»Bei dir piept's woll!« verweist ihn der Vater.

Bald liegt der Schloßtrakt im Schlaf.

Bettina geht oft ins Vogtland, und ab und zu begegnet ihr die Equipage der Königin, die ebenfalls auf Notlinderungsfahrt unterwegs ist. Wie ergeben sind diese armen, preußischen Menschen des neunzehnten Jahrhunderts! Die Bestie ist noch nicht erwacht. Kein Vergleich der eigenen, hoffnungslosen Lage mit dem fürstlichen Aufzug, keine Gehässigkeit, keine Verunglimpfungen, nur Stumpfheit oder Staunen, geduldiges Ertragen!

Wenn Elisabeth längere Zeit in Berlin ist, begleitet sie Bettina manchmal. Als Kennerin ländlicher Not lernt sie von ihr, wie man sich den Stadtarmen gegenüber verhält. Wenn auch die Hilfe für diese Menschen nur bescheiden ausfallen kann! Fast zweitausend Jahre nach Christus fehlen auf der ganzen Welt noch durchgreifende soziale Gesetze. Der Staat ist für die Besitzlosen nicht viel mehr als ein strafender Richter und ein Benutzer erbärmlich bezahlter, bis zur Erschöpfung erpreßter menschlicher Arbeitskraft.

Um etwas Ernst in ihr Leben zu bringen, nimmt Elisabeth auch einmal die jüngere Schwester mit. Das also — denkt Casimire — ist Milas und Lottes Vogtland in der Quintessenz seiner Verelendung. Elisabeth nennt es Hilfe, wenn die Leute ihr sozusagen unter den Händen sterben! Was nutzt es ihnen, bitte, sage es mir, Elisabeth, wenn du heute ein paar Taler spendest für vereinzelte unter den Tausenden — denn nicht einen Bruchteil von ihnen kannst du beglücken. Oder wenn du da oder dort Hemden, Hosen, Stiefel oder Brotlaibe verteilst? Es ist kein System in der Sache. Gibt es einen Gesetzmacher, der durchgreift? Nein. So war es immer und überall in der Welt, und so wird es bleiben. Oder sollte dieser von Sebastian bewunderte Herr Marx — der selbst ein bürgerliches Leben führt und eine Adlige geheiratet hat — mit seinen gehässigen, aber im Grunde wohl nicht unberechtigten Ausfällen gegen die herrschende Klasse und mit seinen hochgeschraubten Ideen und Forderungen mehr als ein Strohfeuer zu entzünden in der Lage sein? Sollte es nach Millionen oder Milliarden von Jahren wirklich einmal ein Jahrhundert geben — und zwar gerade dieses unser neunzehntes Jahrhundert —, in dem die Nationen, zumindest in Europa, beginnen, Elend und Armut systematisch durch eine humane Gesetzgebung zu lindern?

So folgert die achtzehnjährige Casimire aus Pommern. Eigentlich erstaunlich. Obwohl es beim Folgern ohne Folgen bleibt. Natürlich.

23

Fritz wurde nun aus nächster Nähe konfrontiert mit der ihm immer wieder leidenschaftlich zugetragenen Verliebtheit eines jungen Paares, dessen männlicher Partner ihm bisher als Bruder, Gefährte und Freund vielleicht von allen Menschen am nächsten stand. Kein Wunder, daß diese Konfrontation ihn nicht unbeteiligt ließ, ja, daß sie ihn stark beeinflußte.

Fritz sah das Glück der beiden, und ihn überfiel eine bisher noch nicht verspürte Heiratslust.

Er hatte sich gerade frei gemacht von der Leidenschaft für die Frau eines Kameraden bei den Gardegrenadieren, bei denen er gedient hatte. Aus dieser Erfahrung und angesichts von Pauls allzu komplizierter Liebesangelegenheit entstand bei ihm die Bereitschaft, sich in aller Öffentlichkeit zu verlieben, sanktioniert von allen, von der Kirche, der Gesellschaft, den Eltern.

Er begann, sich unter den jungen Mädchen umzusehen. Er wußte, es waren viele darunter, auch besonders gut aussehende, die ihm keinen Korb geben würden und deren Väter Fritz Triglav, den Erben von Groß-Triglav, nur zu gern zum Schwiegersohn hätten.

Viel Geld brauchte sie nicht zu haben, fand er, es wäre ihm irgendwie schmutzig vorgekommen, nach Geld zu heiraten. Sein so oft hervorgekehrter Zynismus war gewissermaßen nur eine Attrappe, hinter der sich das kreuzbrave, königstreue Herz der meisten Jünglinge seines Standes verbarg. Dagegen erschien ihm — nachdem der Bruder in einer so scharfen Kurve aus der Reihe geschert war — eine standesgemäße Heirat selbstverständlich.

Aber wer kennt den Fritz Adam Theodor so genau, daß er weiß, wie sensibel, ja scheu er hinter der Maske des selbstbewußten Realisten ist? Vielleicht Paul? Der Vater auf keinen Fall. Wo gibt es Väter, die ihre Kinder kennen — wirklich kennen wollen? Sie setzen ihre Brut in die Welt, ziehen sie auf und wundern sich, wenn sie dann ein Eigenleben entwickelt.

Fritz also möchte Schwierigkeiten vermeiden, wie der Bruder sie sich mit seiner Brautwahl aufgebaut hat. Unter diesem Gesichtspunkt prüft er eventuelle künftige Bräute, doch ist es, als stünde neben ihm sein anderes Ich, mit einem Sack voll Bedingungen, die erfüllt werden sollen. Es ist schwer, die richtige Wahl zu treffen, wenn man nüchtern auf Brautschau geht. Es fehlt die Romantik. Das, was Paul ihm gerade vorführt.

Das Beste ist wohl, man schiebt seine Suche noch hinaus, bis sich die richtige Konstellation von selbst ergibt.

Sehr bald war dies der Fall.

Der Gegenstand seines Interesses hieß Mopse. Mopse von Berentrap, deren richtigen Vornamen fast niemand mehr kannte, war seine Cousine zweiten Grades.

Oberflächlich kannte er sie schon lange, hatte sie aber nie so recht beachtet, wußte nur, daß sie musikalisch sein und, ohne viel Aufhebens davon zu machen, ungewöhnlich gut Klavier spielen sollte. Darin ähnelte sie der Braut seines Bruders.

Warum hörte Mopse auf diesen Namen, der zu ihrer Zartheit gar nicht paßte? Möglich, daß sie ein dickes Kind und etwas träge gewesen war. Daher vielleicht war der Name an ihr hängengeblieben, und sie hatte sich nicht dagegen gewehrt. Oder handelte es sich nur um eine Zufälligkeit, wie es so viele Namensvergewaltigungen darstellten, die jeder Logik Hohn sprachen und hinter denen sich oft Köstlichkeiten an Melodik und Traditionsfülle verbargen?

In Wirklichkeit hieß Mopse nämlich Monika — so getauft aus romantischer Begeisterung für ein Bildnis, das die schöne, fromme Mutter des Augustinus zusammen mit ihrem Sohn darstellte.

Mopse Berentrap sah etwas unscheinbar aus, obwohl sie eigentlich ein feines, ja schönes Gesicht hatte. Aber sie war klein und verstand nichts aus sich zu machen. Sie war ganz anders als ihre vier Triglav-Cousinen, deren Intellekt sich ohne Hemmungen nach außen hin offenbarte, gleichsam quellend und sprudelnd die Umwelt in Atem haltend und bereichernd.

Gerade im richtigen Augenblick, als seine Bereitschaft, sich zu verloben, wieder voll erwacht war, trat die kleine Cousine für Fritz in Erscheinung. Sie war jetzt achtzehn. Schon als Kind hatte sie für diesen älteren Vetter geschwärmt, und in ihren sehr blauen Augen stand deutlich zu lesen, wie hingebungsvoll sie ihn bewunderte.

Das rührte ihn irgendwie. Er musterte sie aufmerksamer als zuvor. Sie war leicht und zart gebaut. Anlehnungsbedürftig. Ihn überkam die Lust, sie auf die Arme zu nehmen und zu tragen. Durchs Leben zu tragen? Wie würde das sein? Es begann ihn zu beschäftigen.

Eines Tages fragte er sie: »Wie heißt du eigentlich, Cousinchen?«

»Mopse!« erwiderte sie erstaunt.

»Unsinn! Du hast doch einen richtigen Namen. Laß doch mal diese scheußliche Mopse aus dem Spiel! Also, wie heißt du?«

»Monika!« beeilte sie sich zu sagen, erschrocken über seine Heftigkeit. »Scheußlich!« hatte er gesagt. Etwas, was sie persönlich so unmittelbar betraf, fand er scheußlich. Sie hatte über »Mopse« noch nie nachgedacht, sondern sich so selbstverständlich darein gefunden wie in alles andere auch.

»Siehst du nicht ein, mein Kind, daß diese Verbindung zwischen deinem herrlichen, antiken Namen und jenem fetten Vieh der Gipfel der Geschmacklosigkeit ist? Zumal wenn man so wenig mopsig aussieht wie du?«

Sein Blick glitt über sie hin und nahm gleichsam jede Einzelheit an ihr in Besitz.

»Ich wäre außerstande«, fuhr er fort, »eine Frau zu heiraten, die Mopse heißt. Aber natürlich ließe sich ein solches Hindernis beseitigen. Könntest du dich entschließen, auf Mopse zu verzichten und künftig ausschließlich Monika zu sein?«

Sie war blutrot geworden. Sollte das etwa ein Heiratsantrag sein? Fritz Triglav, ihr angebeteter Vetter, wollte sie heiraten? Meinte er das wirklich? Nein, es war nur ein Scherz. Er hatte gemerkt, daß sie ihn verehrte, und nun spielte er mit ihren Gefühlen für ihn. Er machte sich lustig. Er zog sie auf. Das tat weh.

Aber er schien auf Antwort zu warten. Was sollte sie sagen? Sollte sie gekränkt sein? Oder etwa so tun, als nähme sie seine Worte ernst?

Er sah ihre Verwirrung.

»Cousinchen«, sagte er. »Was meinst du dazu? Darf ich dich künftig Monika nennen? Würdest du um meinetwillen die Mopse für immer verschwinden lassen und nur noch Monika sein? Würdest du das für mich tun?«

Er sah ernst aus, fast feierlich. Es war keine Spur von Scherz, von Neckerei in seiner Stimme und seinem Gesicht. Er meinte, was er sagte. Sie konnte es nur nicht fassen. Es war zu viel und zu plötzlich. Sie begann zu zittern.

Er sah es und zog sie an sich. Behutsam. Er küßte sie. Sie ließ es geschehen. Vor lauter Staunen vergaßen ihre Lippen zu antworten. Oder es waren Lippen, die im Antworten noch keine Erfahrung hatten. Der Verlobungskuß war, wie sie ihn sich in ihren Träumen vorgestellt hatte. Zart und warm. Genau so. Mopse — nein, Monika Berentrap war nun verlobt.

Und Fritz ebenfalls. Es war nun doch ziemlich schnell gegangen. Das war wohl gut so. Denn sonst wäre es vielleicht nie dazu gekommen.

Fritz hatte jetzt eine reine, süße, unschuldige Braut. Eine, die ihn anbetete.

Der Flügel im Gartensaal wurde viel benutzt. Es war Mozart, den sie alle liebten und der ihrer Mentalität und ihrem Temperament entsprach. Monika war sehr sicher und ohne Schüchternheit, als sie sich an den Flügel setzte. Erst jetzt erfuhr Fritz, daß sie regelrecht ausgebildet worden war. Er würde sie mit Juliette zusammenbringen. Zwei Brüder, die sangen — zwei Schwägerinnen, die spielten. Lustig, dieses Zusammentreffen! Würden die jungen Frauen sich verstehen? Sie waren sehr verschieden.

Monika war nun das dritte, in die Familie neu aufgenommene Mitglied, wenn es auch leider im Hinblick auf das zweite, den armen Ottokar von Tümpel, nicht bis zur Heirat gekommen war. Die Aufnahme Juliettes stand ja bisher noch nicht zur Debatte.

Fritz hatte seine Studien beendet, und selbstverständlich würde das junge Paar nach Groß-Triglav ziehen, wo der künftige Erbe, gemeinsam mit Fridolin, Herrn L. in seinen Sanierungsbemühungen unterstützen sollte.

24

Auch in Madame Amandas Haus kann sich mal was ereignen, was den üblichen Trott gleichsam wie mit einem plötzlichen, in diesem Fall keineswegs nur erotisch gemeinten Freudenjauchzer unterbricht. Und zwar, wenn schon Jauchzer, dann ist es einer, der mehr aus der Seele als aus der Kehle kommt.

Um mit der Vorgeschichte zu beginnen, sei zunächst die betrübliche Tatsache festgestellt, daß eine Ehe, auch wenn sie glücklich ist, natürlich nicht ewig dauern kann, weil nämlich der Mensch, wenn er krank und vom Tode gezeichnet ist, sterben muß.

Einer von beiden stirbt zuerst. Es fragt sich nur, wer. Meist hat die Frau den längeren Atem, das ist wie beim ehelichen Streit. Aber es kann auch mal anders kommen. Und bei dem nun zu schildernden Fall — lieber Gott, du hast es so gewollt — ist es anders gekommen.

Es gibt nichts Kläglicheres, Hilfloseres und Bemitleidenswerteres, als wenn der übriggebliebene Mann, der zum Beispiel im Schlachthaus und am Ladentisch ein Meister ist, mittags auf dem verwaisten Herd alles anbrennen läßt. Aber am allerbedauernswertesten ist er abends, wenn er, vor seinem Bett stehend, die letzten Hüllen abstreift und zwischen die kalten Laken kriecht.

Ist es da zu verwundern, daß der Mann — es handelt sich hier um den Metzgermeister Otto Krause —, weil das gewohnte, ihn umgebende Milieu ihn in seinem Schmerz anwidert, seine Zuflucht irgendwo anders sucht und dabei in Madame Amandas Haus landet, das er zuvor als treuer Ehemann noch nie betreten hatte?

Eingeschüchtert durch die zahlreiche, freigebig Haut zeigende Weiblichkeit, deutet er auf das schönste der

Mädchen, das ihm denn auch — in Anbetracht der neuen, vermutlich zahlungskräftigen Kundschaft — von Madame nach einigem Zögern beigegeben wird. Die Tür schließt sich hinter den beiden.

Das Weitere war nicht vorauszusehen.

Kaum sind sie allein, deutet Metzgermeister Krause auf einen Stuhl, Lotte soll sich setzen. Ihm gegenüber. Er sitzt in seinem schwarzen Rock ziemlich weit von ihr entfernt und blickt sie an.

Sie gehorcht. Sie wundert sich und kichert ein bißchen. Er nimmt es nicht übel.

Komischer Kauz! denkt sie und will ihm helfen.

Aber er schüttelt den Kopf.

An seinen Augen sieht sie, daß etwas in ihm vorgeht. Was will er von ihr? Sie wird unsicher und rückt auf ihrem Stuhl hin und her.

Da beginnt er zu reden.

Er erleichtert sein Herz. Lädt den aufgestauten Kummer vor ihr ab. Er spricht pausenlos. So wie er vielleicht noch nie zu jemand gesprochen hat. Von seiner glücklichen Ehe. Von seiner Frau. Von ihrer Krankheit. Ihrem Sterben. Von seinem Kummer. Der Leere. Der Öde. Der Einsamkeit. Davon, daß es so nicht weitergeht. Wie denn, um Himmels willen? Was denn sonst? Etwas Neues, Helles, was die Stube wieder füllt. Ein liebes Lachen, zärtliches Streicheln.

Er verliert sich in der Erinnerung.

Sie hört zu. Sie *kann* zuhören.

Darum spricht er und spricht.

Sie kennt das. Sie weiß, was es heißt: von Mensch zu Mensch. Sie kennt das von ihm, der auch ein Mensch ist. Der Hohe. Der Höchste. Nur ein Mensch. Genau das, wenn er sich »geistig entkleidet«, wie er es nennt. Sie lächelt über den lustigen Vergleich. Durch ihn hat sie wohl doch etwas gelernt. Durch die Hüllenlosigkeit des Umgangs mit ihm hat sie Erfahrung gesammelt. Geduldig ist sie immerhin. Gehorsam und verschwiegen.

Dieser Mann, der nun zu ihr spricht, hat seine eigenen Gedanken, seine eigene Qual des Erleidens. Ein anderes Unerfülltsein. Nur daß er das gleiche braucht: geduldiges Zuhören und stumme Zustimmung.

Schließlich schweigt er, gleichsam erschrocken.

Im Laufe des Gesprächs waren sie aufgestanden. Einmal war er während des Redens durch das Zimmer gegangen und dann in angemessener Entfernung vor ihr stehengeblieben.

Lotte war nicht sehr groß. Zumindest sah sie, weil sie zierlich war, nicht groß aus. Sie hatte jenes Maß, das nicht überragt, sondern sich dem Vorhandenen gleichsam mitzuteilen vermag.

Der Mann vor ihr: stattlich, mit bereits beginnendem Embonpoint und einem Mund, der Emotionen ehrlich wiedergibt.

Sein Gesicht, das schmerzlich verzogen war, ist jetzt klar. Beruhigt. Er blickt zur Tür.

Lotte wartet. Will er gehen?

Er nestelt an seiner Tasche und drückt ihr einen Betrag in die Hand, der ihre Erwartung weit übersteigt.

In der Tür dreht er sich noch einmal um und sagt: »Danke.« Danke! sagte er und: »Ich komme wieder.«

Schon am nächsten Tag ist er wieder da.

Sie freut sich. Nicht wegen des Geldes. Einfach so. Heute hat er etwas nachzuholen, denkt sie.

Es beginnt, wie am Tage zuvor.

Verlegen entschuldigt er sich bei Lotte, daß er gestern nur von sich selbst gesprochen hat.

Diesmal stellt er Fragen. Wieso sie hier ist, in diesem Haus? Ob sie noch Eltern hat oder Waise ist? Sie soll erzählen.

Das darf sie nicht. Madame hat verboten, daß die Mädchen persönlich werden.

Sie denkt: ich hätte viel zu erzählen. Ich mache mir nichts aus Abenteuern, aber mein Schicksal ist abenteuerlich genug. Von dem Augenblick an, als meine Mutter starb und mein Vater das mißglückte Attentat beging, habe ich keine Ruhe mehr gehabt.

Und sie empfindet jäh ein heftiges Verlangen, sich mitzuteilen. Der freundliche Mann meint es gut mit ihr. Er würde sie nicht an Amanda verraten.

Aber sie bleibt stumm. Diese Stummheit ist ihr Amt.

Sie wartet.

Metzgermeister Krause. Ein komischer Mensch. Wozu spendiert er ihr das viele Geld? Es gibt ja solche Männer, die nicht nur das *eine* wollen, auf das sie alle sonst aus sind. Das ist nun schon der zweite, für den man auch ein Mensch ist. Fast wie ein Freund. Jedenfalls ein Mensch.

Aber warum nimmt er sie nicht trotzdem? Sie versucht ihn zu reizen, dazu ist sie da.

Einen Augenblick nimmt er sie in die Arme, das hat schon lange, lange niemand getan, sie möchte weinen.

Sie empfindet, daß er bereit ist und in Ordnung, aber er blickt über sie hinweg.

Dann läßt er sie los. Er wiederholt seine Fragen, sie soll von sich erzählen. Warum ist ihm das wichtig? Sie sagt, daß sie nicht darf. Er ist empört. Aber da ist nichts zu machen.

Sie darf kein Eigenleben haben? sagt er erregt. Wie erträgt sie das? Wie wäre es, wenn er mit Madame spräche, damit sie sie freigibt?

Sie erschrickt. Nein, bloß nicht! Wo soll sie denn hin? Gehungert hat sie genug in ihrem Leben. Nicht mehr auf die Straße! Sie hat niemand draußen und steht ganz allein da. Er soll jetzt aufhören, bitte, mit seinen sonderbaren Allüren, bitte, und endlich tun, wozu er hergekommen ist.

Sie blitzt ihn an. Warum ist sie so aufgeregt?

Er starrt ihr in das unter der Schminke gerötete Gesicht. Seine Augen brennen, er wischt mit dem Handrücken darüber hin. Seine Stimme klingt gepreßt.

»Sie brauchen keine Angst zu haben (er benutzt nicht

das verächtliche oder vertrauliche Du!), ich tue nichts, was Sie nicht wollen.«

Sie versteht nicht, was sie empfindet. Es ist ein dummes Gefühl, ein hilfloses. Trotzig? Was geht sie ihn überhaupt an? Warum mischt er sich ein in ihr Leben? »Ein Sauleben«, würde Mila sagen.

Sie möchte schreien: Nun geh doch endlich. Laß mich in Ruhe! Und sie müht sich um einen erneuten Gefühlsausbruch.

Doch diesmal bleibt er aus. Sie wagt nichts mehr, kaut an ihren Lippen. Sie wendet sich ab und tut ein paar Schritte von ihm weg.

Da streckt er die Hand nach ihr aus.

»Charlotte!« sagt er.

Als er gegangen ist, hat sie keine Zeit zum Grübeln. Man wartet auf sie. Sie ist beschäftigt. So vergeht der Tag.

Doch im Verlauf der Stunden kommen Schwingungen durch die Luft auf sie zu. Er denkt an sie. Kann das sein? In Gedanken sieht sie ihn noch einmal vor sich: sein glückliches, schweiß- und tränennasses Gesicht, und wie er sich mit einem sauberen, großkarierten Schnupftuch darüberfährt, ehe er geht.

Er hatte wirklich den ganzen Tag an sie gedacht.

Am Abend faßte er den großen Entschluß, überschlief ihn noch einmal und führte ihn am nächsten Tag aus.

Charlotte läutet bei Mila.

»Nanu, Mädchen, was haste denn? Urlaub?« sagt Mila fast erschrocken. Und nach einem forschenden Blick auf Charlottes Gesicht, ruhiger: »Komm rein. Setz dich.

Warum druckste so rum? Nu red doch schon. Is was passiert?«

Lotte wirkt aufgeregt. Das Rot auf ihren Backen ist echt.

»Mila, du kennst doch den Krause?«

»Krause? Welchen Krause? Ach, den Metzgermeister meinste? Ja, den kenn ich. Bei dem kauf' ich mal'n Schweinekamm, wenn ich'n Batzen über habe. Krause, ja. Is das dein Kunde?«

»Nicht mein Kunde. Rate mal, was er ist von mir.«

»Na, was soll er denn wohl sein?« lacht Mila. »Mach keine Witze!«

Mila sitzt vor ihr als die personifizierte Realität.

Einen Augenblick wird Charlotte unsicher. Ihr Herz zieht sich zusammen. Das Frühere wird wieder Gegenwart. Mila ist das, was gilt. Was war. Was ist. Hunger. Männer. Liebe. Armut. Und wieder Hunger.

Das andere? Sie muß es jetzt sagen. Schnell, schnell. Es muß gesagt werden, damit es wieder da ist.

Eigentlich hatte Charlotte ein wenig protzen und prahlen wollen vor Mila. Aber nun, als sie es sagt, ist sie ganz leise und zart, kaum verständlich für Milas Ohren. Mila muß noch mal fragen, und Charlotte beugt sich vor und flüstert vernehmlich.

Nun hat Mila verstanden.

Aber noch nicht begriffen. Ungläubig starrt sie Charlotte an. »Das ist doch nicht möglich, Kind?« sagt sie fassungslos. »So was gibt's doch nur im Märchen. Schwöre, daß du nicht flunkerst!«

»Ich schwöre!« Charlottes Gesicht sagt noch mehr als ihr Schwur.

Mila möchte schreien vor Staunen. Statt dessen kommt irgendwas wie ein Schluchzen in ihr hoch. Das Gück, das ihr versagt blieb, für Lotte ist es Wirklichkeit.

Mila streckt ihre knochige Hand aus. Sie preßt Charlottes Hand. Heftig. Schmerzhaft. Lotte quietscht. Aber in diesem Augenblick kann man deutlich sehen, daß Milas braune Augen schön sind.

»Sebastian, Lotte heiratet!«

»Hei —? Laß deine Albernheiten!«

»Lotte heiratet!« triumphiert Mila. »Den Metzgermeister Krause, einen reichen Mann. Er hat sie da losgeeist. Amanda war sauer. Läßt sich verstehen, schließlich war Lotte ihr bestes Stück. Schwere Pinke hat er sich das Mädchen kosten lassen!«

»Na, wenn das nur gutgeht!« Sebastian lacht.

Dann kommen ihm Zweifel. »Tatsächlich? Machst du mir nichts vor?«

»Nee, siehste woll? So was gibt's. So was kommt vor. Ganz von alleine. Wie im Märchen.«

»Der arme Kerl!«

»Was denn?«

»Der kann noch was erleben mit seiner Nuttenbraut!«

»Sebastian, nu laß deine höhnischen Fisimatenten! Wo das doch endlich mal was zum Lachen is! Ich sag dir, das is'n Kunde, der Krause! Na ja, ihr Kunde war er ja auch. Und nu wird er ihr Mann. Verrückt, was?«

»Allerdings.«

»Sie werden in der Kirche am Markt getraut. Pastor Proll wollte erst nich. Aber er muß. Metzgermeister Krause verlangt es und zahlt in den Kirchensäckel. Er will mit Lotte in den heiligen Ehestand treten. — Was starrst du mich so an, Sebastian?«

Mila hat gesagt, was zu sagen ist. Aber sie kann sich nicht enthalten, noch hinzuzufügen: »Lotte darf sich nich mehr schminken, haha! Sie ist blaß. Na ja, der Schmelz ist ihr im Laufe der Zeit weggestreichelt worden.« Sie lacht laut und erleichtert auf.

Es war eine denkwürdige Feier. Vor der Kirchentür gab es ein paar Pfiffe und Gelächter. Aber drinnen in der Kapelle saßen sieben bis acht starr geradeaus blickende, leichte Mädchen und was sich sonst noch an Neugierigen auf den Bänken drängte. Mila thronte mit ihrer Madame-du-Titre-Schute und einer neuen, schwarzen Mantille stolz und unnahbar in der ersten Reihe. Sie wirkte hingenommen von dem Ernst der Stunde und verkniff sich auch später draußen vor der Kirche ihr lautes Lachen.

Der Bräutigam benahm sich feierlich, und die Braut sah schön und lieblich aus. Der Pastor wirkte, was das Tempo betraf, ziemlich eilig. Wahrscheinlich wollte er die Sache schnell hinter sich haben. Für den Seltenheitswert dieser Feier schien er kein Gespür zu haben.

Kammerdiener Neumann entledigt sich seines Auftrags, den er ausgeführt hat.

»Majestät, die Person, über die Euer Majestät Bescheid wissen wollten, das Frauenzimmer . . .«

»Lotte, ja. Was ist mit ihr?«

»Sie ist nicht krank. Im Gegenteil, sie hat Karriere gemacht. Ein wohlsituierter und geachteter Bürger, ein Metzgermeister, hat sie Madame Amanda weggeschnappt und sie geheiratet.«

»Geheiratet?!!«

»Ja. Stante pede. Vor dem Traualtar. Sie heißt jetzt Madame Krause.«

Rex läßt Lotte durch Neumann einen Strauß kostbarer, hierzulande seltener Blumen übermitteln. Anonym natürlich. Auf dem beigefügten rosa Billett steht nur: »Ein verspäteter Hochzeitsgruß«.

Neumann erlaubt sich heimlich — sozusagen als Lohn für perfekte Botendienste — noch hinzuzufügen: »Das Gute ist von flüchtiger Art/Das Beste bleib dir aufgespart!«

Trotz des seltsamen Zusatzes ahnt Charlotte, von wem die Blumen stammen. Sie stellt den Strauß in eine große Vase (zweite Garnitur aus der Königlichen Porzellanmanufaktur!), auf der unter zwei schnäbelnden Täubchen in Goldschrift geschrieben steht: »Auf ewig dein.«

Charlotte seufzt. Die Blumen werden welken. Sie sind vergänglich, aber die Erinnerung bleibt.

Die Erinnerung wird sie hüten als das erstaunlichste Geheimnis ihres bisherigen abenteuerlichen Lebens. Eines Lebens, das eine gewaltige Veränderung erfahren hat. Keine Armut mehr. Keine Vielzahl von Männern, die kommen und wieder gehen. Otto wünscht, sie solle ihm treu sein. Sie hat Wünsche immer gern erfüllt. Auch diesen nun?

Lottes angeborene Passivität, ihr Anpassungsvermögen helfen ihr jetzt, sich einzufügen. Das bisherige Abenteuer ihres Lotter- und Luderlebens war wie ein Gefährte, der gleichsam neben ihr herging. Uneingeladen. Der sich ihr zugesellte als einziger, der kam und sie nicht wieder verlassen hatte. War sie nicht im Grunde eine bürgerliche Natur? Wie Sebastian richtig geurteilt hatte, zur großen Kokotte besaß sie nicht das Zeug. Es war nur so gekommen, wie es kommen mußte, wenn Schönheit sich mit Schutzlosigkeit, mit einem Mangel an moralischem Halt zusammentut.

Indes verfügte jetzt Otto Krause über ihr Leben. *OTTO.* Schon der Name war etwas Rundes, Gleichbleibendes, Festgefügtes. Lotte bekam drei Kinder, nach denen es sie im Grunde nie besonders verlangt hatte. Mit vierzig wurde sie fett, und nur noch Spuren in ihrem ebenmäßigen Gesicht sprachen von den Möglichkeiten, die nie verwirklicht wurden.

Ehe jedoch die Lebensbahn dieser Tochter des Attentäters endgültig sozusagen auf ein ruhiges Geleise überführt werden konnte, mußten noch — um im Bilde zu bleiben — Schwellen überwunden, übliches Gekreisch des Verschiebemanövers ertragen werden.

Metzgermeister Krause, der Berliner, der bisher nichts anderes gekannt hatte als seine Vaterstadt, sah sich gezwungen, mit seiner Frau Berlin zu verlassen.

Durch die Plötzlichkeit des Ereignisses waren die Leute in der Gegend der Langen Gartenstraße zunächst geradezu überrumpelt worden. Sehr bald jedoch trat etwas in Erscheinung, womit Otto Krause, der kreuzbrave, vertrauensselige, nicht gerechnet hatte, nämlich die Kleinlichkeit und Perfidie seiner Mitbürger.

Zwar war versucht worden, Charlottes Vergangenheit möglichst zu vertuschen. Doch dieser Versuch war geradezu lächerlich und von vornherein zum Scheitern verurteilt gewesen.

Hatte Monsieur Krause wirklich geglaubt, er könne mit seiner zweiten Frau ein ungestörtes Leben, eine Ehe wie andere Leute führen? Ahnte er nicht, daß er und sie von nun an die Zielscheibe bissigen Spottes, gehässiger Verdächtigungen sein würden? Daß die Meute Mensch die junge Frau als ihre wehrlose Beute betrachten und ihr keine Möglichkeit lassen würde, in einem ruhigen Wandlungsprozeß in die Gesellschaft der »Ehrbaren«, der sie nun angehören sollte, hineinzuwachsen?

Erst hinterher erkannte er, daß eine gute Tat, eine großzügige Entscheidung, wenn sie nicht von vornherein bürgerlich ist, sanktioniert ist, sich in der Folge ins Gegenteil zu verkehren droht? Der Metzgermeister Krause sah nun, daß er nicht, wie er geglaubt hatte, ein freier Mann war, sondern daß er gleichsam in einen Käfig gesperrt saß, dessen Gitterstäbe aus den festgefügten Meinungen seiner Mitmenschen bestanden. Wie ein altes Sprichwort sagt: »Einer hat von außen so lange Frieden, solange sein Nachbar will.« Er begriff, daß das Leben ein Miteinander ist, ein Abhängigsein von dem einen, von den vielen, von allen insgesamt, die in dem Netz der großen Spinne hängen, welche sich die Gesellschaft nennt. Sie ist das Verhängnis, in das der Mensch sich »verhängt« hat, seit sein Same sich vervielfältigte, seit er gesellig wurde und sich die Gesellschaft schuf.

Zu spät wurde dies von Otto Krause erkannt. Zu spät? Für ihn war es nicht zu spät ... Es gab eine Zeitung für Berlin oder auch zwei oder drei. Abgesehen vom Politischen reichte deren Wißbegier nicht viel weiter als bis zu den Spuren der einstigen Stadtmauer. Es gab noch keine Medien, welche die Intimitäten des hintersten Weltwinkels radikal auszubeizen imstande waren. Und das Königreich Preußen war groß.

Metzgermeister Krause verkaufte seine unbewegliche Habe, die nicht unbeträchtlich war, um mit seiner beweglichen — zu der vor allem seine junge Frau gehörte — in eine ferne Preußenstadt zu emigrieren (das Wort »emigrieren« war in der Goethezeit entstanden!) und dort eine Familie zu gründen, denn mit seiner ersten Frau hatte er keine Kinder gehabt.

Bald darauf war Mila krank geworden. Sehr krank, so schien es Sebastian.

Er hatte schon eine Weile an ihrem Lager gesessen. Jetzt stand er auf und griff nach seiner Mütze.

»Geh noch nicht, Sebastian! Laß mich jetzt nicht allein. Bekenn dich doch endlich mal zu mir, indem du bei mir aushältst, wenn ich sterbe ... Denn ich werde sterben. Vielleicht jetzt gleich. Vielleicht auch etwas später ... Sag was. Sprich zu mir. Erzähl mir was.«

»Was soll ich sagen?«

»Unsere Eltern. Die Mutter. Sie wollte immer raus aus der Misere, aber Vater drückte sie nieder. Vater war ihr Unglück. Aber du — du hast es erreicht. Die Klugheit, Sebastian, und das Höherhinauswollen, das hast du von ihr. Ich war immer neidisch auf dich. Mein Leben war verpfuscht.«

»Du hast es so gewollt.«

»Ich wollte auch mal anders, wirklich, du. Aber ich hab' nicht die Ausdauer gehabt. Und außerdem, eine Frau, was kann die schon ... Die schafft's doch nicht. Bloß die Liebe«, Milas krankes Gesicht verzieht sich verschmitzt, »die Liebe, ja, das war das Leben. Meine Welt. Was ich mal gedacht hatte — ansonsten vielleicht —, das ging unter in dem, was ich für Liebe hielt. Pfui spucke!« Sie spuckt aus. Sebastian rückt zur Seite. »Vater und Mutter tot. Niemand sonst als du. Vielleicht hättest du mir helfen können oder raten, drei Jahre älter, wie du warst.« Ihre großen, braunen Augen betrachten ihn forschend, ernsthaft. Es liegt kein Vorwurf in ihrem Blick, nur eine ruhige Feststellung. »Aber du hattest immer nur dein Eigenes im Kopf. Deine Schwester, ein Mädchen. Und nicht mal besonders hübsch. Was war das schon. Mochte sie zum Teufel gehen, wenn nur du —«

»Mila!«

»Ja. So war das doch. Oder nicht?«

»Wie schwer ich es hatte, mich emporzuarbeiten, daran denkst du wohl nicht?«

»Denkst du — denkst du ... Ich denke daran, wie das Kind kommen wollte. Ich hatte niemand als dich, als der Schuft mich sitzenließ ... Na ja, ich weiß. Du warst gerade nach Groß-Triglav gekommen. In eine glatte, geölte und geschmierte Welt. Eine Welt, die von Not und Schande nichts wußte.«

»Was weißt du von dieser Welt?«

»Ich weiß.« Mila war zu krank, um sich beherrschen zu können. In ihren Augen standen Tränen des Zorns. Ihre Stimme, schon an sich laut, begann zu kreischen. »Ich weiß, daß diese Junker Leuteschinder, Tagediebe und Heuchler sind und ihre Frauen Huren.«

»Hör auf, Mila!«

»Glaubst du, ich wüßte nicht, wie die feine Baronesse Marie die arme Lotte geschunden hat? Und wie der fromme Herr Baron seine Erbpächter . . .«

Sebastians Hand legte sich schwer auf ihren Mund. »Du machst das ganze Haus rebellisch!«

Er wußte nicht, wie er sie beruhigen sollte. Aber sie war schon still, gurgelte und wimmerte nur leise unter seiner Hand. Es klang fast wie eine Entschuldigung.

»Es ist mir nur so zum Kotzen elend, weil ich jetzt sterben muß . . . Ja, ich fühle, ich muß sterben, ehe ich jemals richtig gelebt habe. Denn was war das für ein Leben? Ein Dreck von einem Leben war es!«

Sebastian war ratlos. »Ich dachte, ich hätte trotz allem eine lustige Schwester gehabt? Eine, die zu lachen verstand?«

»Meinst du? Ja, ich hab' versucht, aus dieser Scheiße von Leben einen Spaß zu machen . . . Wo ist der Spaß geblieben, Sebastian? Kannst du mir sagen, wo? Es hat keinen Zweck, er ist nicht mehr da. Es ist alles so furchtbar ernst. Ich sehe ein — Tor, und dahinter ist es dunkel.«

»Du spinnst, Mädchen.«

»Das Tor ist nicht mehr ganz zu. Siehst du's auch? Die Tür ist nur angelehnt. Ich will nicht wissen, ob es dunkel ist dahinter!!«

»Du hast Angst, Mila.«

»Ja, ich habe Angst.«

»Du hattest doch immer deinen Mut.«

»Mut? Ja. Spaß und Mut. Und Dreck.«

»Und immer wieder Spaß und Mut.«

»Ja.« Ihre Augen öffneten sich weit. »Immer wieder? Danke — Sebastian.«

Sie legte den Kopf hintenüber und stöhnte ein wenig. Dann war es zu Ende.

Sebastian beugte sich über seine Schwester und drückte ihr die Augen zu. Es sah aus, als sei es das erste Mal, daß ihn die Konfrontation mit dem Tod innerlich anrührte.

Er hatte sich mit Casimire verabredet. Er kam etwas später. Sie wartete bereits auf ihn Unter den Linden.

»Was hast du? Was ist los, Sebastian?«

»Mila ist tot.«

»Oh, nein.«

»Sie war wohl schon länger krank. Aber sie machte ja um sich kein Aufheben.« Und aus dem Bedürfnis heraus, sich mitteilen zu können, fügte er leise hinzu: »Ihre — letzte Stunde war — nicht schwer.«

»Dann hatte sie wenigstens einen ›schönen Tod‹.« Und nach einer kurzen Pause: »Ich wußte gar nicht, daß du — ich meine, daß ihr . . .«

»Nein, nein. Man merkt wohl immer erst hinterher, daß man vielleicht . . .«

»Was, vielleicht?«

»Irgendwas hätte tun können.«

»Natürlich. Ja sicher.« Sie betrachtete ihn erstaunt. »Sei nicht dumm, Sebastian. So ein Sinnieren paßt doch nicht zu dir. — — Na, komm schon. Wir machen einen Bummel über die Linden. Und dann bleiben wir da irgendwo hängen — du weißt schon.«

»Ich muß jetzt das Notwendige tun.«

»Dazu ist immer noch Zeit.«

Sie gingen. Der Regen hatte aufgehört. Die Sonne blickte durch die Wolken. Auf dem Reitweg, den die Linden stramm umstanden, waren tiefe Pfützen. Es spritzte, wenn Gardedragoner vorüberritten.

25

Es war wieder streng gesichtet worden.

Angesichts der manchmal so sprunghaften Neigung des Königs, Leute einzuladen, die durch irgendeine Absonderlichkeit sein — wenn auch nur vorübergehendes — Interesse geweckt hatten, mußte man ganz besonders achtgeben, daß die Etikette nicht verletzt wurde.

Das höfische Zeremoniell war eine verzwickte Angelegenheit, die einiges Kopfzerbrechen erforderte und dessen Durchführung, was die Liste der Geladenen betraf, in besonderem Maße dem Hofmarschall Seiner Majestät des Königs und der Oberhofmeisterin Ihrer Majestät der Königin oblag.

Nicht ohne Zagen wurde dem König die in stundenlangem Für und Wider erarbeitete Zusammenstellung derjenigen vorgelegt, die eingeladen werden mußten, sollten, durften und konnten, oder die übergangen und ignoriert wurden, weil ihnen irgendein zufälliger oder dauernder Makel der Unebenbürtigkeit oder einer sonstigen Unwürdigkeit anhaftete, ein Makel, der die Ehre des Eingeladenwerdens untersagte. Wobei es vorkam, daß des Königs Eigenwilligkeit das mühsam Errungene zuweilen wieder durcheinanderbrachte.

Rex besaß in manchen Situationen überhaupt kein Taktgefühl, darin waren die Schranzen sich einig. Wahrscheinlich hatte er das von seiner Mutter, der Königin Luise, geerbt, deren Natürlichkeit sich zuweilen in charmanter Weise über das Zeremoniell hinwegzusetzen beliebte.

Der König wurde in seiner Lektüre unterbrochen. Er hatte gerade sehr gelacht über die Scherze, welche die satirische Wochenschrift »Der Kladderadatsch« verzapfte. Auf der ihm vom Hofmarschall vorgelegten Liste der Einzuladenden standen unter anderen die Berentraps und Casimire. Wobei der Hofmarschall Graf L. zu sagen wagte: »Majestät, das junge Fräulein von Triglav steht nicht im besten Rufe.«

Der König fuhr auf. »Was habt ihr giftigen Kröten da wieder für Geifer verspritzt? Nicht im besten Rufe! Das Fräulein von Triglav ist die Tochter meines Freundes, des Oberpräsidenten. Außerdem wird sie von den Berentraps chaperoniert. Genügt das etwa nicht? Also basta!«

Damit war Casimire das Siegel der Unantastbarkeit bei Hofe aufgedrückt.

Noch einen weiteren Strauß wegen der Triglavs hatte Rex auszufechten.

»Ich hatte darauf hingewiesen, daß der jüngere Triglav namens Paul jetzt hier seßhaft ist. Warum steht er nicht auf der Liste?«

»Erlauben Majestät, der junge Herr von Triglav singt coram publico.«

»Können Sie singen, Lissau? Nein, nicht wahr, Sie haben keine Stimme? Und wenn Sie eine hätten, würden Sie sich schämen, diese Ihre Gottesgabe den Leuten zugute kommen zu lassen, nicht wahr?«

»Darf ich Euer Majestät untertänigst darauf hinweisen, daß doch ein Unterschied besteht zwischen . . .«

»Ich will nichts mehr hören! Verstehen Sie, Sie vernagelter Hirnkasten! Ich wünsche den Baron Paul Triglav auf dieser Cour zu sehen.«

Die übrige Aufzählung der Einzuladenden ging dann ziemlich reibungslos vonstatten. Einmal noch muckte Rex auf.

»Der kleine Menzel? Der steht doch nur rum und macht sein grimmiges Gesicht. Ich mag ihn nicht. Immer diese kriegerischen Kritzeleien! Und dann seine neueste Zeichnung: wie der Regimentsprofoß die Spießruten schneidet für die Strafen des nächsten Morgens!«

»Majestät sollten bedenken: Herr Adolf von Menzel . . .«

»Ja, ja, ich weiß. Ist denn wirklich so viel dran an seinem langweiligen Gewurschtel? Also — comme vous voulez.«

Schließlich kam noch die Oberhofmeisterin Frau von P. mit einer kitzligen Angelegenheit wegen irgendeiner Dame. »Majestät, die Madame Gudin kann nicht zur Cour eingeladen werden.«

»Warum nicht?«

»Sie ist die Gattin des Malers Gudin.«

»Ach so.«

»Aber sie wird zur Konzert-Soiree erscheinen.«

»Weshalb das?«

»Weil sie die Tochter eines englischen Lords ist.«

»Ja, natürlich.«

Der König war schon gelangweilt. Ihm war eingefallen, daß die Herzogin von Sagan diesmal nicht erscheinen würde. Zur Freude der Königin natürlich, aber zu seinem eigenen Mißvergnügen. Außerdem begannen ihn wieder diese sonderbar ziehenden Kopfschmerzen zu plagen. Sie kamen unvorhergesehen und verschwanden auch wieder. Doch solche Schmerzen sind wie Vorboten von etwas Unheimlichem, dem man hilflos ausgeliefert ist.

Ehe die Polonaise begann, die den Ball eröffnete, stand man und unterhielt sich, ging zur Begrüßung von Gruppe zu Gruppe oder beobachtete unauffällig die Majestäten.

»Das ist der junge Paul Triglav, mit dem der König gerade spricht.«

»Paul Triglav, der mit Prinz Friedrich in Bonn war?«

»Jawohl. Der Sohn vom Oberpräsidenten, von diesem ›Riesler‹, der wie ein kleiner Herrgott unsere preußischen Provinzen berieselt, weil er in seinem Dünkel glaubt, Gottes freie Natur noch verbessern zu müssen und ihr mit allerhand neumodischem Zeug zu Leibe rücken zu können.«

»Richtig. Man hört ja«, lacht der andere, »daß Pommern, seit er Oberpräsident ist, vor seinem Tatendrang keine Ruhe mehr hat.«

»Aber Hochmut kommt vor dem Fall. Mit seinen Gütern geht's bergab.«

»Sagen Sie das nicht. Groß-Triglav wird immer wieder aus der königlichen Schatulle gespeist und saniert. Ich habe es aus zuverlässiger Quelle. Seine Majestät läßt sich von diesem Schleicher um den Finger wickeln.«

Der Angeredete zieht seine Uhr. »Ich habe nach der Uhr gesehen, als der König auf Paul Triglav zutrat. Er spricht nun schon über eine Viertelstunde mit ihm.«

»Der Paul hat sich hier in Berlin nicht gerade comme il faut eingeführt. Er hat sich seine Konkubine aus Polen kommen lassen und soll mit ihr in wilder Ehe leben. Obendrein soll sie auch noch Jüdin sein, sagt man.«

»Außerdem gehört es sich nicht, daß einer unserer Junker, und wenn er zehnmal eine gute Stimme hat, sich vor Hinz und Kunz hinstellt und sich öffentlich produziert.«

»Er hat's ja wohl nötig. Der Vater soll ihn enterbt haben.«

»Da steht seine Schwester, die kleine Casimire, und macht dem König Augen. Sehen Sie? — Ah! Schon scharmutziert er mit ihr!«

»Sie soll sich kürzlich skandalös benommen haben. Verkehrt bei der Gräfin Totzky.«

»Das sagt alles.«

Der König war neugierig auf Casimire.

Zuletzt hatte er sie als schlaksiges Kind gesehen. Aber er erkannte sie sofort, obwohl sie ihrem Vater nicht ähnlich sah. Etwas an ihr, was mit seiner Zuneigung zu Adam zu tun hatte, machte sie ihm als seine Tochter kenntlich.

»Sie sind doch gewiß Fräulein von Triglav, nicht wahr? Kommen Sie näher, ma petite.«

Das ließ Casimire sich nicht zweimal sagen.

»Fräulein von Triglav«, fuhr der König fort, »wie gefällt Ihnen unser Berlin? Ich hoffe, es ist Ihnen nicht zu brav und ennuyant?«

»O nein, Majestät. Ich habe mich hier noch keinen Tag gelangweilt.«

»Das freut mich zu hören. Wissen Sie, wie der alte Voltaire über Berlin urteilte, nachdem er bei meinem Großonkel Friedrich in Ungnade gefallen war?«

»Nein, Majestät.«

»Dann will ich es Ihnen auch lieber nicht sagen. Ich möchte Ihnen unsere Stadt nicht vermiesen.«

»Ich wäre nicht schockiert, Euer Majestät.«

»Nicht? Nicht schockiert? Ich hoffe, Sie wären es malgré tout. Une femme féminine muß sich schockieren lassen können. Alle unsere Hofdamen können es.«

»Wie Majestät befehlen.« Casimire lächelte. Spöttisch? Devot?

Der König wurde nicht klug daraus. Adams Tochter machte ihm Spaß. So etwas wie dieses Lausemädchen hatte der fromme Freund also in die Welt gesetzt. Rex war noch immer neugierig.

Aber er sah die mißbilligenden Blicke seiner Schranzen. Er hatte sich wohl schon zu lange mit Adams Kindern abgegeben. Irgend jemand Wichtiges schien mit brennender Ungeduld auf eine huldvolle Ansprache zu warten. Schade! Aber kommandieren laß ich mich nicht. Dreimal verflucht und zugenäht!

»Nun sagen Sie mir noch, Fräulein von Triglav, wie gefällt es Ihnen hier bei uns privat? Wie gefällt Ihnen der Weiße Saal? Was meinen Sie zu meinen Gästen?«

»Darf ich es sagen?«

»Bitte.«

»Der Weiße Saal gefällt mir gut. Eurer Majestät Kavaliere haben alle das gleiche süffisante Grinsen, und Ihre Damen flüstern hinter ihren Fächern.«

»Gut observiert, ma petite.«

Der Hofmarschall trat vor. »Majestät, der bayrische Gesandte, Baron Ancro.«

»Tout de suite. — Noch eine väterliche Mahnung, mein liebes Kind. Sehen Sie sich vor, daß Sie nicht ausrutschen auf unserm glatten Parkett! Jeder Ausrutscher wird hier bei uns so fürchterlich streng geahndet. Ich selbst gehöre auch zu den armen Opfern dieser grausamen Zucht. Au revoir, Fräulein von Triglav. Dort steht Ihr Bruder Paul.«

Rex wandte sich seinen Pflichten zu, und Casimire trat zu Paul, der sie fragend ansah. »Nun?«

»Der König macht mir Spaß!« bemerkte sie und wußte nicht, daß sie über ihn sagte, was er über sie gedacht hatte. »Er ist witzig.«

»Er ist liebenswert und herzlich«, urteilte der Bruder warm. »Und irgendwie rührend. Ich hätte ihn am liebsten gestreichelt.«

»Wie einen Säugling, ja?« lachte Casimire. »Kein Wunder, daß er nicht regieren kann.«

Ihr Blick glitt zu Prinz Wilhelm hinüber, der sich mit Offizieren seines Leibregiments unterhielt. Sie hatte gehört, es gäbe eine Kamarilla, die den König zugunsten seines Bruders zur Abdankung zwingen wollte. Und sie sprach es dem Bruder gegenüber leise aus.

»Schweinerei!« stieß Paul empört hervor. »Der Prinz von Preußen würde sich nie zu so etwas hergeben!«

»Du bist ein Träumer, Paulchen. Andere wissen vielleicht mehr als du.«

Auch der König hatte seinen Bruder unter den Offizieren ins Auge gefaßt. Er dachte an den Streit, den es noch kürzlich zwischen ihm und Wilhelm gegeben hatte. Würde niemals Einigkeit zwischen ihnen herrschen? Ein Schatten flog über sein soeben noch heiter geglättetes Gesicht.

Indes verhielt sich der Prinz von Preußen — das war sein offizieller Titel — unbedingt loyal. Der Einfluß, den die Prinzessin Augusta auf ihn ausübte, reichte nicht so weit, daß — entgegen den Gerüchten — auch nur der Schatten einer unehrenhaften Handlungsweise auf ihn fallen konnte.

Die Dinge würden ihren Lauf nehmen. Von selbst. Es tat dem Prinzen fast leid, daß er sich vor einigen Tagen im Zorn mit allzu lauter Stimme hatte hinreißen lassen, die Neugier der Horcher nebenan zu befriedigen.

Sie waren so verschieden. Zwischen ihnen würde es immer Zusammenstöße geben, wogegen Sohn Friedrich sich gut mit dem Onkel stand. Sein Sohn war sehr selbständig in seinem Urteil und seinen Handlungen. Und beliebter beim Volk als er, der Vater, dem von achtundvierzig her noch das Wort »Kartätschenprinz« anhing.

Kein Zweifel, Friedrich wird ein guter König werden. Möge er lange regieren!

Dort tanzt er mit einer schönen Frau. Wer ist sie doch? Ach ja, die Gräfin Marie-Luise Bertoch, die ihm, Wilhelm, kürzlich vorgestellt wurde. Jung verheiratet und zum ersten Mal in Berlin auf einer Cour. Sie soll aus Frankfurt am Main stammen. Um ihretwillen hatte doch wohl Paul Triglav in Bonn dieses Duell gehabt, man kam damals nicht dahinter, warum er sie nicht heiratete. — Gerade nickt Graf Bertoch seiner Frau zu. Er tanzt mit der jungen Casimire Triglav, ebenfalls einem Neuling bei Hofe. Sie sieht apart aus. Noch sehr jung, aber selbstbewußt. Ist ja wohl die Schwester von Paul. Und auch von Frau von Berentrap, der sie gar nicht ähnlich sieht . . . Wo ist mein Bruder? Ich sehe ihn nicht. Ach da — am Fenster steht er. Allein. Düster. Soeben hat er noch heiter geplaudert. Dieser auffallende Wechsel von Lebhaftigkeit und matter Verfallenheit! Armer Kerl!

Der König hatte sich von seiner Umgebung abgesondert. Er starrt aus dem Fenster auf den dunklen Schloßplatz. Hinüber zu Schinkels Altem Museum. Dort wirft eine Laterne ihren Schein, der eine Reihe weißer Säulen über der hohen Treppe hervortreten läßt.

Der König scheint niemanden mehr wahrzunehmen. Sein Gesicht zeigt einen Ausdruck tiefen Leides. »Du bist ein Möchtegern«, hatte Wilhelm ihn kürzlich während einer Auseinandersetzung genannt. »Bei dir bleibt alles in den Ansätzen stecken. Es gibt nichts Tragischeres.«

Möchte gern! Möchte so vieles. Bleibt alles in den Ansätzen stecken . . .

Casimire wirkt fast klein neben ihrem langen Tanzpartner. Sein Gesicht war hoch über ihr.

Graf Bertoch war den Augenaufschlag der Frauen gewöhnt. Ein Augenaufschlag konnte mehr Gefühl verheißen, als ein geradeaus gerichteter Blick, weil die Bewegung des Augapfels nach oben von jeher als eine Reaktion der Verehrung, der Bewunderung und der Andacht gedeutet wird.

Graf Bertoch wußte zwar, daß nicht alle Verheißungen erfüllt werden können, doch bot sein Titel von vornherein einen guten Nährboden für erfüllbare Wünsche. Er hatte die Erfahrung gemacht, daß die meisten Frauen, wenn es sich um Kronen, ordengeschmückte Brüste und Handküsse handelt, noch an Märchen glauben, und daß sie in diesem Glauben glücklich sind.

Bernhard von Bertoch war zwar (nur) ein Graf, aber auch als solcher von seiner Umgebung hoch eingeschätzt. Er bekam fast alles, was er sich wünschte. Zumal seine Wünsche sich nie auf eine ihm unangemessene, höhere Ebene verstiegen, sondern sich stets innerhalb eines Gesichtskreises bewegten, in dem Geld, Frauen, Pferde und ähnliche Dinge die Hauptrolle spielten.

Auch Casimire schlug während des Tanzens und Konversierens ihre sprechenden Augen zu Graf Bertoch auf, und er beging den Irrtum, aus ihnen das Gewohnte und Gewünschte herauszulesen. Wie sollte er auch ahnen, daß er hier zu der Musik von Herrn Lanner aus Wien ein Wesen im Arm hin und her schwenkte, dessen neugieriger Kaltschnäuzigkeit er nicht gewachsen sein würde.

Es war klar, daß Casimire sich für die junge Ehe dieses Paares interessierte, dessen weiblicher Teil Bruder Paul zu einem Duell veranlaßt hatte. Wirklich interessant! Zwei Männer, die um einer Frau willen bereit sind, sich gegenseitig zu töten. Das heißt, so romantisch, wie es klang, war es vielleicht gar nicht gewesen, zumindest, was den anderen der beiden Gegner betraf. Aber das sanfte Paulchen — kaum zu glauben! Obwohl er das Mädchen nicht liebte, denn sonst hätte er sie doch geheiratet. Daß *sie* ihn wollte, hatten ja die Spatzen vom Dach gepfiffen.

Doch seit Paul erwachsen war, hatte er immer etwas anderes getan, als man von ihm erwartete. Ganz lustig, solchen Bruder zu haben! Auch jetzt wieder die Geschichte mit der Jüdin aus Polen. Man sollte die Person unbedingt kennenlernen! Elisabeth und Fritz, das hatte Casimire herausgefunden, kannten sie bereits. Albern, diese Heimlichtuerei! Jedenfalls war es wohl keine flüchtige Episode zwischen den beiden, schon deshalb nicht, weil Paulchen immer alles so furchtbar ernst nahm. Sogar das Singen! Man brauchte ja bloß an die Bach-Konzerte zu denken! Sie, die am wenigsten Musikalische der Familie, war mit Elisabeth in der »Johannes-Passion« gewesen, um den Bruder singen zu hören, und hatte sich sträflich gelangweilt. König und Königin waren übrigens auch dagewesen, und der König hatte mal interessiert und mal miesepetrig ausgesehen.

Dieser gräfliche Lulatsch, dessen heftiger Arm zu hoch über ihr stieß, um sie zu irritieren, ist also Pauls Nachfolger in der Gunst Marie-Luises geworden — mit Ehering und allem Drum und Dran. Typisch für die Triglavsche Art, daß das Geld Paul bei seiner Brautwahl ebensowenig gelockt hatte, wie auch Fritz bei der seinen. Die unbedarfte Mopse-Monika hatte auch nicht viel.

In den Kreisen der Gräfin Totzky, wo der Klatsch blühte

und jeder jedes zu wissen vorgab, hatte Casimire gehört, daß Bertoch dem Club 37 angehörte, einem Herrenclub, dessen Mitglieder nur zugelassen wurden, wenn sie ein bestimmtes Vermögen aufweisen konnten. Daß dabei viel geschwindelt wurde, war bekannt. Überhaupt hatte der Club keinen besonders guten Leumund, sowohl, was das vermutliche Vorhandensein gewisser Freundschaften als auch gelegentlicher, heimlich geduldeter Falschspielereien betraf. Erstaunlich, daß in dem als sittenstreng geltenden Preußen sich solche Gerüchte immer wieder halten konnten, ohne daß des Königs Geheimpolizei bisher eine Handhabe gefunden hatte, sich den Club etwas näher anzusehen.

Was mochte wohl in diesem den Männern vorbehaltenen Unternehmen vor sich gehen? Der Gedanke, daß es dafür keine Aufschlüsselung gab, weil Frauen nicht zugelassen waren, war unerträglich. Man müßte eine Möglichkeit finden ... Es lohnte sich gewiß.

Sollte es nicht möglich sein, in dieses Männerdorado einzudringen, ohne irgendwie Aufsehen zu erregen? Hatte man denn nicht das Talent und auch den Mumm dazu? Entschlüsselung. Pfadfindung. Es war wie mit der Wünschelrute. Oder als sei man mit einem Kobold verbündet.

Solche Gedanken glaubt Bernhard Bertoch im Augenaufschlag seiner Tänzerin nicht zu lesen.

Natürlich wußte er von der Geschichte mit dem Duell. Seine Meinung darüber entsprach seiner Anschauungsweise. Dieser Paul Triglav, aus dem manche Leute so viel machten, war ein rechter Narr. Ein komischer Kauz, gelinde gesagt. Auch etwas Kauziges, das wußte man ja, haftete S. M. an, der sich vorhin so lange mit diesem Eigenbrötler unterhalten hatte. Marie-Luise soll in Paul verliebt gewesen sein, wenn sie es auch heute nicht mehr wahr haben will. Na, egal! Ich denke modern. Und wer zuletzt lacht ... Allerdings, zum Lachen ist mir im Moment nicht zumute. Und diese Casimire ... Au, Pardon! Bin ich ihr auf den Fuß getreten? Sie reagiert nicht.

Als die Musik schweigt, führt er Casimire zu seiner Frau.

Marie-Luise hatte den Kontakt mit Pauls Schwester nicht gesucht. Aber jetzt ergab sich ein belangloses Geplauder. Die braunen Augen der jungen Frau hatten dieser um Jahre jüngeren, noch unverheirateten Casimire gegenüber einen selbstzufriedenen Ausdruck. Doch gefielen die beiden Frauen sich recht gut. Casimire wurde eingeladen, das junge Paar in der neuen Wohnung am Karlsbad zu besuchen.

Die interessante Marie-Luise aus Frankfurt am Main. Damals in Bonn hatte Paul sie gedemütigt. Obwohl er sich für sie schlug, wollte er sie nicht heiraten. Das war eine doppelte Demütigung für sie gewesen. Für ihr Herz und vor aller Welt.

Ich bin zwar Pauls Schwester, aber sie mag mich, glaube ich. Vielleicht werde ich mit ihrem Mann etwas anstellen. Was, das weiß ich noch nicht. Sie hätte mich lieber nicht einladen sollen. Aber es ist ziemlich sicher, daß es so kommt. Ich werde eine Handhabe finden. Wegen des Clubs. Was ich mit Bernhard Bertoch tun werde, weiß ich noch nicht. Erst mal werde ich ihn fragen, ob er die Gräfin Totzky kennt. Wenn er erschrickt, dann wissen Selma Totzkys Freunde mehr von ihm.

Casimire konnte es nicht lassen, Sebastian in ihre Gedanken einzuweihen. Sie hoffte, ihn aufzustacheln.

In der Tat war er entsetzt und begann, wieder zu dozieren.

Sie schalt ihn aus.

»Hör endlich auf, mich zu belehren. Du bist ein langweiliger Theoretiker!«

Er nickte bitter. »Dafür hast *du* eine strotzende Praxis!«

Sebastian. Was empfand sie für ihn?

Er war der erste gewesen. Und er hatte sie nicht enttäuscht. Das mit den anderen war nicht der Rede wert.

Zunächst war Sebastian für sie gewissermaßen nur Mittel zum Zweck gewesen. Aber dann, als sie sich näherkamen, entdeckte sie, daß es amüsant war mit ihm, und daß er ihr manches erschloß, was nützlich war.

Gleichwohl würde sie ihn nicht heiraten. Hoffte er es vielleicht?

Irgendwann einmal würde sie einen anderen Mann heiraten. Vielleicht in ein oder zwei Jahren oder noch später.

Bisher hatte Sebastian zu ihrem Leben gehört. Als ein Faktor — in letzter Zeit vielleicht als der wesentlichste. Sie malte sich nicht aus, wie es sein würde, wenn er einmal nicht mehr dazu gehörte.

Liebte er sie? War er überhaupt fähig, jenes Gefühl für eine Frau zu empfinden, das man Liebe nennt? Sie wußte nicht, ob er zu anderen Frauen ging. Sie war nicht eifersüchtig. Aber sie glaubte zu wissen, daß seine Bindung an sie mit der Zeit stark geworden war. Zu stark vielleicht, als daß es gut für ihn war.

Das hatte er wohl nicht geahnt, als er sie das erste Mal in den Armen hielt. Und sie selbst? Sie hatte diesen Zustand, der sich in ihm allmählich entwickelte, nicht bewußt herbeigeführt. Es ergab sich von selbst, daß er sich nicht nur physisch, sondern auch psychisch mit ihr befaßte, mit einem Wort: Sie fesselte ihn. Es bestand also für ihn ein gewisses Element des Zwanges, etwas, dem man sich nicht entziehen kann.

Das war ihr zugefallen. Mühelos. Mühe liebte sie nicht.

Von Anfang an war es ein ungeschriebenes Gesetz gewesen, daß einer dem anderen die Freiheit ließ, die er sich nahm. Nur auf dieser Grundlage konnte sich die tiefere Bindung zwischen ihnen ergeben. Und auch nur mittels der nach außen hin zur Schau getragenen Korrektheit des

Betragens war die Täuschung ihrer Umgebung möglich gewesen.

Papa zu täuschen, war leicht. Marie war viel zu sehr mit ihren eigenen Angelegenheiten beschäftigt. Elisabeth war aus dem Haus. Und auch von Annchen drohte keine Gefahr.

Mamette? Von ihr glaubte Casimire sich beobachtet. Doch die Stiefmutter schwieg. Um des Friedens willen? Aus Angst vor der Auseinandersetzung, vor dem Eklat, der Beendigung jenes harmonischen Zustandes jahrelangen friedlichen Miteinanderlebens?

26

»Morgen nachmittag erwarten uns Paul und Juliette in Pauls Wohnung in der Matthäikirchstraße«, sagte Fritz zu Monika. »Juliette freut sich, dich kennenzulernen.«

»Oh!«

»Sie haben ein gutes Piano, und Juliette besitzt Beethoven zu vier Händen. Euer Zusammenspiel wird dir über die erste Fremdheit hinweghelfen.«

»Aber Papa will doch nichts von ihr wissen!«

»Die Aussöhnung ist nur eine Frage der Zeit.«

»Meinst du? Können wir nicht warten, bis es soweit ist?«

»Du weißt, daß ich Juliette um Pauls willen als bereits zu unserer Familie gehörig betrachte.«

»Ja natürlich. Also wie du meinst.«

Fritz wußte, daß seine Braut eine gewisse Scheu vor der Begegnung mit der Polin hatte, die sich so vorbehaltlos über die Gesetze der Moral, wie Monika es nannte, hinweggesetzt hatte. Er lächelte.

»Bist du nicht neugierig, sie kennenzulernen?«

»Nein. Ja, doch. Hoffentlich mögen wir uns. Sie soll ja so klug sein. Da kann ich nicht mit. Du bewunderst sie, nicht wahr?«

»Kindchen, sei nicht gleich von vornherein mißtrauisch. Bau nicht Schwierigkeiten auf, wo gar keine sind.«

»Stimmt das auch wirklich, Fritz?«

»Wir haben doch schon einmal darüber gesprochen. Muß ich dir immer wieder versichern, daß ich mich nie in sie verliebt hätte, auch wenn sie frei gewesen wäre. Wie kannst du nur so eifersüchtig sein, ehe du sie überhaupt kennst!«

»Ach, Fritz! Es ist doch nur, weil ich dich so liebe. Verzeih mir. Du liebst mich doch noch, nicht wahr? Bitte küsse mich!«

Er tat ihr den Gefallen.

Sie kam wieder auf den bevorstehenden Besuch zurück.

»Spricht sie Deutsch? Ich kann nicht gut Französisch. Ich habe ein bißchen Angst.«

»Sie spricht ausgezeichnet Deutsch. Von Leipzig her, wo sie Musik studierte.«

»Natürlich spielt sie viel besser als ich.«

»Natürlich. Aber du brauchst dich vor ihr nicht zu verstecken.«

»Marie kann sie nicht leiden.«

»Das ist Maries Sache. Elisabeth kommt um so besser mit ihr aus?«

»Und Casimire?«

»Auch. Die beiden mögen sich sehr. Und ich wünsche, Kind, daß du etwaige Vorurteile gegen Juliette von vornherein ablegst. In unserer Familie soll Harmonie herrschen. Verstehst du, mein Herz?«

»Ja, Fritz. Ich tue doch, was du willst.«

In Pauls Behausung gab es kein Möbelstück, das an Groß-Triglav oder an das Berliner Haus erinnerte. Was die mobile Habe betraf, hatte er sich von der Vergangenheit gelöst. Dennoch empfand man im Hinblick auf die mit Büchern bedeckten Wände und das Piano sofort eine persönliche Atmosphäre.

»Bitte fallt nicht über die Bücher neben der Chaise«, hatte Paul beim Eintritt der Besucher gelacht. »Ich habe heute etwas in ihnen gesucht und finde, sie bilden ein malerisches Stilleben, so wie sie da liegen.«

»Ich weiß«, spöttelte Fritz, »du kultivierst die gepflegte Unordnung.«

»Ein Zimmer soll nicht unbewohnt wirken, sondern individuell wie sein Besitzer. Wer fremd hier eintritt, sollte sofort spüren, mit wem er es zu tun haben wird.«

»Natürlich, Paulchen. Mit einem Individualisten, Bücherwurm, Musiker und Versicherungsmann, wie du es bist.«

Juliette kam mit dem Teebrett. Ihr erster Blick, der Monika galt, stellte sogleich fest, was sie von ihr zu halten gedachte, vorausgesetzt, daß der Augenschein nicht trog: dünnhäutiges Mädchen, ziemlich uninteressant. Hat Hemmungen und wahrscheinlich auch Komplexe. Nicht das Richtige für Fritz.

»Willkommen, Monika!« sagte sie mit ihrem zu nichts verpflichtenden Lächeln. »Du siehst genauso aus, wie ich mir vorgestellt hatte.«

Es dauerte einen Augenblick, bis Monika eine passende Antwort fand. Die Sicherheit und das schnelle Du der fremden Frau irritierten sie. Aber dann nahm sie sich zusammen und sagte nicht ungewandt: »Hoffentlich hast du dir etwas Nettes vorgestellt.«

Juliette lachte. »Die Wunschvorstellung gegenüber einer neuen Schwägerin sollte immer nett sein.«

Die jungen Männer beobachteten unauffällig.

»Bitte, setzt euch«, forderte Juliette auf. »Ich denke, der Tee ist gerade richtig. Dazu gibt es polnische Plätzchen. Selbstgebackene.«

Erleichtert fand Monika, daß Juliette nicht übermäßig hübsch war. Im übrigen fühlte sie sich ihr unterlegen. Das war einer polnischen Jüdin gegenüber ein doppelt unangenehmes Gefühl, fand sie und litt darunter.

Sie konnte es nicht lassen, ihren Bräutigam zu beobachten, wie er sich dieser sicheren Frau gegenüber verhielt.

Nach dem Tee schlug Juliette vor: »Jetzt wird Musik gemacht. Monika, Paul hat mir erzählt, wie gut du spielst. Bitte setz dich ans Piano.«

Monika zögerte. »Willst nicht du zuerst . . .«

»Nein, bitte. Ich bin gespannt, dich zu hören.«

Monika stand auf. »Ich will mich nicht mit dir messen«, sagte sie fast trotzig.

Sie setzte sich an das Instrument. »Was soll ich spielen?«

»Einen Mozart?«

Monika rückte den Stuhl zurecht. Sie wählte eine der schwierigsten Mozart-Sonaten, und es kam wie immer: wenn sie die Finger auf die Tasten legte, fielen die Hemmungen von ihr ab. Seit ihrer Ausbildungszeit war es das erste Mal, daß die kritischen Ohren einer professionellen Künstlerin sie hörten, und sie gab, was sie konnte. Sie besaß einen weichen Anschlag, aber auch Kraft. Vielleicht hatte sie noch nie so gut gespielt.

Paul nickte dem Bruder anerkennend zu.

»Ausgezeichnet!« lobte Juliette. »Paul hat mir nicht zuviel erzählt. Sie hat gute Höhepunkte, nicht wahr, Paul? Und es fehlt auch nicht an Kopfarbeit beim Spiel. Du bist ein Talent, Mädchen.«

Glücklich suchte Monika den Blick ihres Verlobten.

»Und nun du, Juliette. Bitte.«

Es war Abend geworden, im Zimmer dunkelte es. Die Lampe wurde noch nicht angezündet. Das Fenster stand offen, laue Luft kam herein.

Juliette spielte Chopin.

Die Menschen, die draußen am Haus vorübergingen, hörten aus der Wohnung im zweiten Stock ein meisterliches Spiel. Einige blieben stehen und lauschten eine Weile.

Paul schaute zum Fenster und dachte an ein ähnliches Haus in Krakau vor drei Jahren. Damals hatte er, einem inneren Drange folgend, auf den Klingelknopf gedrückt und war die Treppe hinaufgegangen ...

»Wundervoll!« sagte Monika begeistert. »So habe ich Chopin noch nicht gehört.«

Bis dahin war alles in schönster Harmonie verlaufen.

Es ergab sich von selbst, daß nach Beendigung des Spiels, was die Unterhaltung betraf, ein Brauttausch stattfand. Paul redete mit Monika, und Fritz und Juliette vertieften sich in ein lebhaftes Gespräch.

Monika hörte nur mit halbem Ohr auf das, was Paul sagte. Immer wieder irrten ihre Blicke zu ihrem Bräutigam hin, jede seiner Gesten und Worte argwöhnisch belauernd.

Eifersucht! dachte Paul bekümmert. Schon jetzt. Schade. Oder vielmehr tragisch. Armer Fritz! Aber vielleicht gelingt es ihm, das Kind noch zu erziehen. Schließlich war seines Bruders Braut acht Jahre jünger als Juliette.

Es war offensichtlich, mit welchen Gefühlen Monika zu kämpfen hatte. Juliette bemerkte es bald.

Abrupt sprang sie auf, holte Gläser und eine Flasche Tokajer, wie ihn das Weinhaus Lutter in der Charlottenstraße bot.

Man stieß an und trank.

Aber Monika blieb einsilbig. Die ungezwungene heitere Stimmung wollte sich nicht wieder einstellen. Jeder von ihnen hatte seine eigenen Gedanken, die um Monika kreisten.

Man sprach über den Glücksfall, der Juliettes Bruder in einem der südwestdeutschen Staaten ein Lehramt geboten hatte.

»Ein Lehramt?« wiederholte Monika. »Ich dachte, er — ihr dürft keine anderen Berufe haben als Künstler oder Kaufmann?«

Die Brüder empfanden die Anspielung auf das Judenproblem als taktlos.

Aber Juliette antwortete sofort und sachlich. »Im Grunde hast du recht, Monika. Aber es gibt in diesem lockeren Gefüge, das Deutschland heißt, vierundzwanzig verschiedene Verordnungen.«

Sobald das Thema der vierundzwanzig regierenden deutschen Fürsten, das ein reiches Diskussionsfeld bot, erschöpft war, brachen Fritz und Monika auf. Der Wagen, der Monika nach Hause bringen sollte, wartete schon eine Weile.

Sobald das Brautpaar allein war, sagte Fritz: »Es war das erste Mal, daß wir beide zusammen einer besonderen Situation ausgesetzt wurden. Du hast nicht durchgehalten, mein Kind. Gegen Ende der netten Stunden hast du nicht bestanden.«

Monika brach in Tränen aus. »Wir sind noch nicht ein Jahr verlobt, und schon interessierst du dich für andere Frauen. Ich weiß ja, Juliette sticht mich aus. Ich kann nicht geistvoll schmusen wie sie. Ich verstehe es nicht wie andere Frauen, Einfluß auf dich auszuüben. Ich habe es doch gesehen, wie du von Juliette ganz hingenommen warst. Warum hast du mich denn gewählt, wenn ich dir doch nicht genüge?«

»Kind, du hast Minderwertigkeitskomplexe. Die sind noch schlimmer als deine Eifersucht.«

»Was sind Minderwertigkeitskomplexe? Wenn du mich nicht mehr liebst, sage es mir. Wenn du die Trennung von mir wünschst, dann gebe ich dich frei«, sagte sie pathetisch, und eine neue Tränenflut erstickte ihre weiteren Worte.

Fritz schwieg. Alles, was sie vorgebracht hatte, war aus der Luft gegriffen. Nie hatten Frauen entscheidenden Einfluß auf ihn ausgeübt. Seine Ehrbegriffe hätten ihm nie erlaubt, Juliette anders als die Erwählte seines Bruders zu betrachten. Er liebte Monika wirklich auf seine Weise. Sie war noch so jung. Zuweilen wirkte sie wie Wachs in seinen Händen. Er hoffte, sie noch formen zu können. Es wäre ihm nie in den Sinn gekommen, daß sie ihm nicht genügte, wenn sie es ihm nicht geradezu suggeriert hätte. Das Wort Trennung war ihr so leichtsinnig von den Lippen geglitten, als läge es im Bereich der Möglichkeit. Das war absurd. Ganz abgesehen davon, daß es dem Herkommen nicht entsprochen hätte, anders als wegen schwerwiegender Gründe auseinanderzugehen. Und lagen hier etwa schwerwiegende Gründe vor?

»Warum sagst du nichts, Fritz? Sag doch, daß du mich

noch liebst und daß ich ein dummes Mädchen bin und daß du dir überhaupt nichts aus ihr machst. Nicht wahr, nicht wahr?«

»Ja, ich liebe dich, du dummes, kleines Mädchen. Aber deine leidige Eifersucht macht mir Kummer. Sie ist kein guter Auftakt für eine glückliche Ehe.«

»Verzeih mir, ach verzeih mir doch. Ich weiß, wie töricht ich bin.«

»Der Besuch wäre so nett gewesen. Wenn du ihn uns nicht verdorben hättest.«

»Ich sehe das ein und werde es nie wieder tun. Ich werde dir nie wieder eine Eifersuchtsszene machen.«

Er wollte ihr glauben.

Bei der nächsten Begegnung der Brüder kamen sie auf den Besuch zurück und berührten auch Monikas Verhalten.

Nach kurzem Zögern sagte Paul: »Monika ist ein liebes Kind. Sie hat gewiß viele gute Eigenschaften. Aber . . .«

»Was aber?«

»Willst du es dir nicht vielleicht doch noch mal überlegen, ob sie sich zu deiner Lebensgefährtin eignet? Noch wäre es Zeit.«

Gegen seine Gewohnheit brauste Fritz auf. »Kümmere dich um deine eigenen Probleme und mische dich nicht in die meinen. Ich weiß selbst, was ich zu tun habe.«

Paul schwieg. Die Selbstherrlichkeit hatte Fritz vom Vater. Da war nichts zu machen.

27

Casimire läutete bei Bertochs. Es dauerte etwas, bis das Mädchen öffnete. Casimire hatte sich geirrt, sie war eine halbe Stunde zu früh gekommen.

»Frau Gräfin ist noch oben«, sagte das Mädchen verlegen. »Sie kommt gleich runter.« Sie deutete auf einen Sessel am Kamin.

Aber Casimire setzte sich nicht. Das Mädchen war gegangen, und Casimire blickte in der Halle umher. Ein Renaissance-Gobelin fesselte vorübergehend ihre Aufmerksamkeit. Aber etwas beunruhigte sie. Was nur?

Ach ja, sie hatte ihr Schnupftuch in der Mantille gelassen. Sie trat in die Garderobe, wo das Mädchen ihren Umhang aufgehängt hatte. Casimire sieht Graf Bertochs Uniformrock der Garde-Dragoner neben ihrer Mantille hängen. Die eine Rocktasche bauscht sich etwas. Casimires Hand zuckt. Neugier? Casimires Hand macht sich selbständig. Sie schlüpft in die Tasche.

Ein Briefumschlag mit Inhalt. Flüchtige Erinnerung an Groß-Triglav, damals als Elisabeth und Abel — — Aber jetzt . . . schnell, schnell . . . Verflucht! Da steht es:

»Chèr Berni! Ich komm' heut abend in den Club, um das Besprochene von dir zu empfangen. Die runde Summe, du weißt, und keinen Heller weniger. Andernfalls sorge ich dafür, daß du nicht wieder im Club deine hübschen Spielchen machen, auch nicht wieder bei Habel dinieren oder bei Hofe tanzen wirst.

Dein Dir nach Erfüllung unseres ›Traktätchens‹ stets zu Diensten stehender R.«

Casimire steckt den Brief nicht zurück in die Tasche des Uniformrocks. Sie läßt ihn in ihren Beutel gleiten. Da liegt er gut.

Wahrscheinlich würde sie Bernhard Bertoch nicht verraten.

Wozu auch? Das war nicht der Zweck. Der bestand darin, daß sie ihn in der Hand hatte, daß er ihr zu Willen war. Ansonsten interessierte er sie nicht.

Dann saßen Marie-Luise und Casimire im Salon und unterhielten sich.

Jemand pfiff in der Halle, und es klang, als würde in großen Sätzen die Treppe hinaufgestürmt.

»Mein Mann!« lächelte die junge Frau. »Sobald er aus dem Dienst kommt, schält er sich aus seiner Uniform und zieht Zivil an. Und dann wäscht er sich noch, um nicht nach Pferd zu riechen. Aber er kommt sicher bald runter. Sie reiten doch auch, nicht wahr? Die Reitwege, die Lenné jetzt im Tiergarten hat anlegen lassen, sind doch himmlisch. Frankfurt ist zwar eine elegante Stadt, aber so was wie den Tiergarten haben wir dort nicht.«

Der Gatte erschien. Das Gespräch war zunächst konventionell, doch bald steuerte Casimire auf ihr Ziel zu.

»Ich hörte, Sie sind Mitglied im Club 37, Graf. Dort scheint man jar gar nicht frauenfreundlich zu sein. Warum dürfen Ihre Damen nicht wenigstens als Gäste hinein?«

Er lachte. »Wir Männer wollen auch mal ganz unter uns sein.«

»Ganz unter uns! Eine komische Einrichtung. Wie ein gehobener Stammtisch, an dem Frauen auch nichts zu suchen haben, wie?«

»Sie haben etwas gegen den Club 37, mein gnädiges Fräulein?«

»Im Gegenteil. Ich finde, wenn es ihn nicht gäbe, müßte er gegründet werden. Aber wir Frauen sollten etwas Entsprechendes haben.«

»Was zum Beispiel?«

»Eine ähnliche Einrichtung. Ich finde es schade, daß

man es als Frau so schwer hat, verbotene Dinge zu tun.«

»Verbotene Dinge?« wiederholte Bernhard Bertoch. »Glauben Sie, daß wir im Club . . .«

»Nicht wahr?« fiel Casimire ihm ins Wort. »Wir Frauen dürfen nicht ungestraft unsere hübschen Spielchen spielen, wir dürfen nicht ohne Chaperon bei Habel dinieren oder bei Hofe tanzen, um so liebe Leute zu treffen, wie Sie beide es sind.«

Bertoch unterdrückte einen Fluch. Eine andere Entgegnung fiel ihm im Augenblick nicht ein.

Casimire redete jetzt von belanglosen Dingen und wandte sich hauptsächlich an die junge Frau. Marie-Luise machte runde Augen.

Verstohlen beobachtete sie ihren Mann, der sich nicht mehr an der Unterhaltung beteiligte, sondern betreten vor sich hinblickte. Was hat er? dachte sie. Kann er diese Casimire nicht mehr leiden, von der er doch erst so begeistert war? Jetzt hob er seine Augen und starrte — ja, er starrte das Mädchen an. Und sie erwiderte seinen Blick. Waren sie im Einverständnis miteinander? Das konnte doch nicht sein.

Es hatte so amüsant angefangen. Hübsche Spielchen, hatte Casimire gesagt. Bei Habel dinieren? Bei Hofe tanzen? Und von verbotenen Dingen hatte sie gesprochen. Fühlte er sich beleidigt? Nahm er das ernst?

Ziemlich unvermittelt stand Bertoch auf und ging, eine Entschuldigung murmelnd, aus dem Zimmer.

Das war das Zeichen zum Aufbruch auch für Casimire. Warum so plötzlich? Wollte sie ihn draußen noch sprechen?

Marie-Luise begleitete ihren Gast in die Halle. An der Garderobe stand ihr Mann. Sein Gesicht war grau.

Casimire reichte Graf Bertoch die Hand.

»Wir sehen uns doch auf der Soiree bei Arnims am Dienstag, nicht wahr? Ein berühmter Geiger wird spielen.

Ich habe vergessen, wie er heißt. Es soll ein Ungar sein. Außerdem müssen Sie mir unbedingt noch von Ihrem Club erzählen. Wissen Sie, ich bin ein so neugieriger Mensch. Sie werden doch kommen?«

»Ich weiß nicht, ob ... Ja natürlich, wir gehen auch hin, nicht wahr, Marie-Luise?«

Auf der Soiree bei Arnims suchte Bernhard Bertoch das Alleinsein mit Casimire.

Sie hatte ihm das verfängliche Billett entwendet. Daran war nicht zu zweifeln. Nur sie konnte es gewesen sein. Sie kannte den Inhalt. Hübsche Spielchen, hatte sie gesagt. Und so weiter ... Verflucht! Er hatte den kompromittierenden Brief in die Rocktasche gesteckt. In seiner Aufregung wahrscheinlich viel zu nachlässig! Aber was hatte eine fremde Hand in seiner Tasche zu suchen?

Ihm fiel ein, daß sie gesagt hatte: »Ich bin ein so neugieriger Mensch.« Wollte sie es also gar nicht leugnen? Dann konnte er wenigstens offen mit ihr darüber reden.

Und er mußte mir ihr reden. Er hatte ein paar fast schlaflose Nächte hinter sich gebracht.

Sie hatte ihn in der Hand. Ein Falschspieler wurde geschaßt. Unnachgiebig. Ein Offizier der Garde-Kavallerie! Preußische Ehrbegriffe! Und nicht nur preußische! Dazu all das andere, was dem Club gerüchtweise anhaftete! Der Skandal wäre unvermeidbar.

Was würde das Fazit sein im schlimmsten Fall? Selbstmord? Er lebte so gern.

Es gab jetzt zwei, die ihn zu erpressen suchten. Ihn vernichten wollten. Wollte sie das? Oder was sonst, zum Teufel? Sie hatte ihm deutlich gezeigt, daß sie eine Auseinandersetzung mit ihm suchte. Der andere war von ihm bereits abgeschüttelt worden. Marie-Luise hatte er nicht eingeweiht, aber unter einem Vorwand das Geld für den »Freund« von ihr erhalten. Verdammt, daß auch nach der

Heirat ihr Geld ihm nicht zur freien Verfügung stand! Ihre Frankfurter Verwandtschaft hatte das durch schlaue Manipulationen erreicht.

Er konnte sich nicht vorstellen, was Casimire von ihm wollte. Ein Verhältnis mit ihm?

Während der junge Geiger — es war Joseph Joachim — sein vornehmes Publikum durch sein virtuoses Spiel zu begeistertem Beifall hinriß, hatten Bernhard Bertoch und Casimire in einem Nebenraum Gelegenheit zu dem so dringend gesuchten Gespräch.

»Sie wollen mich sprechen, Graf?«

»Ich nehme an, Sie mich auch, mein gnädiges Fräulein.«

»Decken wir die Karten auf, um die es sich ja sowieso handelt, nicht wahr? Es wird Ihnen klar sein, daß ich Kenntnis habe von einem ominösen, an Sie gerichteten Brief.«

»Das heißt, Sie haben ihn — gefunden.«

»Ja. Er lag auf den Fliesen in der Garderobe. Wahrscheinlich war er aus Ihrer Uniform gefallen, die darüber hing. Ich habe ihn aufgehoben.«

»Selbstverständlich. Ja. Sicherlich. Denn ich nehme nicht an, daß . . .«

»Sie brauchen gar nichts anzunehmen. Tatsache ist, ich habe ihn gefunden und natürlich auch gelesen.«

»Natürlich.«

»Das ist klar, nicht wahr?«

»Ja. Bitte, Baronesse . . .?«

»Bitte? Was meinen Sie?«

»Sie wollen mir den Brief zurückgeben, nicht wahr?« fragte er angstvoll.

»Zurückgeben? Ich nehme an, Sie haben die Forderung, die er enthält, bereits erledigt, nämlich Ihren anderen Mitwisser befriedigt?«

»Fräulein von Triglav, Sie wissen, was passieren würde,

wenn man erführe, daß ich — ich appelliere an Ihr gütiges Herz. Was würde ein Skandal Ihnen nützen? Er könnte auch Ihnen nur schaden.«

»Mir? Weshalb mir?«

»Weil Sie mir — ich bitte Sie! Was würde es Ihnen nützen, wenn Sie . . .«

»Wenn ich was . . .?« Einen Augenblick schwiegen beide. Sie blickten sich in die Augen.

»Was — wünschen Sie von mir?« fragte er gepreßt.

Casimire lachte. »Wünschen? Ich denke, *Sie* wünschen!« Und ernst werdend, fügte sie hinzu: »Natürlich bin ich mir klar, was es für Sie bedeutet, wenn ich Ihre schwere Verfehlung publik mache. Aber es wäre ja auch möglich, daß ich gar nicht die Absicht habe, es zu tun.«

»Nein, nicht wahr?«

»Eigentlich ist es ja wohl meine Pflicht, daß ich — wo der Zufall mir den Beweis von dem interessanten Betrieb in Ihrem Club in die Hände gespielt hat —, mit einem Wort, daß ich eine schon längst fällige Anzeige erstatte. Ich mache mich wohl sonst so etwas wie — einer Hehlerei schuldig, meinen Sie nicht auch?«

»Nein, nein, verdammt! Sie . . .«

»Lassen Sie mich doch weiterreden!«

»Verzeihung!«

»Eventuell könnte ich mich aber vielleicht entschließen, das Billett vor Ihren Augen zu zerreißen . . .«

Er machte eine Bewegung auf sie zu.

»Halt! So einfach ist die Sache nicht. Wie gesagt, ich würde mich damit gewissermaßen zum Mitschuldigen Ihres Geheimnisses machen.«

»Aber?«

»Wenn ich Ihnen derart entgegenkäme, würde ich zumindest einen kleinen, einen lächerlich kleinen Gegengefallen von Ihnen fordern. Das ist klar. Oder nicht?«

Seine Augen weiteten sich. »Darf ich fragen, was ich — für Sie tun kann?«

»Das will ich Ihnen sagen: Sie brauchen mich nur einmal mit in Ihren Club zu nehmen. Ich brenne vor Neugier darauf.«

»Das kann ich nicht! Was verlangen Sie von mir? Das ist unmöglich. Sie wissen selbst, daß es unmöglich ist!«

»Also wenn Ihnen so wenig daran liegt, meinen Wunsch, der in Anbetracht Ihrer Verfehlung wirklich bescheiden ist, zu erfüllen . . .«

»Um Gottes willen! Wie stellen Sie sich das vor? Sie wissen doch, daß Frauen . . .«

»Natürlich weiß ich, daß es bei Ihnen wie in einem Mönchskloster zugeht! Sie haben keine Phantasie, Graf Bertoch. Strengen Sie Ihren Grips mal ein bißchen an. Und mustern Sie mich ruhig von Kopf bis Fuß. Ich bin doch, weiß Gott, keine Germaniafigur.«

Casimire hatte sich im letzten Jahr noch gestreckt. Sie war lang und schmal. Was sie an Brüsten hatte, war nicht der Rede wert.

Er machte große Augen. »Sie meinen«, stammelte er überrascht, »aber das ist doch — das geht doch nicht . . .« Ein Hoffnungsschimmer erhellte sein Gesicht. »Wie stellen Sie sich das vor?«

Jetzt grinste er.

»Casimire Triglav — etwas übergeschnappt. So denken Sie, was?«

»Offen gestanden, ja.«

»So ganz belämmert bin ich aber doch nicht. Überlegen Sie mal, wie ich zum Beispiel als Ihr junger Vetter wirken würde. Reichlich jünger natürlich als Sie, das macht nichts. Der Vetter kommt angereist aus — Posemuckel, sagen wir, aus dem Hannoverschen. Ein grüner Junge wie ich bin und zum ersten Mal in der Hauptstadt, wollen Sie mir mal den Rummel da in Ihrem Club vorführen, mich ein bißchen einführen in die Sitten einer Capitale . . . Also, wenn einer zudringlich werden sollte — das könnte ja vorkommen, nicht? —, dann retten wir uns in eine Partie Schach, denn ich laß nicht an mir tippen, das kann ich Ihnen sagen. Sie spielen doch Schach? Da sind wir unantastbar. Notabene setze ich Sie matt. Ich bin ein guter Schachspieler. Das imponiert. Dann nimmt man mich für voll. Und überhaupt.«

»Ich bin sprachlos.«

»Sie meinen, wenn das man gut geht?«

»Eben das.«

»Es geht. Verlassen Sie sich drauf.«

»Aber es ist doch unausführbar. Wie wollen Sie . . .«

»Das ist meine Sache. Ich werde aussehen wie ein junger Kavalier à la mode. Gerade im richtigen Alter, um die Nase schon mal ein bißchen an der großen Welt riechen zu lassen.«

»Sie sind eine Hexe.«

»Sagen Sie lieber, ein Satan. Ich verlange, daß Sie mich von jetzt an maskulin sehen.«

Ihm entfährt ein Seufzer. »Das wird nicht ganz leicht sein. Und werden meine Kameraden . . .«

»Keine Frage. Sie werden.«

Ein Selbstbewußtsein hat das kleine Biest! Er wird jetzt nüchtern. »Und der Brief . . .«

»Noch nicht, was denken Sie. Erst hinterher. Nach erfolgter Aktion.«

»Ich schwöre Ihnen . . .«

»Schwören Sie nicht, handeln Sie!«

Wieder seufzt er. Diesmal sorgenvoll. Er überlegt. Auch für Casimire steht bei diesem Abenteuer allerhand auf dem Spiel. Und er selbst? Wobei hat er mehr zu verlieren? Verdammt! Es ist ein Wahnwitz! Aber sie hat ihn in der Hand, die verfluchte Hexe! Und sie scheint zu allem entschlossen. Er atmet schwer. Wenn er ihr jetzt an die Gurgel führe . . . sie würgte. Ein Teufelskreis! Er ist ihr ausgeliefert. Er muß jetzt etwas sagen. Sie wartet auf ein Ja.

»Also gut! Ich tue, was Sie wollen. Aber geben Sie mir Ihr Wort.«

»Mein Ehrenwort. Hinterher, wenn wir aus dem Club

kommen, zerreiße ich den Brief in Ihrer Gegenwart. — Reichen Sie mir jetzt den Arm und führen Sie mich wieder in den Salon. Ich will noch was sehen von dem berühmten Geiger.«

Halb betäubt kehrt er mit der verrückten Casimire am Arm in den Salon zurück.

Sie kommen gerade zur Zeit, um mitzuerleben, wie Joseph Joachim sein Spiel beendet und sich verbeugt, worauf die Meute mehr oder weniger hysterischer Verehrerinnen sich auf den jungen Maestro stürzt.

Das Haus des Club 37 lag in der Friedrichstraße, nicht weit von der Kranzlerecke entfernt.

Der Pförtner grüßte höflich, als Graf Bertoch und sein Begleiter an ihm vorübergingen. Der junge Mann, fast noch ein Knabe, trug eine Schirmmütze, hohe Stiefel und eine Gerte in der Hand. Wahrscheinlich kam er vom Reiten; die Reitwege im Tiergarten standen denen im Londoner Hyde Park nicht nach, wie der Pförtner wußte. Er war in London bedienstet gewesen und konnte Englisch.

Es war ein Spätnachmittag im Herbst und schon recht dunkel. In den oberen Räumen waren die kostbaren Kronleuchter mit Kerzen bestückt, deren flackerndes Licht eine Atmosphäre schuf, die das Nicht-Alltägliche begünstigte. Doch in der Eingangshalle brannte eine Gaslampe, deren trüber Schein nur spärlich die zahlreichen Gipsbüsten antiker Berühmtheiten beleuchtete, welche die Marmorstufen der Treppe bis hinauf zum oberen Stockwerk bevölkerten.

Freunde Bertochs kamen die Treppe herab.

»Geht ihr schon? Dies ist mein Vetter Rudi Klettberg aus Hannover. Damit er hier in Berlin nicht versauert, habe ich ihn für einen amüsanten Tag und Abend den schützenden Fittichen seiner Tante entrungen, deren Gast er ist.«

Begrüßung. Rudi von Klettberg wurde gemustert. Er stand im Schatten einer der riesenschlangenhaft gedrechselten Säulen und streifte die Stulpenhandschuhe ab.

Hübscher Junge. Noch sehr grün. Kaum aus dem Nasenalter raus.

»Wo geht ihr heute abend noch hin?« fragten die Freunde. »Wollen wir zusammen . . .«

»Leider nicht möglich«, lehnte Bertoch ab. »Wir treffen ein paar nette Demoisellen.«

»Im Theater?«

»Nein, höchst privat.«

Aha. Rudi Klettberg, kaum erwachsen, schien hier in Berlin mit mehr als nur Spreewasser getauft werden zu sollen. Übrigens wirkte er hochmütig, der Kleine. Oder war es Schüchternheit?

»Amusez-vous bien, Herr von Klettberg. An Ihrem Vetter haben Sie einen gewieften Guide.«

Die Freunde zogen ab. Aber oben gab es weitere.

Gruppenweise standen und saßen sie, unterhielten sich, rauchten Pfeife. Angelpunkt das Kartenspiel. Im Nebenraum, wo Zeitungen gelesen wurden, war es heller. Man mußte vermeiden, sich dort aufzuhalten.

Bernhard Bertoch und Rudi blieben hinter den Kartenspielern stehen.

»Achtung!« sagte Rudi leise und beugte sich zu seinem Vordermann vor. »Der Joker muß jetzt raus. Sehen Sie nicht?«

Der schöne Blonde drehte sich um. Ihre Augen begegneten sich. »Kennen wir uns?« fragte er. Dann nahm das Spiel ihn wieder gefangen.

Das Schachbrett war unbenutzt. Bertoch stellte es unauffällig zur Seite, damit es ihnen im Notfall zur Verfügung stand.

Am Nebentisch wurde getrunken. Man war animiert.

»Hallo, Berni! Präsentier doch mal deinen jungen — Vetter nennst du ihn ja wohl? Aus Hannover kommen Sie?

Ich war ein Jahr auf der Reitschule. Zusammen mit Guttorm, der da drüben sitzt. Was, Guttorm, das war eine Zeit! Ist der Kalau noch da? Und Sie heißen? Klettberg? Haben Sie eine Schwester in . . .«

»Klettberg hat keine Schwester.«

»Man sollte ja wohl fast noch du zu Ihnen sagen. Wie alt sind Sie?«

»Siebzehn«, war die gekränkte Antwort.

»Siebzehn! Und ich bin dreiundzwanzig. Setzt euch doch zu uns, Berni! Asséyez-vous, mon petit gamin. Sieht er nicht ganz so aus wie ein französischer Gamin?«

Wo Platz am Tisch frei war, hatten Bernhard und Rudi sich gesetzt.

»Schätz dich glücklich, Rudi«, sagte Graf Bertoch über den Tisch. Seine Stimme klang lustig, aber in seinen Augen stand eine Warnung. »Prinz de la Mar gilt als anspruchsvoll. Er vergibt drei Werturteile. Das geringste heißt ›Schmachtlappen‹, das mittlere nenne ich nicht, es ist unanständig, aber das höchste ist der ›Gamin‹.«

Man lachte.

»Ich schätze mich glücklich«, sagte der junge Klettberg artig in das Gelächter hinein und verbeugte sich leicht in der Richtung des Prinzen, blickte ihn aber nicht an.

Bertoch, dachte Casimire. Ist er wohl jetzt beruhigt? Sie merkte, daß er sich an der Sicherheit ihres Auftretens ergötzte. Sollte ich vielleicht doch Schauspielerin werden? Quatsch! Ich mache mir nichts aus Flitter. Und für Poesie habe ich wenig Sinn.

Daß Männlichkeit sich hier so ausschließlich präsentierte, versetzte Casimire in eine prickelnde Stimmung. Auf alle Fälle war diese Situation für eine gebildete, aus einer behüteten Kinderstube stammende Frau des neunzehnten Jahrhunderts ein Phänomen. Die geballte Ladung männlichen Atems und Pfeifenrauchs, die Ausdünstung gewaschener und ungewaschener Leiber in der Vielzahl des Geschlechts . . .

Man selbst? Wie reagierte man darauf? Fühlte man sich geil?

Man heißt Rudi von Klettberg und hat sich — zart und hübsch wie man ist — zu hüten vor Verständnis suchenden Blicken. Man spielt jetzt den Gamin des Prinzen de la Mar, dessen Blicke man — ja, muß man sie meiden? Oder darf man noch spielen, ehe es ernst wird, was es nicht werden darf?

Die Flügeltüren zur Treppe stehen offen, damit der Tabaksqualm entweichen kann. Ein paar von den hohen Bogenfenstern sind hinter zugezogenen Gardinen ein wenig geöffnet.

Auch aus dem hintersten Raum, noch hinter dem Lesezimmer, werden Blicke geschossen. Dort sitzt jemand ganz allein, die Zeitungen liegen zu seinen Füßen, denn er liest nicht mehr.

Ist er harmlos, dieser Mensch? Oder kennt man ihn womöglich? Nein, nie gesehen.

Am Tisch wird jetzt von Pferden, Wein und Balletteusen gesprochen.

»Was Neues vom Turf?«

»Mollau hat seinen Preis im Leihhaus versetzt.«

»Ach nee. Der Mollau?«

»Er hatte ihn im Canter gewonnen.«

Rudi hätte gern gewußt, was der Canter ist, hütete sich jedoch, Mangel an Fachwissen zu zeigen.

Ein anderer stellte die Frage.

Antwort: »Der Canter ist ein Handgalopp.«

»Ich lade euch alle ein, Kameraden«, sagte der, den sie Guttorm nannten, Carolus Guttorm. »Am Freitag machen wir eine Weinprobe« (Guttorm besaß einen Onkel Metternich am Rhein, der ihn aus seinen Weinbergen versorgte). »Drei von uns sollen dazu kurze Reden halten, um zu demonstrieren, ob sie schon besoffen sind oder nicht. Aber nur vier Minuten pro Kopf und Grips. Ihr kommt doch auch, Bernhard? Dein Vetter soll seinen Maidenspeech halten, was, Rudi? Prost, mein Junge. Es sind drei Tage Zeit zur Vorbereitung.«

»Rudi reist morgen nach Hannover zurück!« lehnte Bertoch ab. Er dachte: Ein zweites Mal diese Komödie, das hätte noch gefehlt!

»Hannover«, erinnerte sich Guttorm. »Als ich da auf Reitschule war, ritt ich ein Pferd, das hieß Jolanthe. Englisch Vollblut. Ich sage euch, eine Pracht von einem Pferdemädchen!«

»So was haben wir hier auch.«

»Irrtum. Das können sich nur die Hannoveraner leisten. Solche Pferde. Und solche Balletteusen. Kleiner Kopf. Langer Hals. Tiefe Brust. Hohe Beine. Breite, feste Sehnen. Und ein Hinterteil — ich kann euch sagen . . . Prost, kleiner Vetter!«

Hatte Casimire einen Augenblick vergessen, daß sie Rudi Klettberg war? Sie saß leicht vorgebeugt und hörte zu. Ihre hellbraunen Augen, die so gut stechen konnten, hatten einen fast kindlichen Ausdruck.

Jetzt nahm sie ihr Glas und tat Bescheid.

»Sauf, Mädel, sauf — ich geb dir noch eins drauf.« Summte der Spitzbube das tatsächlich?

Er hatte einen braunen Schopf, den er ab und zu mit einer fahrigen Bewegung nach hinten strich. Seine Muskulatur war beachtenswert. Trotzdem sahen seine Glieder aus, als könnten sie federn. Sicher saß er blendend im Sattel.

Er hieß also Guttorm. Carolus. Graf Carl Guttorm-Metternich. Seine Mutter war eine Metternich. So sah er auch aus.

»Was macht deine süße Ballettratte?« wurde er gefragt. »Ist die Lucy immer noch so erpicht auf dich?«

»Geil wie eine Stute, die den Hengst wittert. Wenn ich heirate, kannst du sie haben. Ich vermache sie dir.«

»Willst du heiraten?«

»Keine unnötige Hast! Ich denke gerade darüber nach.«

Er trat zu einer Vitrine, in der es von gut geputztem Silber blitzte, und nahm einen Becher heraus, der den hohen, spitz zulaufenden, schräg vorgeneigten Helmen des Ersten Garderegiments im Kleinformat kunstvoll nachgearbeitet war. Weshalb man ihn, wenn er gefüllt war, nicht hinstellen konnte, sondern ihn sogleich und möglichst in einem Zug leeren mußte.

Carl Guttorm füllte den Becher bis zum Rand und reichte ihn Rudi.

»Trink, mein Junge! Zeige, daß du ein Mann bist!«

Casimire war wütend. Er stand dicht vor ihr. Sie war fast so groß wie er. Sie glaubte seinen Atem zu spüren.

Er hat ein gräßliches Grinsen, dachte sie verzweifelt. Sie nahm den Becher und tat, was sie konnte.

Es gelang nicht ganz. Den Rest sprudelte sie ihm ins Gesicht.

Er war perplex. Seine Zunge erschien und leckte genüßlich die Lippen und alles, was sie sonst erreichte.

Interessiert beobachtete Casimire den Vorgang. Er hat eine lange Zunge, dachte sie, aber ich habe ihm auch den Kragen besprudelt. Das kriegt er nicht weg.

Ihr Zorn legte sich. Fast buchstäblich empfand sie das. Wie ein Gefühl, das sich in ihr zur Ruhe legte, wobei es ihren ganzen Körper erfüllte.

Nur daß man nicht allein war mit diesem abscheulichen Kerl! Da saß die Tischrunde und sprühte vor Vergnügen.

Rudi Klettberg hoffte, sich überzeugend benommen zu haben. Hatte man? Der Prinz de la Mar sah verächtlich aus. Er ärgerte sich wohl, daß der Gamin seine Annäherungsversuche vorhin ignoriert hatte.

Der einsame Mensch im hinteren Raum schießt noch immer Blicke. Er ist jetzt aufgestanden und bewegt sich in das mittlere Zimmer. Dort bleibt er stehen. Er setzt sich nicht, es sieht aus, als wolle er auch dort nicht bleiben. Warum hat er so allein da hinten gesessen? Ist er ein scheuer Mensch?

Es wird wohl Zeit, das Schachbrett hervorzuholen und

sich vom Spiel absorbieren zu lassen. Der Schachspieler ist unberührbar. Unverletzlich. Man stelle sich vor, eine Horde betrunkener Russen bräche ein und metzelte nieder — aber vor den beiden Spielenden machten sie halt. Das Schachspiel übt eine bannende Wirkung aus. Daher wohl auch der Ausdruck: in Schach halten.

Ich lasse mich nicht von den Hunden umstellen, wir sitzen schon in der dämmrigen Nische, ins Spiel vertieft. Unnahbar. Ich spiele konzentriert. Ich lasse meinem Partner wenig Chancen.

Der einsame Mensch war jetzt in den vordersten Raum getreten. Er trug eine Mappe unter dem Arm. Er ließ sich an einem Einzeltisch nieder und begann zu zeichnen. Er sah traurig aus, aber was er zeichnete, schien lustig zu sein. Sein Blick ging zwischen dem weißen Blatt vor ihm und dem Motiv, das er erfaßte, hin und her. Sein Stift glitt mit sicherem Strich über die leere Fläche. Bald war zu erkennen, was er zeichnete. Ein paar der Herren, die sich über das Parkett bewegten, blieben stehen und sahen zu. Einer pfiff durch die Zähne. Einen leisen, langgezogenen Pfiff. Es klang wie das Signal eines Zuhälters.

Was der Pfiff sagen wollte, war auf der Zeichnung zu sehen. Sie stellte Rudi Klettberg dar, wie er seinem nur flüchtig skizzierten Partner gegenüber vor dem Schachbrett saß. Schirmmütze. Spitze, fast zu längliche Nase. Gerte in der linken Hand. Reiterbluse und darunter zwei aufsteigende Hügel . . .

Andere wurden aufmerksam. Man trat hinzu.

Als der Zeichner merkte, daß er umstellt werden sollte, klappte er die Mappe mit den losen Blättern zu, warf noch einen traurigen Blick auf die Schachspieler und ging.

»Halt!« rief einer der Umstehenden und wollte ihm nach.

Carl Guttorm hielt ihn zurück. »Nicht hier! Wollt ihr einen ausgewachsenen Skandal? Der Club ist sowieso schon in Verruf!«

»Teufel, was ist los?« fragte de la Mar und stand auf. »Hast du's mitgekriegt?«

Die wenigen, welche die Zeichnung gesehen hatten, lachten zynisch. Mit schlecht verhehlter Neugier starrten sie zu den Schachspielern hinüber.

Es wurde leise diskutiert.

Carl Guttorm hatte sich jetzt unter die Gruppe gemischt, welche den Schachspielern zuschaute und auf den Vorfall nicht geachtet hatte. Er beugte sich zu Bertoch herab und sagte etwas.

Gleich darauf standen die beiden Partner auf und erklärten, sie wollten das Spiel auf morgen vertagen. Sie machten den Abschied kurz und gingen unter den musternden Blicken der Anwesenden zur Tür.

Ein Vierschrötiger, der schon zu viel Alkohol im Bauch hatte, schwankte aggressiv auf Rudi zu.

Der stieß ihn beiseite. »Schwein! Du stinkst ja!«

Damit verließen Bernhard Bertoch und sein junger Vetter den Club. Carl Guttorm begleitete sie die Treppe hinunter.

»Bravo, Klettberg! Das war ein effektvoller Abgang!« lobte er, und es klang fast, als spräche er von dem Abschluß einer Komödie.

Unten am Portal ergriff er Rudis Hand. Es sah so aus, als wollte er sie an die Lippen führen, doch das ließ er bleiben. Statt dessen schüttelte er sie — endlos, immer wieder, schmerzhaft — und wünschte dem Herrn von Klettberg eine gute Heimreise.

Sein letztes Grinsen blieb in Casimires Erinnerung hängen. Sie ärgerte sich, daß sie den Abschied nicht mit einer ihrer kleinen Spitzfindigkeiten gewürzt hatte. Aber es war ihr absolut nichts Passendes eingefallen.

Bertoch und Casimire gingen das Stück Friedrichstraße bis zu den Linden entlang. Zu Fuß. Bis zur Werderschen Kirche war es nicht weit.

Kurz vor den Linden blieb Casimire stehen und hob ihre

Hand mit dem ominösen Brief in das Licht einer Gaslaterne.

Sie ließ den Sünder — der nach überstandener Angstpartie sein Haupt jetzt wieder erhoben trug — danach greifen.

Mit Erfolg.

»Sehen Sie, Graf«, sagte sie, »es ist, wie das Sprichwort sagt: ›Haust du meinen Juden, hau ich deinen Juden!‹ oder besser noch: ›Wie du mir, so ich dir‹. Logisch, nicht wahr?«

Was ins Positive umgekehrt bedeuten sollte, daß beide voneinander bekommen hatten, was sie begehrten.

Er geleitete sie zu ihrer Haustür. Der Nachtwächter hielt die Hand hin und bekam seinen Obulus. Ohne näher hinzusehen, wieviel es war, zog Graf Bertoch die Münzen aus einer seiner Taschen und gab sie ihm.

In der Nacht schlief Casimire gut. So gut wie immer.

Zuweilen stellt sich am Morgen nach einem selbst inszenierten Unternehmen der Kater ein. War es nun, so grübelt man, tatsächlich so, wie man es sich vorgestellt hatte? Ist es nicht im Grunde eine Enttäuschung gewesen? Oder war es ein befriedigender Erfolg?

Mit solchen Skrupeln schlug Casimire sich nicht herum.

Aber hatte sie etwa geglaubt, das Abenteuer wäre in dem Augenblick, als Rudi Klettberg den gestiefelten Fuß aus der Tür setzte, zu Ende? Schluß? Aus?

Es konnten lustige Tage werden, die nun folgten. Spannend immerhin. Bißchen aufregend vielleicht. Aber es war doch nichts passiert! *Ihrerseits* überhaupt nichts. Unschuldig, wie sie die hohen, dämmrigen, von Tabaksqualm und den Ausdünstungen der männlichen Aura erfüllten Räume betrat, hatte sie ihnen wieder den Rücken gekehrt ... vielleicht ein Raunen und Flüstern oder auch indiskretes Gelächter hinter sich lassend. Alles Äußerungen, die keine

Beweiskraft hatten. Hypothesen, die auftauchten. Es konnte nicht bewiesen werden, daß Rudi Klettberg nicht Rudi Klettberg gewesen, daß Bertochs junger Vetter nicht am nächsten Tag wieder nach Hannover abgereist war. Auf und davon. Auf Nimmerwiedersehen.

Daß es jedoch in letzter Stunde wegen jener zweideutigen Zeichnung nicht beinahe doch noch zu so etwas wie einem Eklat gekommen war, hatte man ja wohl dem Eingreifen jenes Carl Carolus Charlemagne — wie hieß er doch weiter: ach so, Guttorm — zu verdanken.

Verdanken? Dieser Metternich-Nachfahre konnte dankbar sein, daß man ihm nicht den ganzen Wein aus dem standlosen, bis an den Rand gefüllten Helmbecher, mit dem er einen hatte blamieren wollen, über den flotten Anzug geschüttet hatte!

Jammerschade, daß ich es nicht tat! Sondern nur die letzten, mit Spucke vermischten Tropfen aus meinem Mund! Tropfen, die seine Zunge geleckt hat. Lang, lange Zunge. Lüstling, frecher!

Rudi von Klettberg? Der war nichts weiter als ein sich verflüchtigendes Phantom. Ohne Fleisch auf den Knochen, ohne die aufreizende Üppigkeit, wie sie vermutlich jene Zeichnung behauptete.

Vielleicht einmal, zufällig, in einer Gesellschaft, wird Fräulein Casimire von Triglav dem Grafen Guttorm begegnen. Züchtig. Im langen Kleid. Eine Perlenkette um den bloßen Hals. Mit fromm in der Mitte gescheiteltem Haar und den aufgesteckten, gedrehten Locken zu beiden Seiten des Gesichts. Er hat dann den jungen Herrn von Klettberg längst vergessen. Kein Zusammenhang, nichts von einer Ähnlichkeit mit dieser langberockten jungen Dame aus dem hintersten Pommern, die ein paar Wintermonate unter der sogenannten Obhut ihrer Schwester, Frau von Berentrap, in ihres Vaters Berliner Haus An der Werderschen Kirche verbringt. Lauter Dinge, die sich deiner Kenntnis entziehen, Carolus Guttorm-Metternich!

Ich habe dich an der Nase herumgeführt, mein Junge! Dich und alle die anderen!

Es läutet. Casimire wird ein Bote gemeldet, der die Baronesse Triglav sprechen wolle. Er habe den Auftrag, ihr persönlich etwas zu übergeben.

Der Bote, so wird ihr beschrieben, trage Livree und habe etwas Langes, Schmales, Eingewickeltes unter dem Arm. — Von wem er komme? — Das wolle er nicht sagen. Er müsse das gnädige Fräulein persönlich sprechen.

Casimire geht hinunter, um den Mann zu besichtigen.

Da steht er und verbeugt sich höflich.

Casimire starrt auf die Livree ... Die sechs blanken Knöpfe, sie tragen die Initialen G mit der neunzackigen Krone darüber.

Casimire empfängt das Eingewickelte aus der Hand des Dieners, sagt danke und steigt wieder hinauf zu ihrem Zimmer. Langsam. Stufe für Stufe. Sie wird sich jetzt einschließen.

Oben wickelt sie das längliche Ding aus seiner Hülle. Zum Vorschein kommt ihre Reitgerte, die sie im Club vergaß.

An der Gerte baumelt ein winziges Glöckchen, das einen zirpenden Ton von sich gibt. An ihm ist ein Kärtchen befestigt, und auf dem steht: »Gehört der Freiin Casimire von Triglav, Berlin, An der Werderschen Kirche 2.«

Das war alles. Ja, was sonst? War es nicht genug? Sprach es nicht Bände?

Aber an der rechten unteren Seite des Kärtchens heißt es: »verte si placet!« Und auf der anderen Seite geht es weiter: »Damit es nicht die große Glocke/Verkünde, trag du unterm Rocke/Das Glöckchen an der Baumwollsocke.«

Und darunter das obligate G.

Er wußte es also. Woher, in aller Welt? Mit seinem ausdauernden Händeschütteln beim Abschied hatte er also nicht Rudi Klettberg gemeint. Er spielte mit in ihrem Spiel.

Oder spielte er mit ihr?

Casimire schlägt mit der Gerte in die Luft. Das Glöckchen zirpt.

Diesem Boten gegenüber hatte ihre gewohnte Gewandtheit sie verlassen. Sie hätte ihn fragen sollen ... Ja, was? Was hätte sie ihn fragen sollen? Sie hatte ihn fortgeschickt mit ein paar nichtssagenden Worten.

Wieder ein Schlag durch die Luft.

Hätte sie auch was dichten sollen? Irgendwas Freches, zugleich Viel- und Nichtssagendes? Einfach aus dem Stegreif? Sie konnte nicht dichten.

Casimire hebt ihren Rock und starrt auf das Strumpfband um ihr schlankes Knie. Das zirpende Glöckchen ...

Er zog sie auf, machte sich lustig. Wie er es im Club getan hatte. Der Helmbecher. Könnte sie noch einmal sprudeln, prusten, schnaufen, blasen ...

Dazu also hatte sie, von ihrer verfluchten Neugier verführt, diese verrückte Komödie in Szene gesetzt! *Dazu* Marie-Luises Ehemann, diesen Trottel, an den Rand der Verzweiflung gebracht, um jetzt ...

Casimire, was geht eigentlich mit dir vor? Das kann doch nicht sein? Oder doch? Hast du dich verliebt?

Sie schluchzt auf.

Es sollte ein zorniger Schluchzer werden. Aber es liegt doch etwas wie eine gewisse Ergebung ins Unvermeidliche, Unentrinnbare darin. Und auch wie ein Sich-Wundern. So war das? So hinterrücks kommt das?

Casimire legt die zirpende Gerte beiseite und tritt vor den Spiegel.

Das ist also die Casimire Triglav.

Nicht so ladylike wie ihre Schwester Elisabeth. Die Nase fast etwas zu länglich, nicht wahr, mein Kind? Der Mund sehr rot, ohne Schminke, und fast ein bißchen zu groß (interessant, findet Sebastian). Beides also fast zu sehr, dagegen die Augen eher klein — aber quick. Sie können schießen, Blicke schießen. Die Figur ziemlich lang und schmal, ohne die auf der Zeichnung so betonten, herausfordernden Hügel. Alles in allem das Ganze ziemlich respektlos, nichtsnutzig.

Hatte sie geglaubt, überlegen, berechnend und trotz allerlei ergötzlich vollzogener Histörchen letzten Endes unnahbar zu sein? Bedurfte es wirklich nur des Erscheinens eines reiterbeinigen Lausbuben mit sinnlichem Mund und kalten Augen, um ihr ganzes, kühl geplantes Konzept statuarischer Überlegenheit durcheinanderzubringen?

Also er wußte. Alles. Er hatte sich von Rudi Klettberg nichts vormachen lassen. Hatte er das Weibliche in ihr so stark gespürt? Und wie hatte er so schnell herausbekommen, wie sie hieß und wo sie wohnte und so weiter? Waren das nicht Zeichen eines gewissen Interesses, das er an ihr nahm?

Doch war nun mit der Rücksendung der Reitgerte alles zu Ende? Oder würde er die Gelegenheit suchen, sie wiederzusehen? Sollte sie vielleicht selbst . . .

»Unterm Rock das Glöckchen«, hatte er geschrieben.

Wie unanständig. Aber es lohnt, bei der Vorstellung zu verweilen. Sie hört ihn lachen. Höhnisch etwa? Nein, es klang eher herzhaft und ohne diese unausstehliche Selbstbewußtheit.

Casimire tritt vom Spiegel zurück und verwahrt die Gerte. Das Glöckchen bekommt seinen Platz an ihrem Bettpfosten. Da kann sie es zirpen lassen, wenn ihr danach ist. Zum Beispiel morgens, wenn sie wach wird, voll Neugier auf den kommenden Tag und auf das Leben überhaupt, was es für Überraschungen in petto hatte.

Stuß, Casimire. Quatsch. Unsinn. Nonsens.

Aber laß es man hängen. Laß zirpen. Laß bimmeln . . .

28

Der nächste Tag brachte Unangenehmes.

Elisabeth war tief betroffen. Ihr war die Zeichnung zugespielt worden.

Sprach etwa bereits ganz Berlin davon? Ganz Berlin, das war die Gesellschaft, waren die Kreise, in denen man verkehrte, auf die es ankam, deren Meinung tonangebend war. Eine junge Dame der Gesellschaft in Männerhosen! Das wäre mehr als pikant, das dürfte es einfach nicht geben! Und dazu noch im Zusammenhang mit jenem vornehmen Club, der sich in letzter Zeit immer mehr ins Gerede brachte!

Was sollte man von der Zeichnung denken! Die Ähnlichkeit war unverkennbar. Steckte persönliche Infamie dahinter? Oder war die Ähnlichkeit vielleicht doch nur zufällig?

Elisabeth, zwar vorurteilsfrei veranlagt, war in diesem Fall doch stark beunruhigt.

Sie wußte, daß der Urheber des Bildes, über sein Machwerk zur Rede gestellt, sich nicht geäußert, nur vielsagend die Achseln gezuckt hatte. Man besaß keine Handhabe, gegen ihn vorzugehen.

Aber Casimire mußte vorgenommen werden.

Ihre Befragung verlief negativ. Mit dem Bild konfrontiert, zeigte sie keine Entrüstung. Im Gegenteil, das Aufsehen, welches es zu erregen schien, bereitete ihr offenbar Vergnügen. »Soll *ich* das etwa sein?« war ihr Kommentar. »Phantastisch, was der mir da angedichtet hat! Vielleicht hat er Grund, sich irgendwie zu rächen?« fügte sie verschmitzt hinzu. »Fragt doch zum Beispiel mal Graf Bertoch, ob er mit mir im Club 37 gewesen ist!« meinte sie herausfordernd.

Bertoch spielte den Entrüsteten. Er nannte das Ganze einen üblen Streich, drohte sogar, den Schmierfinken zu fordern.

Natürlich blieb es bei der Drohung. Wobei nicht geklärt wurde, ob das Wort Schmierfink eine Beleidigung darstellte oder nicht.

Tante Bettina hatte laut über das Bild gelacht, und dann hatte sie gesagt: »Alle Achtung, falls dieser Knallfrosch wirklich in dem famosen Club gewesen sein sollte! Nimm's nicht zu Herzen, Elisabeth! ›Quod erat demonstrandum‹! ›Was zu beweisen war!‹ pflegte Euklid seinen mathematischen Studien hinzuzufügen.«

Und dann hatte Bettina Betrachtungen an Hand des Bildes angestellt: »Eine Frau ist noch hübscher, wenn sie in Männerkleidern steckt! Woran liegt das? Wahrscheinlich, weil das Zarte, Feingliedrige, das dadurch noch mehr zur Geltung kommt, so rührend wirkt und das Gemüt bewegt.«

Bettinas Auffassung bot Elisabeth keinen Trost.

Daß Casimire überhaupt mit dieser Zeichnung in Verbindung gebracht werden konnte! Schon der bloße Gedanke, sie sei imstande, sich in ein solches Abenteuer einzulassen!

Nun war man mit dieser jüngeren Schwester zusammen aufgewachsen, und jetzt, wo sie erwachsen war, begann man, sich erst Gedanken über sie zu machen.

War Casimire leichtsinnig?

Elisabeth war nie klug aus dieser Schwester geworden. Vielleicht hatte sie sich zu wenig um die Jüngere gekümmert. Sie machte sich jetzt Vorwürfe.

Aber es war immer schwer gewesen, an Casimire heranzukommen. Es schien, als sei sie sich selbst genug, als brauche sie weder Zuspruch noch Liebe.

Elisabeth überlegte. Konnte man etwas tun, um etwaige Weiterungen zu verhüten? Wahrscheinlich wäre es das beste, das Mädchen heiratete möglichst bald, und zwar einen reifen, charakterfesten Mann, dessen Überlegenheit sie anerkannte?

Aber vor allem: wie vermied man es, daß Papa von diesem peinlichen Verdacht erfuhr? Wen sollte sie um Rat fragen? Hubertus, augenblicklich mit den Angelegenheiten des Herrenhauses vollauf beschäftigt, ging wie immer Schwierigkeiten gern aus dem Wege.

Elisabeths Heiratsplänen stand er skeptisch gegenüber. »Ich fürchte, du wirst es schwer haben, für das wilde Füllen den richtigen Hengst zu finden.«

Sollte sie sich vielleicht mit Humboldt besprechen, dem sie durch Bettina nähergekommen war. Sie wußte, daß er sie bewunderte und schätzte. Er hatte ihr einmal anvertraut, der König habe an ihrer Schwester einen Narren gefressen. Oder vielmehr, zahmer gesagt, er treibe es ein bißchen närrisch mit Casimire.

Das war zwar übertrieben formuliert, aber Humboldt, der alte Hagestolz, ging nun mal gegenüber jemand, der ihm vertrauenswürdig erschien — und das erschien ihm Elisabeth — gern ein bißchen aufs Glatteis.

Es traf sich so, daß Berentraps und Casimire in den nächsten Tagen dem König auf einer Veranstaltung begegneten. Vielleicht hatte Humboldt, dem Elisabeth ihren Kummer anvertraut hatte, da etwas nachgeholfen.

Dem König war über die Zeichnung berichtet worden. Wer hatte sie ihm wohl so haargenau geschildert? Vielleicht waren es Übelwollende gewesen, die gern die Gelegenheit benutzten, den Triglavs etwas anzuhängen. Oder steckte etwa auch hier der erfinderische Humboldt dahinter?

Natürlich hatte der Butt sein Vergnügen an der Sache. Andererseits aber wünschte er um Adams willen kein Aufsehen.

Die kleine Hexe! dachte er. Wäre ihr das zuzutrauen? Er

stellte sich vor, wie sie in dem Club ... haha! Immerhin hatte sie das Zeug zu allerhand. Dieses »allerhand« beschäftigte seine Phantasie. Man müßte sie wirklich direkt mal fragen und ihr bei der Gelegenheit ein bißchen ins Gewissen reden. Denn wenn etwas Wahres dran wäre ... das ginge denn doch zu weit.

Der König trat zu Elisabeth, und es kam zwischen ihnen zu einem offenen Gespräch.

Zwar ließ Rex keinen Zweifel darüber, daß er Plaisir an Casimires Eskapaden fand, solange sie sich in Grenzen hielten. Sollten die Grenzen jedoch in diesem Fall tatsächlich überschritten worden sein — man war sich darüber ja nicht im klaren —, dann mußte das mutwillige Kind, auf delikate Weise natürlich, gebremst werden! Wäre es nicht das beste, die charmante Kleine käme möglichst bald unter die Haube? Es dürfte doch nicht schwer sein, einen passenden Partner für ihre reizenden Spiele zu finden. Im Gehege der Ehe nimmt sich das alles dann viel besser aus.

»Euer Majestät sprechen mir aus der Seele«, meinte Elisabeth, »aber ich fürchte, ich würde bei meiner Schwester mit einem solchen Vorschlag nicht weit kommen. Und in der Weise, wie Majestät das soeben formulierten, könnte ich es ihr sowieso nicht nahebringen.«

Der König sah sich nach Casimire um und zog sie beiseite.

»Kommen Sie, ma petite«, sagte er, »für heute habe ich mal das abscheuliche Protokoll abgeschafft. Ich kann mich unterhalten, mit wem und solange ich will. Wir können ausgiebig miteinander konversieren. Freut Sie das?«

»Aber natürlich, Majestät.«

»Mich auch.«

Die Anwesenden beobachteten diskret. Was hat Rex da mit der kleinen Triglav wieder zu schmusen? Wo nimmt das junge Ding nur ihre Gerissenheit her? Natürlich hat sie die von ihrem Vater, der versteht es ja aus dem Effeff, seinen König mit einer Mischung von Untertänigkeit und Unverfrorenheit um den Finger zu wickeln.

»Ich stelle fest«, fuhr der König fort, »daß es Ihnen hier bei uns de facto gefällt. Sie sind also einverstanden mit unsern bebänderten und besternten Exzellenzen und unseren Federbusch-Leutnants. Damals auf der Soiree, als Sie mit unserm längsten Gardedragoner-Leutnant, dem Grafen Bertoch, tanzten, bestätigten Sie mir das schon einmal.«

»Daß Majestät sich darauf noch besinnen!«

»Das ist mir nicht entfallen. Ebensowenig, daß ich Sie damals warnte, auf unserm glatten Berliner Parkett nicht auszurutschen. Wissen Sie noch?«

»Jawohl, Majestät.«

»Bitte zeigen Sie mir doch mal die Sohlen Ihrer hübschen seidenen Schuhe!«

»Meine Sohlen haben kein Loch!« lachte Casimire. »Weshalb wollen Majestät sie sehen?«

»Wegen des Ausrutschers. — Ja, sehen Sie wohl, Sie sind ausgerutscht! Und ich hatte Sie doch gewarnt! Es ist eine verdammte Geschichte mit diesen Ausrutschern! Sie können so witzig und vergnüglich und dabei so gefährlich sein.«

»Majestät meinen also, ich sei ausgerutscht?«

»Sie sind es doch, nicht wahr?«

»Das Witzige daran ist, daß es absolut nicht bewiesen werden kann, ob ich . . .«

»Ob Sie?«

»Majestät wissen also auch von dieser verrückten Pinselei?«

»Ich kann nichts Verrücktes daran finden. Jedenfalls soll sie sehr ähnlich sein.«

»Eine rein zufällige Ähnlichkeit!«

»Es wäre zu wünschen, kleines Fräulein. Auch für den Grafen Bertoch. Es könnte sonst recht unangenehme Folgen für ihn haben.«

»Graf Bertoch hat ebensowenig damit zu tun wie ich.«

»Sehen Sie mich an, Casimire — Nein, richtig! Mir fest in die Augen!«

Casimire sah treuherzig aus.

Der König mußte lachen.

»Sie kleine Hexe! Wie sind Sie nur auf diese gottverdammte Idee verfallen?«

Sie spielte gekränkt. »Majestät glauben mir nicht.«

»Eh bien, ma petite, lassen wir die Sache in der Schwebe. In der sie hoffentlich auch bleiben wird. Aber ich muß sagen« — und nun sah *er* gekränkt aus — »ich bin doch recht bekümmert, daß Sie so wenig auf meine Warnung gehört haben! Ich muß sagen, *sehr* bekümmert!«

»Oh!«

»Ja. Wir haben noch mal einigermaßen Glück gehabt, nicht wahr? Aber noch ein paar solche Ausrutscher, und Sie könnten arg in der Patsche sitzen, mein Kind. Und Ihre Familie mit hineinziehen! Ihre verehrte Schwester Elisabeth, Ihren Vater . . .«

»Mein Vater!«

Es fuhr Casimire so plötzlich heraus, daß sie den Hohn in ihrer Stimme nicht verbergen konnte.

Der König blickte sie erschrocken an.

Casimire merkte ihre Entgleisung. Es lag ihr gar nichts daran, den kinderlosen Butt mit ihrem Vater-Tochter-Problem zu konfrontieren. Adams Name war gefallen. Es war, als stände er plötzlich zwischen ihnen. Sie las in des Königs Augen, was er für ihren Vater empfand, sie sah sein unwillkürliches Stutzen über den Ton in der Stimme von dessen Tochter, deren unbekümmerter Jugend er sich mit einer gewissen Zärtlichkeit, vielleicht mit ein wenig Verliebtheit zuneigte.

Sie wünschte keinen Bruch in diesem seinem Gefühl. Es wäre schade drum und nicht opportun.

»Majestät sind so gütig«, sagte sie schnell und ärgerte sich zugleich, daß in ihrer eilfertigen Bemühtheit wieder ein leiser Spott mitklang. »Unsere Familie weiß wohl, was sie der Gnade Eurer Majestät zu verdanken hat.«

Also, das war doch gut gesagt und ganz so, wie Papa es formuliert haben würde!

Der König war schon wieder gerührt. Jener aufflakkernde Argwohn, der einer Herzensenttäuschung vorangeht, war schnell erloschen.

»Eben darum«, sage er, »möchte ich Ihnen einen Vorschlag machen . . .«

»Ich weiß schon. Ich soll heiraten.«

»Sie nehmen mir das Wort aus dem Munde, Sie kluges Kind. Glauben Sie mir, Sie sind — wir alle, die wir das Ungewöhnliche lieben und das Seltene zu tun geneigt sind —, wir sind dem Gerede der Leute ausgeliefert. Wir bleiben auf die Dauer nicht ungeschoren. Ich bin König. Ich stehe allein. Hoch. Den Blicken ausgesetzt. Ich taste in die Luft. Sie aber, mein Kind, brauchen nur die Hand auszustrekken, und Sie haben den Partner, der Ihre reizenden Spiele mit Ihnen spielt. Und auch wenn er das nicht tut: sein bloßes Dasein schützt sie. Selbst wenn Sie mal aus der Reihe tanzen sollten. Sie glauben nicht, wie gut man in der Ehe seinen Mut kühlen kann, besonders, wenn man vorher schon ein bißchen Pulver verschossen hat.«

Der Schimmer eines Lächelns glitt über Casimires Gesicht. »Majestät haben selbst . . .?«

»Ich? Ma petite, ich war ein Jüngling voller Ideale. Und ich habe versucht, sie zu verwirklichen.«

»Ja. Das habe ich gehört.«

»Aber wir sprechen von Ihnen, Casimire. So wie Gott Sie nun mal geschaffen hat, wird es Ihnen Unannehmlichkeiten ersparen, wenn Sie bald heiraten. Ich nehme an, Sie sind vernünftig genug, um zu ermessen, daß der Ehestand der beste Schutz gegen das Gerede der Leute ist, und daß die Achtung dieses Klüngels, der sich Sittenrichter nennt, einer verheirateten Frau gehört.«

Einen Augenblick holte Rex Atem nach seiner langen

Rede. Er sah, daß Casimire lächelte — nein, grinste, das Lausemädchen!

Sich selbst das Lachen verbeißend, zwang er sich wieder zu väterlichem Ernst. »Sie wissen, daß ich es gut mit Ihnen meine, Fräulein von Triglav. Ich hoffe, meine Worte bleiben in Ihren hübschen Öhrchen haften und gehen nicht zu dem einen hinein und aus dem anderen wieder heraus. Finden Sie meinen Vorschlag nicht recht passabel?«

Er wartete. Auf Antwort natürlich. Sie sah, daß er gespannt war.

Sie tat die Lippen auseinander. Die Spitze ihrer Zunge war zu sehen, sie glitt hin und her.

War dies vielleicht ein von ihm mit Elisabeth abgekartetes Spiel? Hatte die Schwester sich eingemischt? Die Lady? Die Fromme? Die Milde? In diesem Augenblick hätte Casimire ihr gern eins ausgewischt.

Aber der Butt sah sie erwartungsvoll an mit seinen freundlichen, etwas kurzsichtigen Augen. Dachte er wohl, sie würde sich nun zieren, sich herausreden, sich um eine klare Antwort drücken? Wenn er das dachte, dann irrte er sich!

Sie überraschte ihn mit einem klaren: »Jawohl, Majestät. Ich finde den Vorschlag höchst passabel. Ich werde mir Mühe geben, ihn zu beherzigen.«

Der König war nun doch perplex. Eine so schnelle Gefügigkeit hatte er nicht erwartet.

Casimire lächelte. »Ich habe gehört, der Franzose sagt, das Ehebett sei der Tod der Liebe.«

»Hören Sie nicht auf das, was ein französischer Pinsel sagt, ma petite. Glauben Sie mir, das preußische Ehebett ist noch immer das sicherste Lager für eine Frau.«

»Meinen Majestät?«

»Drehen Sie sich mal um, Casimire. Da lauert schon jemand eine ganze Weile auf den Augenblick, wo ich Sie aus meiner Obhut entlasse. Es ist, nebenbei gesagt, ein Jemand, der wie Sie für Eulenspiegeleien ein Faible hat. Was

Ihnen vielleicht sogar nicht unbekannt sein dürfte, es sieht mir ganz so aus.«

Der König entfernt sich, und Casimire dreht sich um ...

»Rex war eben sehr gütig zu Casimire«, sagte Elisabeth leise zu ihrem Mann. »Er hat sich lange mit ihr unterhalten, hast du's bemerkt? Ich glaube, er hat sie ein bißchen ins Gebet genommen.«

»Das wäre nicht schlecht«, meinte Hubertus. »So charmant wie er das macht. Und jetzt steht sie mit dem Grafen Guttorm und scharmuziert mit ihm.«

»Ja. Ich wußte gar nicht, daß die beiden sich kennen. Woher kennt sie ihn denn?«

Hubertus lachte. »Das mußt du sie selber fragen, woher sie diesen Lustikus kennt. Es scheint zu knistern zwischen den beiden. — Donnerwetter! Hast du das eben gesehen?«

»Schrecklich. Hoffentlich hat niemand sonst darauf geachtet. Meinst du, er ist ernstlich enflammiert? An sich könnte Casimire ja keine bessere Partie machen. Aber ich wünschte ihr einen älteren, gereiften Mann. Einen, der ihr zu imponieren versteht und ihr Temperament dämpft, statt es anzustacheln.«

»Finde du diesen weißen Raben.«

Carl Guttorm und Casimire standen beieinander.

»Was macht Ihre süße Balletteuse, genannt Lucy?« fragte Casimire. »Sind Sie beide immer noch so erpicht aufeinander?«

Schnell kam seine Antwort. »Alles hat seine Zeit, sagte der reife Apfel und fiel vom Baum. Er fiel einem netten Mädchen in den Schoß. Verzehre mich! bat er. Ich will in deinem Bauch rumpeln, damit du weißt, daß ich da bin.«

»Das ist eine anstößige Geschichte«, sagte Casimire. »Ich weiß nicht, ob sie mir gefällt.«

»Sie ist nicht anstößiger als die Wirklichkeit. Und ebenso bezaubernd wie sie.«

»Ich bin enttäuscht, Graf Guttorm, daß Sie nicht nur ein Sportsmann, sondern auch ein Poet sind. Von dieser Façon haben wir genug in unserer Familie. Ich selbst bin die einzige ganz Unmusische. Und ich tue mir was drauf zugute, Kunstliebe nicht zu heucheln.«

»Welche Überraschung, diesen ehrlichen Zug an Ihnen zu entdecken!«

»Nicht wahr? Hätten Sie Lust, noch mehr Züge an mir zu entdecken?«

»Wenn Sie mir Gelegenheit dazu geben wollten — mit tausend Freuden. Ich bin überzeugt, es gäbe vieles, was sich zu entdecken lohnte.«

»Vielleicht würden Ihre tausend Freuden einen argen Stoß bekommen?«

»Nichts könnte mich erschüttern.«

»Es könnte zum Beispiel sein, daß ich nachtragend wäre.«

»Weshalb, zum Teufel?«

»Warum wollten Sie mich neulich im Club blamieren, als Sie mir den vollen Helmbecher reichten?«

»Weil es nichts Schöneres gibt, als den zu necken, den man liebt.«

Es war gesagt.

Wie ärgerlich, daß der Kuß, der jetzt fällig gewesen wäre, umständehalber nicht ausgetauscht werden konnte. Sie standen zwar in einer Nische, doch gegen Blicke nicht völlig abgeschirmt.

Nur *ein* Kuß wäre in dieser Situation zulässig — ihre Hand zuckte ihm entgegen.

Er schüttelte den Kopf. »Ich begnüge mich nicht.«

Er sah herrisch aus.

»Ich auch nicht«, sagte sie fast kindlich.

Einen Augenblick waren beide sehr ernst. Sie atmeten heftig.

Plötzlich riß er sie an sich, küßte sie schnell und schob sie wieder von sich.

»Willst du mich bitte deiner Schwester, Frau von Berentrap, vorstellen?« sagte er dann. Heiser vor Gemütsbewegung. »Deinen Schwager kenne ich bereits flüchtig.«

Hubertus und Elisabeth sahen die beiden kommen.

Casimire stellte mit klarer Stimme vor.

»Elisabeth, dies ist Graf Guttorm-Metternich, mein Bräutigam.«

Einen Augenblick war Elisabeth sprachlos. Aber ihre veilchenblauen Augen leuchteten nun doch.

Carl Guttorm beugte sich über ihre Hand, beeindruckt von der Güte, die diese Frau ausstrahlte.

»Gnädige Frau«, sagte er, schwankend zwischen Lachen und tiefem Ernst, »darf ich Sie in Ermangelung Seiner Exzellenz des Oberpräsidenten um die Hand Ihrer Schwester bitten?«

»Welche Überraschung!« sagte Elisabeth. »Wir hatten ja keine Ahnung, daß . . . Ich bin überzeugt, mit der Einwilligung unseres Vaters können wir rechnen. Kennt ihr euch denn schon länger?«

Hubertus, Elisabeth, Casimire und Carl Guttorm gingen Unter den Linden.

Ein junges Mädchen kam ihnen vom Brandenburger Tor her entgegen. Sie war sehr zierlich. Graziös. Einfach, aber geschmackvoll gekleidet.

Während sie näher kam, waren ihre Augen starr auf Casimire geheftet, aber dann irrte ihr Blick zu Carl Guttorm hinüber.

Vollzog sie nicht die Spur eines Nickens? Sie lächelte.

Das unterwürfige Lächeln der gesellschaftlich Untergeordneten, in dem ganz unverschleiert die zärtlich mahnende Erinnerung an genossene Stunden stand.

Casimire erfaßte die Lage.

Lucy! dachte sie, die Besiegte im Vorübergehen neugierig beäugend. Dann warf sie einen Blick auf ihren Verlobten.

Sein Gesicht hatte sich versteinert.

Nachher, als sie allein waren, fragte sie:

»Das war Lucy, nicht wahr?«

»Ja. Ziemlich taktlos, ihr Benehmen, was?«

»Wieso?«

»›Blamier' mich nicht, mein schönes Kind‹, dichtet Heinrich Heine, ›und grüß' mich nicht Unter den Linden.‹«

»Wobei nur zu hoffen ist«, lachte Casimire, »daß die beiden folgenden Zeilen keine Gültigkeit mehr haben?«

»Du kennst das Gedicht?«

»Als halbe Berlinerin werd' ich's doch kennen! Ich kenne auch das freche Lied von dem — Glasbrenner, glaub' ich, ist es: ›Ich glaub', es war in Perleberg — auf einer grünen Wiese . . .‹ Wie's weiter geht, hab' ich vergessen. Du weißt, ich kann keine Gedichte aufsagen.«

»Vielleicht ist das in diesem Fall ganz gut«, meinte er verliebt. »Komm, mein kleines Teufelchen — ich denke, du kannst dafür anderes um so besser.«

Sie küssen sich.

»Meinst du, ich kann das besser als sie?«

»Als wer?«

»Als Lucy?«

»Sei ehrlich, wie findest du sie?«

»Wen?«

»Lucy?«

»Sei ehrlich, ist dir das noch wichtig? Ich meine, bedeutet sie noch was für dich?«

»Sie hat nie etwas für mich bedeutet.«

»Nein, nein, ich weiß — wir sind im Grunde nur Spielzeug für euch.«

Er blickte sie von der Seite an.

Sie sagte das so ungerührt. Eher spöttisch. Ja — spöttisch? Das Wort Bitterkeit zum Beispiel war ihr wohl fremd. Bedeutete sie eine Gefahr für Männer, die sie liebten?

Ihm fehlte es nicht an Courage, sich dem Kampf mit dem Leben zu stellen, in welcher Gestalt es sich auch bot. Ein starker Schuß Leichtigkeit, ja Fröhlichkeit im Charakterbild — vielleicht österreichisches Erbe im Preußenblut — half ihm dazu.

Gleichsam spielerisch, alter Gewohnheit folgend, steckte Casimire die Hand in eine seiner Taschen und zog ein Briefchen hervor. Ihn fragend ansehend, entfaltete sie es und las vor:

»... Lieutenant Hans von L. ist jetzt Dein Nachfolger bei mir geworden. War das ein abgekartetes Spiel zwischen euch? Jedenfalls ist er zärtlicher mit mir, als Du jemals warst. Trotzdem werde ich Dich nie vergessen. Ich hab' Dich wirklich geliebt, Charlemagne, mon petit. Vielleicht gehe ich von hier fort, wieder an die Pariser Oper, um Dich zu vergessen und dort eine Solotänzerin zu werden.

Deine — nein, nicht mehr Deine
Lucy.«

Als sie zu Ende gelesen hatte, sagte er: »Denke nicht, daß ich auf meine Weise weniger neugierig bin als du, mein teures Kind. Auch darin sind wir uns verblüffend ähnlich. Du wirst sehen, ich zahle dir im Laufe der Zeit mit gleicher Münze heim.«

»Willst du mir nun mal endlich sagen, woher du zu wissen glaubtest, was es mit Rudi Klettberg auf sich hatte?«

»Instinkt.«

»Nein, aber bitte — hattest du Casimire Triglav schon mal irgendwo gesehen?«

»In Bachs ›Johannes-Passion‹ in der Singakademie. Du

saßest neben deiner Schwester Berentrap und sahst so ehrlich gelangweilt aus, daß ich immer wieder zu dir hinsehen mußte. Ich saß schräg hinter dir, nicht weit entfernt. Du hast mich nicht beachtet. Du kokettiertest, Blicke werfend, mit einem deiner Verehrer. Einmal hobst du deine Hand und legtest sie, nur lässig ein Gähnen verbergend, an den Mund. Ich sah den Wappenring an deinem Finger, den roten Karneol. Ganz die gleiche Geste wiederholtest du im Club. Es war derselbe Ring.«

»Du hast mich also am Ring erkannt.«

»Ich habe dich an dir selbst erkannt.«

Auch Casimire nahm nun Abschied.

Sebastian hatte zwar nur zu genau gewußt, daß ihn mit dieser jungen Frau, die ihn immer wieder faszinierte, keine dauernde Gemeinschaft verbinden würde. Er hatte das jetzt Eingetretene stets vor Augen gehabt, aber nicht erwartet, daß es sich so plötzlich vollziehen würde.

Plötzlich? Alles schmerzhaft Einschneidende erscheint einem plötzlich, weil man die gedankliche Vorbereitung auf das Ereignis immer von sich geschoben hat.

»Hast du auch bedacht«, hielt er ihr vor (und behauptete damit dem Sinn nach das Gegenteil von dem, was der König zuvor als seine Meinung vertreten hatte), daß die Frau in der Ehe alle Rechte verliert, die sie als Unverheiratete noch besessen hat?«

»Du sprichst von Rechten! Die Frau besitzt die Rechte, die sie sich nimmt. Sonst keine.«

»Das sagst du stets. Und deshalb bist du ständig auf Raub aus.«

»Der erfolgreiche Mensch ist immer ein Räuber.«

Casimires Hochzeit sollte bald stattfinden. Nichts stand dem im Wege.

Auf Wunsch der Braut würde sie weder im Stettiner Schloß, in dem sie sich nicht heimisch fühlte, noch auch in Groß-Triglav gefeiert werden, sondern im Berliner Haus, das sie liebte. Diese zweite Hochzeit innerhalb der Triglav-Familie würde diejenige von Elisabeth an Festlichkeit noch übertreffen. Von seiten des Bräutigams würden außer dem Guttormschen Anhang auch die Metternichs aus Wien und dem Rheinland vertreten sein.

Die Frage war nun, wie man sich dem Problem Paul und Juliette gegenüber verhalten sollte. Eine Versöhnung zwischen Adam und seinem Sohn war bisher nicht zustande gekommen und die Polin noch nicht Pauls Frau.

»Papa und Mamette«, wandte sich Casimire an die Eltern, »ich will, daß Pauls Braut auf meiner Hochzeit dabei ist. Ich mag Juliette. Sie ist charmant. Und sie weiß viel. Es wird nun wirklich Zeit, Papa, daß du dich mit Paul aussöhnst und Juliette als deine Schwiegertochter anerkennst.«

Mamette war starr über die Unverfrorenheit der Tochter. Erschrocken blickte sie ihren Gatten an. Aber der sah keineswegs zornig aus. Nur nachdenklich.

»Sollen wir sie etwa«, fuhr Casimire fort, »wegen dieser blöden Wiener Metternichs verstecken? Sie gehört zu unserer Familie. Paul läßt sich nicht abbringen von ihr. Und wenn sie nicht eingeladen wird, kommt er auch nicht, das ist doch klar.«

Die Aussicht, einen, wie sie meinte, dünkelhaften Wiener Adelsklüngel mit ihrer künftigen Schwägerin zu konfrontieren, bereitete Casimire ein diebisches Vergnügen.

Mit Marie, die sich am heftigsten gegen eine Gleichstellung der »polnischen Jüdin« aussprach, focht Casimire noch einen besonderen Strauß aus. Vielleicht war die noch immer ledige älteste Schwester in dieser Zeit besonders gereizt. Jedenfalls wurde das Zerwürfnis zwischen den beiden erst kurz vor der Hochzeit notdürftig gekittet.

Den Standpunkt ihres Bräutigams hatte Casimire bereits erkundet. Das heißt, eigentlich kannte sie seine Einstellung im voraus. Es war ein neues Gefühl für sie, sich in einem anderen Menschen, einem Mann, sozusagen gespiegelt und facettiert zu sehen. Sie empfand das als genußreich, zumal andererseits auch ein gewisses Element nicht fehlte, das in der Lust zum Kabbeln und Plänkeln, zum Abbauen und Auftürmen von lustig purzelnden Widerständen bestand. In der Verbindung mit Carl Guttorm sah sich Casimire zu einem Duo geworden, dem vermutlich in der Ehe recht angenehme Zukunftsaussichten auf dem Gebiet der Eulenspiegeleien bevorstanden.

Adam fragt seinen Sohn Fritz nach Paul. »Wo wohnt er?«

»Paul ist in Berlin.«

»Ich weiß.«

Fritz spürt Bereitschaft bei dem Vater. »Er wohnt in der Matthäikirchstraße 20.« Will der Vater ihm vielleicht schreiben? Immerhin will er die Adresse wissen.

»Matthäikirchstraße 20«, wiederholt Adam.

»Paul ist tüchtig«, berichtet Fritz. »Er hat sich als Versicherungsmann gut eingeführt.«

»Davon habe ich gehört. Und die Polin, seine — Braut? Sie ist jetzt auch in Berlin, nicht wahr?«

»Ja. Sie ist Pianistin. Sie studiert an der Hochschule für Musik.«

»Wie ist sie — als Mensch?«

»Sie ist aufrichtig und charakterfest. Zurückhaltend und kritisch. Intelligent und hochmusikalisch.«

»Hat sie auch Herz?«

»Ich denke, ja. Aber sie trägt es nicht auf der Zunge.«

»Wie sieht sie aus?«

»Charmant.«

»Ist sie — gottesfürchtig? Sie ist mosaischen Glaubens, nicht wahr?«

»Nein. Sie hat sich taufen lassen. Von Pastor Musäus. Elisabeth und ich waren Paten.«

»Matthäikirchstraße 20«, wiederholt Adam noch einmal leise, wie für sich.

Endlich! denkt Fritz. Er wagt sich noch weiter vor.

»Wenn du ihm schreiben würdest — er wäre glücklich.«

Der verlorene Sohn wird zurückkehren.

Allerdings nicht allein. Er bringt eine Frau mit, die man nicht kennt, von der man nichts weiß. Auf deren Sagen man angewiesen ist, auch wenn es in einer fremden Sprache geschieht. Man muß sich abfinden damit.

An sich wäre Adam, was die Achtung vor dem Menschlichen betraf, eine gottesfürchtige, mosaische Jüdin lieber gewesen als eine ungläubige christliche. Aber war Juliette denn Atheistin? Man wußte es nicht. Sie hatte sich taufen lassen. Aus Liebe zu Paul? Es war anzunehmen, daß sie ihn liebte. Sie hatte ihr Land verlassen und war in die Fremde gezogen, um bei ihrem Liebsten zu sein. Du sollst Vater und Mutter verlassen und deinem Mann anhangen. So wollten es die Bibel und das Gesetz.

Um Paul zu heiraten, war sie eine Christin geworden. War sie jetzt etwa keine Jüdin mehr? In der Apostelgeschichte wird von Judenchristen gesprochen. Juliette war demnach jetzt also eine Judenchristin.

Diese Feststellung war für den Sinnierenden eine große Erleichterung.

Ein paar Tage nach dem Gespräch zwischen Adam und seinem ältesten Sohn erhielt Paul einen Brief von seinem Vater, in dem dieser ihn und seine Braut zu einem Besuch nach Stettin einlädt. Paul liest den Brief zweimal. Aufmerksam.

»Juliette!« ruft er. »Komm mal her.«

Die Anteilnahme seiner Braut war nicht so groß, wie er erwartet hatte.

»Das freut mich«, sagte sie. »Das freut mich für dich.« Und scherzend fügte sie hinzu: »Werde ich mich nun, wenn wir heiraten, auf eine richtige Adelshochzeit mit allem Drum und Dran vorbereiten müssen?«

Sie setzte sich ihm auf den Schoß, kniff ihn leicht in die Nase und blickte ihm lustig und herausfordernd in die Augen.

»Bestimmt nicht«, sagte er. »Du weißt, ich liebe so was gar nicht. Wir machen die Hochzeit ganz klein. Klitzeklein, meine Süße.«

»Das beruhigt mich«, seufzte sie erleichtert.

»Übrigens ist es auch noch nicht soweit«, fuhr er fort. »Zunächst mußt du erst mal dem Papa ein bißchen den Kopf verdrehen. Was dir ja nicht schwerfallen dürfte!«

Sie verzog den Mund. »Ich selbst hätte ohne seinen Segen auskommen können. Das weißt du ja. Aber dir zuliebe werde ich tun, was ich kann.«

Sie sah, wie glücklich er war. Sie selbst hatte ihren Vater früh verloren und war neben der zarten Mutter sehr selbständig geworden.

Adam stand mitten im Raum und erwartete seine zukünftige Schwiegertochter. Neben ihm stand Mamette, gespannt und bereit, sich günstig beeindrucken zu lassen.

Der Raum bestand aus einem der unpersönlichen Prunkgemächer des Stettiner Schlosses, die für Repräsentationszwecke bestimmt waren. Die kalte Pracht war kaum dazu angetan, von sich aus eine aufgeschlossene Atmosphäre zu verbreiten.

Paul und Juliette traten ein.

Adam starrte ihnen entgegen.

Nach einem ersten, fast ängstlich forschenden Erfassen

von Juliettes Erscheinung wandte er sich zu seinem Sohn, bedachte ihn mit einem warmen Blick.

»Du bist voller geworden, Paul«, sagte er herzlich. »Dein Berliner Beruf scheint dir zu bekommen.«

Die Begrüßung der Braut fiel kühler aus.

»Sie sind ... du bist Juliette Rosenbaum. Guten Tag. Es ist nett, daß Sie ... daß du uns besuchst.«

Der erste Eindruck, den Adam registrierte, war nicht ungünstig. Er stellte erleichtert fest, daß dieses Mädchen, wie man sagt, eine gute Figur machte. Sie wirkte selbstbewußt und sicher, aber nicht unbescheiden.

Seine angeborene Liebenswürdigkeit siegte. »Es wird Zeit, daß wir uns kennenlernen«, sagte er lächelnd und deutete auf die Sessel.

Sie setzten sich, und es entspann sich ein lebhaftes Gespräch, das sich nicht nur auf familiäre Dinge beschränkte, sondern bald auch die kulturellen Belange des polnischen Volkes einbezog, wobei Adam ein beachtenswert objektiv vorgetragenes Wissen bewies.

Juliette war nun fünfundzwanzig. Im Grunde freute sie sich auf ein gesichertes Leben an der Seite des Mannes, den sie aufrichtig liebte, und es lag ihr keineswegs daran, die Situation noch unnötig zu komplizieren.

Die Atmosphäre erwärmte sich zusehends. Mamette fiel ein Stein vom Herzen, und Paul war zufrieden.

29

Eine Freundin, eine zufriedene Ehefrau, fragte Marie anläßlich von Casimires Verlobung: »Warum hast eigentlich du, Marie, immer noch nicht geheiratet? Du wirst bald vierundzwanzig. Noch hast du Ankratz. Aber du wirst sehen, mit einem Mal bist du zu alt, um noch wählen zu können.«

Zu alt. Marie schwieg. Sie dachte: Dir werd' ich's zeigen! Nachher besah sie sich im Spiegel. Sie sah noch gut aus. Sehr gut sogar. Und keine Spur alt.

Marie begann sich Gedanken zu machen über verpaßte Gelegenheiten und verscherztes Glück, über ausgeschlagenen Reichtum, abgelehnte Titel und ehrlich dargebotene, aber verschmähte Herzen.

Bildete sie sich ein, daß sich die Reihe der Freier bereits zu lichten begann? Es war nicht gerade angenehm, zum zweiten Mal von einer jüngeren Schwester überrundet zu werden. Das gab zu denken. Eine gewisse Angst packte sie, den Zeitpunkt womöglich zu verpassen. Sie nahm sich vor, das andere Geschlecht künftig nicht mehr nur als Vergnügungsobjekt, sondern von einem realistischeren Standpunkt aus zu betrachten.

Trotz guter Vorsätze klappte es indes nicht so, wie sie gedacht hatte. War die Zeit der großen Möglichkeiten etwa vorbei?

Sie hätte jetzt auf Akazienburg sitzen können, dem schönsten und größten Besitz in der Runde. Statt dessen hatte Gerhard jene blutjunge, törichte kleine Gräfin geheiratet, mit der er jedes Jahr ein Kind bekam.

Aber die Ehe, so hieß es, war unglücklich. Natürlich konnte er sie nicht vergessen. Sie hatte sein Leben verpfuscht.

Doch diesen Ausdruck benutzte sie nicht sich selbst gegenüber. Er war zu häßlich. Es lag ihr fern, zu bedenken, daß die durch sie veranlaßte Zerstörung des Lebenswillens eines anderen Menschen einer Art seelischem Mord gleichkam, und daß sie vielleicht nicht nur diesen einen begangen hatte.

Marie hielt sich für fromm. Das schloß nicht aus, daß die Begriffe Sünde und Reue für sie nicht in der privaten Sphäre, sondern nur in der hergebrachten Form des Sündenbekenntnisses vor dem Altar existierten.

Liebe, dachte sie. Männer können also eine Frau so sehr lieben, daß sie fast daran zugrunde gehen. Es gab also diese Liebe für Männer in einzelnen Fällen wohl wirklich?

Für Frauen wohl kaum. Frauen bildeten sich im allgemeinen ein, den Mann zu lieben, der sie heiraten wollte.

Marie selbst konnte sich nicht vorstellen, daß es nur einen einzigen Mann im Leben, einen »Schicksalsmann« gab. Das war Einbildung. Gefühlsduselei.

Aber so was dachte man. Es zu sagen, war unsittlich.

Es wurde nun also Zeit, sich zu entschließen. Doch die Auswahl war, wie gesagt, wenigstens im Augenblick nicht mehr so groß. Marie hatte immer einen Hang zur Theologie gehabt, und sie dachte an jenen jungen Gelehrten, den Doktor Wiggelkind, der sie vor Jahren aus feurigem Herzen geliebt hatte. Bis sein gesunder Sinn ihn veranlaßte, sie zu meiden, ehe sie ihn zugrunde richten konnte.

Damals hatte sie ihn als ein unbeschriebenes Blatt betrachtet. Indessen war ihr zugetragen worden, daß er ein berühmter Kanzelredner geworden war und im Begriff stand, die höchsten Stufen der geistlichen Laufbahn zu erreichen.

Sie schrieb ihm. Sie denke daran, Diakonisse zu werden. Was er dazu meine. Ob sie es tun solle oder nicht. Sie legte ihr Geschick in seine Hand.

Worauf er ihr postwendend antwortete, ihr Vorsatz sei lobenswert. Er rate ihr unbedingt dazu.

Dieser Blödian! Glaubte er vielleicht, den Spieß jetzt umdrehen zu können? Das Schlimme war, er *glaubte* es nicht nur, er tat es auch.

Damit war es also nichts.

Merkwürdig, daß ein so reizvolles und so begehrtes Mädchen trotz allem kein rechtes Glück in der Liebe zu haben schien.

Es lag wohl doch nicht nur an den schönen Augen, dem blendenden Geist, dem guten Haus, aus dem man stammte, damit alles so glatt verlief, wie es den Wünschen entsprach?

Nach dieser Niederlage tröstete sich Marie mit einem nicht mehr jungen Kleinstadtpfarrer, dessen demütiges Werben sie zur Überraschung aller schließlich erhörte.

Er war kleiner als sie. Klein und schmächtig. Er hatte einen rötlichen Spitzbart und eine sommersprossige Haut. Alles an ihm war blaß und fade. Außerdem hatte er das Manko, nicht lachen zu können, weder laut noch leise. Wenn er sich wirklich einmal freute, würgte er etwas hervor, was entfernt wie ein Lächeln aussah.

Übrigens war Marie ihm nicht nur körperlich überlegen. Sie zog mit ihm in die Provinzstadt, in der er sein Pfarramt innehatte, und ihr war es wohl zu verdanken, daß er sehr bald einen geistlichen Titel erhielt, der sein Selbstbewußtsein um einige Grade hob.

Maries ehrgeizige Natur hätte es nicht ertragen, im Umkreis ihres Wirkens und Wollens die Rolle einer »zweiten Dame« zu spielen. Insofern fand sie nun Genüge darin, in der bescheidenen Umgebung, in die das Schicksal sie verschlagen hatte, die »ungekrönte Königin« zu sein.

30

Der Hof ist in Potsdam.

Nicht Sanssouci, Potsdams Augenweide, das hochgemute, repräsentativ der Welt zugewandte, wird im Augenblick bevorzugt, sondern der von Schinkel zu einer italienischen Villa umgestaltete Charlottenhof.

Die letzte Woche ist recht still gewesen. Der König hat sich nicht wohl gefühlt. Aber heute ist er geschwommen.

Jetzt geht er nach Hause. Neumann geht hinter ihm und trägt die Sachen. Es hat auch wieder einen Witz gegeben, und Neumann hat gelacht. Aber dazwischen sieht er besorgt aus.

Es ist nicht mehr wie früher, als der König seine weiten Schwimmtouren unternahm. Es wird Zeit, daß Doktor K. ihm das Schwimmen ganz verbietet (in letzter Zeit seine einzige Lust, wie er sagt).

Doch das Wasser ist nicht mehr so freudig bereit, den Butt zu tragen. Woran liegt das? Liegt es an ihm selbst, daß es mitten auf dem See einen Augenblick der Verdunkelung gegeben hat, obwohl die Sonne schien?

Er sieht Elise an der Südwand des Hauses stehen. Sie schneidet Rosen. Auch Pfirsiche wachsen jetzt dort. Aber sie sind saurer als die, welche man aus Italien bekommt.

Elise winkt, und er winkt zurück.

Er wird jetzt einen Brief schreiben, der wichtig ist. Er hat lange über ihn nachgedacht. Es handelt sich um jenen ganz persönlichen, geheimen, schriftlichen Gedankenaustausch mit Adam Triglav — eine Korrespondenz, die ihm seit den achtundvierziger Tagen zum Bedürfnis geworden ist.

»Teuerster Triglav!« beginnt der Brief. »Ich beweine eine neue, verlorene Gelegenheit, wie deren so viele!!! seit Jahren verloren sind. Dennoch haben Sie mir . . .« Seine Gedanken verwirren sich. Was hat er sagen wollen? An wen schreibt er doch? Er lehnt sich zurück und schließt die Augen.

Der Faden ist gerissen.

Doch die Gedanken sammeln sich wieder, und er setzt darunter, ohne an das vorher Geschriebene anzuknüpfen, mit seiner klaren, kleinen Schrift einen Satz — den letzten an Adam Triglav, ehe die große Nacht beginnt:

»Gracias ago tibi, amici! Dank für alles, mein Freund!«

Der Brief gelangt zu seinem Adressaten. Es waren noch andere Leute im Zimmer, als Adam ihn öffnete und las.

Er drehte sich um und weinte.